rororo

rororo

Baronet Ethelred de Winter wird draußen im Moor aufgefunden – mit einem Messer im Auge. Sergeant Bryan Sheehy, der sich nach einem Jahr in dem irischen Küstenort Castlebere fast an den Alltagstrott gewöhnt hat, muss sein ganzes kriminalistisches Geschick aufbringen. Allein in der verzweigten Familie des Toten wimmelt es von Verdächtigen. Doch auch die Geliebte des Baronet und dessen einäugiger Nachbar geraten ins Zwielicht. Steht der mysteriöse Autounfall der Erbin in Zusammenhang mit dem Mord?

Bryans Ermittlungen werden durch sein Liebesleben noch erschwert. Die komplizierte Beziehung zur attraktiven Gerichtsmedizinerin Suzy gerät durch das Auftauchen von Bryans Exfrau Wavey in ziemliche Turbulenzen.

Fran Cardinal wurde 1975 als Tochter einer irischen Mutter und eines deutschen Vaters in Südirland geboren. Mit ihrem Freund betreibt sie ein Restaurant auf der irischen Halbinsel Beara. Bei rororo erschien bereits ihr Debütkrimi «Die Tote von Bantry Bay. Bryan Sheehys erster Fall».

**Fran Cardinal**

# Den Tod im Auge

Bryan Sheehys zweiter Fall

Rowohlt Taschenbuch Verlag

*Für Ulli*

*Originalausgabe*
*Veröffentlicht im Rowohlt Taschenbuch Verlag, Reinbek bei Hamburg, April 2005*

*Umschlaggestaltung any.way, Wiebke Jakobs*
*(Foto: Bilderberg)*
*Satz Dolly PostScript (InDesign) bei Pinkuin Satz und Datentechnik, Berlin*
*Druck und Bindung Druckerei C. H. Beck, Nördlingen*
*Printed in Germany*
*ISBN 3 499 23899 3*

## 1

# Wie Pappe

Charles Hogarth fuhr den Bentley seit sechs Monaten, er liebte ihn. Mehr noch als den Bentley liebte Charles seine Frau Thelda; jedermann in der Gegend wusste das. So war es nicht übertrieben, zu sagen, wenn Charles mit Thelda im hellblauen Bentley saß, war seinem Glück nichts hinzuzufügen. Der Bentley hatte höhenverstellbare Sitze aus honiggelbem Leder, ein geräumiges Handschuhfach und andere Extras, die Thelda schätzte. Charles' Leidenschaft galt dem Einspritzer, den innen belüfteten Scheibenbremsen und dem Nockenwellen-Orchester, das er so gerne auf Touren brachte.

Charles steuerte von Castlebere geradewegs nach Norden, wo das Herrenhaus lag. Er und Thelda waren in Bantry einkaufen gewesen, zwei Blusen für sie, Zigarren für ihn. Sie machten den Umweg über Castlebere, weil dort heute der Kino-Truck hielt. Thelda und Charles wollten wissen, was gespielt wurde. Kein neuer Film, ein Melodram über einen Wissenschaftler, dessen Erfindung gegen seinen Willen missbraucht wurde. Da Thelda und Charles dem Herrenhaus abends entfliehen wollten, hatte er zwei Tickets gekauft.

Eine Woche dauerte der Familienbesuch schon. Theldas Familie war eine der weitverzweigtesten Südirlands; ihrer beider Nerven brauchten Entspannung. Thelda war Charles dankbar für die spontane Idee; sie verwahrte die Kinokarten sorgsam im Portemonnaie.

Zum Tee hatten sie versprochen, zurück zu sein. Sie waren zu spät. Daher bat Thelda Charles nicht wie sonst, vorsichtig auf den engen Straßen zu fahren, sondern prüfte nur heimlich den Sitz des Gurtes. Charles war ein hervorragender Fahrer; mehr noch, ein sportlicher. Sie betrachtete ihren Mann zärtlich. Wie *rank* er aussah! Das längliche Gesicht mit dem smarten Lächeln; die Nase eine Winzigkeit zu dick. Erste graue Fäden an den Schläfen. Das gestutzte Bärtchen war nicht nach Theldas Geschmack; sie wusste, er wollte damit seine schmale Oberlippe kaschieren. Thelda beugte sich zu ihm und küsste Charles auf die Wange.

«Wofür war der?», fragte er, ohne den Blick von der Straße zu nehmen.

«Für dich.»

«Hab ich ein Glück.» Er zeigte die prächtigen Zähne; der Schneidezahn stand etwas vor. Charles schaltete einen Gang zurück, sein Blick wurde härter. Thelda bemerkte die gespannten Backenmuskeln.

«Was hast du?»

«Mir ist eingefallen, dass wir gleich wieder mit diesen ... Leuten –»

Er zeigte Richtung Herrenhaus.

«Du Ärmster.» Sie legte die Hand auf seine; er riss den Gangschalter zurück.

Die Familie war der Wermutstropfen im Eheleben von Charles und Thelda. All diese Menschen, die mehrmals im Jahr über sie hereinbrachen. Menschen, zu denen Thelda wenig und Charles gar keine Beziehung hatte.

Doch die Tradition des Hauses de Winter sah vor: Der Sommer gehörte der Familie. *Holbound Manors*, der Stammsitz nahe Eyries, war der beste Platz, sich wiederzusehen und auszuschwärmen. In die Ginsterwälder hinter Arbograith, hinunter zum Flüsschen Oulh oder ins Moor von Tintaguel. Doch wie auf geheimen Befehl waren alle zum Tee wieder daheim.

Die Ausläufer der Arbograith-Hügel. Thelda liebte es, in diese Landschaft zu gleiten – als ob man sich in ein Bett voll kuscheliger Ginsterkissen schmiegte. Sie lächelte bei dem Gedanken. Charles passierte das östliche Gatter. Sämtliche Schafe drehten gleichzeitig die Köpfe und hielten im Kauen inne. Thelda bemerkte spät, dass er die Schotterstraße genommen hatte. Sie war kürzer, das letzte Stück aber vom Regen so ausgeschwemmt, dass der Bentley leicht aufsitzen konnte.

«Wieso fährst du nicht durch die Auffahrt?» Das Holpern und Poltern begann.

«Hast Recht», antwortete Charles. «Ich wollte von der Rückseite ... damit sie uns nicht gleich sehen.»

Lächelnd schüttelte Thelda den Kopf. Charles' Scheu vor der Familie hatte etwas Rührendes. Er war ein gewiefter Gesellschafter; die meisten de Winters bewunderten ihn.

«Soll ich umdrehen?»

«Ich dachte nur an den Wagen. Der letzte Regen ...»

Vor den Fenstern wirbelte Staub auf. Den Bentley mit der Rechten lenkend, beugte Charles sich zu Thelda. Neigte ihren Kopf und küsste sie zärtlich. Sie erwiderte den Kuss, auch wenn ihr missfiel, dass er die gewundene Straße aus den Augen ließ.

Eichen und Ginster, rascher Wechsel von Licht und Schatten. An der Einfahrt stand etwas Graues. Thelda zuckte von Charles' Lippen zurück, riss die Augen auf. Der Bentley war viel zu schnell.

«Charles!»

In diesem Moment erkannten beide, dass es ein Tränkewagen war, den die Bauern auf die Rinderweiden stellten, wenn die Tiere den Sommer über draußen blieben. Das Metallding ragte rechts auf den Schotterweg. Charles riss das Steuer herum – kreischendes Schaben. Er hatte die Deichsel mitgerissen, sie grub sich rechts in die Türflanke. Der Bentley schlingerte mit hohem Tempo nach links.

Dort stand die Scheune O'Kinnegals. Altes Gemäuer, achtzehntes Jahrhundert. Grauschwarze Blöcke, grob aufeinander gehauen. Stand da, seit Thelda sich erinnern konnte. Als Kind war sie mit ihren Freundinnen auf das Grundstück des alten O'Kinnegal geschlichen und hatte ihm bei der Arbeit zugesehen. Die Mädchen hatten so lange gekichert, bis der Schrullkopf sie mit erhobenem Weidestab verjagte.

Die Scheune kam direkt auf sie zu. Theldas verzweifelter Blick; Charles versuchte, das Steuer herumzureißen. Die Räder polterten auf losem Kies.

«Liebling –», flüsterte Thelda Hogarth.

Der Wagen raste in das Gebäude. Das elegant geschwungene Blech der Kühlerhaube wölbte sich auf, gab nach, stauchte in sich zusammen wie Pappe. Links wurde der Motorblock vom Aufprall nach hinten gerissen, zertrümmerte die Innenverkleidung. Die Rosenholzarmatur barst, das Handschuhfach explodierte. Der gusseiserne Block schob alles vor sich her, Metall, Glas, Gestänge und Blech. Die zerfetzten Teile quetschten sich im Bruchteil einer Sekunde in den Körper von Thelda. Beine und Unterleib wurden zertrümmert. Das aufgereckte Ende eines stählernen Holms fuhr ihr in die Lunge. Sie starb mit aufgerissenen Augen.

## 2

# Jagdsaison

«Du bist zu viel allein», sagte Bryan zum Spiegel.

Die Sonne prallte hitzestürmend auf das alte Dach von Mrs. Diveneys Haus. Es war der prachtvolle Sommer, den die Irland-Prospekte versprachen und der nur alle Jubeljahre vorkam. Er ließ die kleine Bauchkugel rausplumpsen und zog sie wieder ein. In seiner Wohnung unterm Dach – es herrschten bestimmt 40 Grad – lief er in Unterhosen. Du könntest baden gehen, überlegte Bryan. Wagemutige kletterten bei den Klippen von *Cahermore* in die Tiefe, schwammen um den Steeple Rock, schliefen umarmt in der Sonne. Bryan hatte Angst vor den Felsen, vor der unberechenbaren Strömung, auch die turmhohen Klippen waren ihm nicht geheuer. Bist ziemlich runtergekommen, dachte er, schlurfte zum Spülstein, nahm die *gute* Tasse und goss kalten Tee ein. Im Stehen trinkend musterte er die Wohnung. Über ein Jahr wohnst du hier und hast nicht das Geringste verändert. Das speckige Sofa mit der staubigen Corddecke. Die wackeligen gelben Stühle, das schiefe Regal über der Spüle, der verkrustete Herd. Lieblos, freudlos, ein Spiegel deiner Situation. Draußen lässt der Sommer die Muskeln spielen, hier ist es dumpf und nicht zum Aushalten. Er ließ sich aufs Sofa fallen. Staubpartikel explodierten im Lichtstrahl. Sein Dienst begann erst in zwei Stunden. Am besten, du bleibst daheim.

Das Telefon in Mrs. Diveneys Flur schellte. Bryan wartete den Ruf seiner Wirtin – «Mister Sheehy, für Sie!» – längst nicht mehr ab. Er hatte festgestellt, dass Mrs. Diveney niemals angerufen wurde; in dreizehn Monaten nicht ein einziges Mal. Man hätte das Telefon ebenso gut in Bryans Wohnung verlegen können. Aber das Ritual verlangte, in Erwägung zu ziehen, dass es jedes Mal auch für Mrs. Diveney sein *könnte*.

In Shorts lief er die Treppe hinunter, nahm ab und wandte sich gleichzeitig über die Schulter, wo die Tür des Diveney'schen Reiches aufging. Die hagere Dame spähte. «Für mich.» Bryan schüttelte den Kopf.

Einbrüche in Ferienhäuser, Unfälle auf der Uferstraße, Randale in *MacCarthy's Pub* – das waren normalerweise Bryans Einsatzorte. Sergeant O'Sullivan aber rief ihn zu einem Tatort, der, dem Prachtsommer ähnlich, nur alle heiligen Zeiten vorkam. Hinaus ins Moor. Bryan solle sich beeilen – wegen der Hitze.

*Tintaguel* lag im Landesinneren. Während er aus Castlebere hinaussteuerte, legte Bryan die Karte auf den Beifahrersitz. Leute winkten ihm zu; man kannte den Sergeant im klapperigen Dienst-Toyota mittlerweile. Er war behilflich beim Ausfüllen von Zulassungsanträgen und griff bei Trunkenheitsdelikten nicht allzu streng durch. Trotzdem galt er nicht als Einheimischer. Ein *echter* Castleberianer würde Bryan wohl nie werden.

*Tintaguel* stand als ‹Moor› eingezeichnet, doch jedermann wusste, dass es dort seit hundert Jahren trocken war. Eine verdrehte, unheimliche Gegend war das. Bryan hatte die Fenster offen und ließ den rechten Arm nach draußen hängen. Das Metall der Tür brannte durch den Uniformstoff. Er bediente das Lenkrad nur mit zwei Fingern. Schweiß rann sein Rückgrat entlang. Er machte das Radio an; die Nachrichten waren vorbei. Mit halbem Ohr lauschte er einem Bericht, der sich mit dem sprunghaften Anstieg der Arcax-Aktie beschäftigte. Er wechselte den Sender. Du hast kein Geld für Aktien, dachte er und klopfte den Takt eines Schlagers auf der glühend heißen Autotür mit. Das Moor war groß; was dort *Straße* genannt wurde, war nichts als eine staubige Piste. Er parkte den Toyota unter einem Stechginster, der ein wenig Schatten versprach.

Baronet Ethelred de Winter, zweiundzwanzigster Träger des Titels, lag mit ausgebreiteten Armen auf dem Rücken. Er trug Khakihosen, Baumwollhemd und eine ärmellose Jägerjacke. Das graue Haar war vom Wind zerzaust. Sein linkes Auge schaute blicklos in den Himmel, im anderen steckte ein Messer. Die lange Waffe war bis zum Schaft in den Kopf eingedrungen; nur der Griff aus Rinderhorn ragte hervor.

Sergeant O'Sullivan hatte den Fundort mit schwarzgelbem Absperrungsband sichern lassen. Träge hing der Plastikstreifen im Glast des späten Mittags. Aus Bantry war die Spurensicherung unterwegs. Aus zwei angemoderten Holzstrünken hatte der Sergeant einen Sitz gebaut und nutzte die erzwungene Pause, sich auf die Schenkel zu stützen und Rast zu machen. Bei diesen Temperaturen ähnelte O'Sullivan einem menschlichen Sprinkler. Überall brach der Schweiß aus ihm hervor. Bryan hatte noch nie solche Schwitzflecken gesehen. In einem fort war der Dicke damit beschäftigt, sich mit einem triefenden Tuch die Stirn zu wischen.

«Sonstige Verletzungen?», fragte Bryan, über die Leiche gebeugt.

«Du zertrampelst die Spuren», antwortete O'Sullivan.

Auf Zehenspitzen trat Bryan zurück. «Wer hat ihn gefunden?»

O'Sullivan deutete zu einer Korkeiche, dem einzigen hohen Gewächs in der Nähe. Dort saß ein ungewöhnlicher Mann an den Stamm gelehnt. Er hatte schulterlanges schwarzes Haar und einen Vollbart. Der Kopf erinnerte Bryan an Bilder aus dem neunzehnten Jahrhundert. Der Mann trug einen Dufflecoat und Schaftstiefel. Wäre er ihm im Herbst begegnet, Bryan hätte sich nichts gedacht. Heute aber waren es in der Sonne leicht dreißig Grad. Der Sitzende war kalkweiß, hatte die Augen gesenkt und trank in kleinen Schlucken aus einem Becher, den ihm ein Polizist reichte.

«Wer ist das?» Bryan wandte sich zu O'Sullivan.

«Harold de Winter. Bruder des Toten.»

«Was sagt er?» Die Uniformmütze hatte die Hitze nur kurz abgehalten; an den Rändern begann sich Schweiß zu bilden.

«Er war mit Ethelred unterwegs.»

«Ethelred?»

O'Sullivan zeigte auf den Toten. «Der Baronet mochte nicht, wenn man *Baronet* zu ihm sagte. *Mister de Winter* gefiel ihm noch weniger.

Alle in der Gegend nannten ihn einfach *Ethelred.*» O'Sullivan legte das nasse Tuch auf die Glatze. Der Schweiß kühlte.

«Wozu das Gewehr?» Bryan zeigte auf die Jagdflinte neben der Leiche. «Es ist keine Jagdsaison.»

Der Sergeant zuckte die Schultern. «Wir werden's rausfinden.»

«Wieso fragst du den Bruder nicht?»

«Er hat einen Schwächeanfall», antwortete O'Sullivan. «War bleicher als der Tod, als ich ankam, kriegte kaum Luft. Der Gardai kümmert sich um ihn.»

Normal, dass ein Mensch kollabiert, der im Hochsommer einen Dufflecoat trägt, dachte Bryan. «Krankenwagen?»

«Kommt», nickte O'Sullivan. «Aber bis die hier draußen sind, hat sich bestimmt unsere Ärztin um ihn gekümmert.»

Der Ausdruck *unsere Ärztin* gab Bryan einen Stich. Er ging in die Hocke, schob die Kappe zurück und starrte auf den Schatten zwischen seinen Füßen. Die Ärztin war Suzy Moynihan. Ihr ging Bryan aus dem Weg. Dumme Sache, das Ganze; eigentlich konnte man nicht von *Vorfall* sprechen, eher ein Unfall. Wie bei vielen Dingen gab Bryan dafür sich die Schuld.

Der Kombiwagen der Spurensicherung holperte über das Heidemoor, gefolgt von Doktor Moynihans Privatflitzer. Ein Japaner mit tiefem Radstand; Suzy musste aufpassen, wo sie langfuhr. Die Jungs stiegen aus, grüßten in die Runde und machten sich an die Arbeit. Früher hatte Bryan sich gewundert, dass alle *drei* Kriminaltechniker Muskelprotze waren. Bis O'Sullivan ihn über das neue Fitness-Center aufgeklärt hatte.

Suzy hatte Bryan knapp begrüßt; so knapp, dass es einem sensiblen Beobachter aufgefallen wäre. Jetzt kümmerte sie sich um den Mann im Schatten der Eiche. Nach kurzem Blick in seine Pupillen fragte sie, ob er Medikamente nehme. Der Schwarzhaarige nickte und nannte den Namen des Mittels. Suzy fühlte den Puls.

«Krankenwagen, schnell!», rief sie über die Schulter.

Bryan lief zum Dienstwagen und vergewisserte sich über Funk, dass die Ambulanz unterwegs war. Als er zurückkam, lag Mister de

Winter mit geschlossenen Augen auf dem Rücken. Suzy hatte ihm den Mantel ausgezogen und unter die Füße geschoben.

«Was ist mit ihm?» Bryan beugte sich zu ihr.

«Herz.» Kurz trafen sich ihre Blicke.

«Was denkst du: Ist er *vor* oder *nach* dem Mord zusammengebrochen?»

Konstant prüfte Suzy den Puls des Bewusstlosen. «Was?»

«Könnte *er* es gewesen sein, der das Messer ...»

«Er hat einen Infarkt», antwortete sie knapp.

Der Mann auf dem Boden atmete kaum noch.

Wenig später wurde Harold de Winter, eine Sauerstoffmaske vor dem Gesicht, in den Krankenwagen gehoben. Er hatte das Bewusstsein nicht wiedererlangt. Suzy Moynihan schilderte dem Ambulanzarzt die Symptome und überließ Harold dessen Obhut. Mit Blaulicht, unsinnigerweise auch mit Sirene, raste der Wagen durchs Moor, eine Staubfontäne hinter sich lassend.

«Wann ist er vernehmungsfähig?» O'Sullivan trat zu den beiden.

«Wenn er's überlebt –» Suzy legte den Kopf schief. «Frühestens in drei Tagen.» Sie beugte sich über die Leiche des Baronet.

## 3

## Mottenzerfressen

Bis jetzt hatte Bryan mit den *feinen Leuten* der Provinz nie zu tun gehabt. Ihm war nicht einmal bewusst, dass diese Schicht in der Gegend existierte. War Irland nicht immer das Armenhaus des Empire gewesen? Hatten hier nicht bloß die Verwalter der britischen Adelshäuser gelebt, die strikten Auftrag hatten, jeden Reichtum, den die Insel hervorbrachte, über die Irische See ins gepriesene Königreich zu verschiffen? Bryan musste erfahren, dass es alteingesessene Familien gab, die ihr Adelsprädikat zwar noch vom britischen König verliehen bekommen hatten, ihr Lehens- und Herrschaftsrecht jedoch seit vielen Generationen als irischer Landadel ausübten. Im Südwesten waren die de Winters die älteste.

Als Sergeant Bryan Sheehy und Sergeant Ronald O'Sullivan den gewundenen Weg zum Herrenhaus hochfuhren, konnte Bryan seine Bewunderung nicht verhehlen.

«Ist ja ... prächtig.» Er spitzte die Lippen zum Pfiff.

«Bruchbude», erwiderte O'Sullivan unbeeindruckt. «Wenn die das Dach nicht bald sanieren, modert ihnen darunter alles weg.»

Nun bemerkte auch Bryan die bemoosten Stellen um die Firste, abgerutschte Dachziegel, eingesunkene Kamine. An einem der Türmchen fehlte ein Stück vom Dachstuhl.

«Ich dachte, die sind reich.» Er sah den Dicken an.

«*Ruhende* Werte.» O'Sullivan stieg auf die Bremse. «Wälder, Jagdreviere, ich glaube, auch ein Küstenstreifen gehört ihnen. Aber –» Er hob die Brauen. «Du weißt ja: Nur Bares ist Wahres. Der selige Baronet konnte sich von den Ländereien nicht trennen.»

Der Toyota hielt knirschend im Kies. Wenn die Polizisten erwartet hatten, empfangen zu werden, täuschten sie sich. Schweigsam lag das Anwesen; keine Tür ging auf, niemand lehnte sich aus dem Fenster.

«Leute wie die erwarten mindestens einen Inspector», brummte Bryan. «Wenn nicht gleich den Superintendent.»

«Da können sie lange warten.» O'Sullivan langte nach dem Türklopfer.

In diesem Moment entdeckte Bryan den anderen Dienstwagen vor dem Seiteneingang. «Was macht Meers hier?»

Da kam der Gardai schon um die Ecke gelaufen. Der freundliche Polizist Meers, den Bryan gerne den *Mäusegardai* nannte. Er hatte so etwas Spitzes, Schlaues. Im Augenblick zog sich die Mäusestirn in Falten.

«Wieso habt ihr nicht geantwortet?!», rief er ärgerlich. «Ich hab mehrmals gerufen!»

«Vielleicht die falsche Frequenz.» O'Sullivan hielt den Klopfer noch immer erhoben.

«Kommt ihr vom Unfall?»

«Unfall?» Der Dicke ließ los, der Klopfer schlug gegen die Tür. «Wenn einer ein Messer im Kopf hat, ist das kein *Unfall*.»

«Wieso Messer?» Meers kam die Stufen zur Terrasse hoch. «Der Wagen ist Schrott.»

«Was für ein Wagen?», fragte Bryan.

Die drei Polizisten aus Castlebere sahen einander verständnislos an.

Wenn das Familienoberhaupt der Familie de Winter erstochen im Moor lag, konnte das als Sensation gelten. Wenn die Tochter des Baronet am gleichen Tag einem Unfall erlag, gingen die Ereignisse weit über jedes erlebte Maß hinaus. Gardai Meers berichtete. Wenige hundert Meter entfernt – Thelda de Winter – tot. Charles Hogarth hatte wie durch ein Wunder überlebt. Seit zwanzig Minuten wartete Meers auf den Krankenwagen. Bryan und O'Sullivan begriffen: Die Ambulanz verfügte nur über zwei Fahrzeuge. Normalerweise reichte das. Heute nicht.

«Und die Leiche?», fragte Bryan.

«Noch im Auto», sagte Meers.

«Was ist mit der Feuerwehr?»

«Schneidet sie gerade raus», antwortete der Gardai.

«Und das andere Opfer?»

«Im Haus.»

Überraschter Blickwechsel zwischen den Sergeants. «Wie ist er dorthin gekommen?», fragten sie gleichzeitig.

«Die Verwandtschaft sah ihn blutüberströmt die Wiese hochtaumeln. Er brach vor dem Haus zusammen. Die Dienerschaft hat ihn hineingetragen.»

«Himmelherrgott, das ist ja ein rabenschwarzer Tag!» O'Sullivan wischte sich über die Glatze.

«Wenn bloß der Inspector hier wäre», seufzte Meers.

«Ja, der Inspector», nickte Bryan.

«Der Chef», schloss O'Sullivan sich an.

Aber es nützte nichts, Inspector Caughan würde nicht kommen. Sie schritten zur Tat. Meers zeigte den Sergeants die Seitentreppe, von wo aus sie in den Salon gelangten. Der Raum war so groß, dass die drei Polizisten ein Stück Wegs gehen mussten, um bei der Familie anzulangen. Man saß und stand gruppiert um den steinernen Kamin, in dem ein Mensch aufrecht Platz gefunden hätte. Die Wände zierten Gobelins und Teppiche; wäre Bryan näher gegangen, hätte er entdeckt, dass sie mottenzerfressen, angemodert und staubig waren. Das Mobiliar gemütlich und steif zugleich. Blumengemusterte Sofas neben knorrigen Sesseln mit hoher Lehne. Nippesbeladene Tische und eine Tafel aus schwarzem Holz. Nicht dazu passte das Plexiglastischchen mit dem Fernsehgerät. Auf einem Servierwagen die Hausbar und dahinter – Bryan starrte ihn an wie einen Insulaner – der Butler. Bereit, Scotch, Malt oder Sherry einzugießen.

Die Frauen der Familie mit Teetassen bewaffnet. Die männlichen de Winters rauchten vorwiegend. Von draußen hörte man Kinder spielen. Sie sollten bei dem traurigen Anlass offenbar nicht dabei sein.

*DAS* ist eine Familie, dachte Bryan beeindruckt. Wie sie im Buche steht! Eine große, verzweigte Familie; so sehr über die Insel verteilt, dass es Mühe macht, jeden mindestens einmal im Jahr zu sehen. Zu den Feiertagen trifft man sich, geht spazieren, fährt an die Klippen, isst und trinkt miteinander; man erlebt sich als Einheit!

«Wann kommt der Krankenwagen?!», rief eine hagere Person im Anzug. Bryan hätte sie für einen Mann gehalten; doch als sie aufstand, erkannte er, es war eine Frau. Renata de Winter, die Schwester des Toten.

Bryan bat um Aufmerksamkeit. Knapp und sachlich eröffnete er, dass Baronet de Winter erstochen im Moor aufgefunden worden war. Sein Bruder Harold hatte wegen eines Herzinfarkts in die Klinik überstellt werden müssen.

*Glyzinien und Gwendoline,*
*mein Liebster weiß, ich fände ihn*

Wieso ging Bryan ausgerechnet jetzt dieses Gedicht durch den Kopf? Im nächsten Moment begriff er, dass es ihn an *seine* Familie erinnerte. Sie war nicht groß und verzweigt; man brauchte kein Stammbuch für diese Familie anzulegen. Doch eine freundliche, verrückte Tante konnte Bryan sein Eigen nennen: Gwendoline. Und das machte ihm, so traurig der Anlass auch war, gute Laune.

Er hatte geendet; eine Pause entstand.

«Harry hätte bei der Hitze nicht rausgehen sollen», sagte seine Schwester Renata und schob die Brille zurecht. Neben ihr hüstelte eine Matrone.

Stille. Porzellanklirren. Kleiderrascheln.

«An so einem drückenden Tag bleibt man am besten daheim», bekräftigte ein Herr mit roter Weste. Er zog an der Zigarre, eine süßliche Wolke stieg auf.

Ein junger Mann mit glatt gekämmtem Haar ließ sich auf der Sofalehne nieder. «Zuletzt sagte ich noch zu Ethelred: Im Schatten der Klippen müsste es angenehm sein.»

«O Gott, Onkel Ethelred!»

Bryan wandte sich um. Die Worte kamen von einer zierlichen Erscheinung. Anna-Sophia de Winter hatte schwarze Locken, ebensolche Augen und einen liebenswürdigen Mund. Er betrachtete ihre kräftigen Waden, die unter einem malvenfarbenen Kleid hervorguckten.

«Wer von Ihnen war in den letzten paar Stunden außerhalb des Hauses?», schaltete O'Sullivan sich ein.

«Wir alle», antwortete Renata.

«Wieso alle?» O'Sullivan zog sein Tuch hervor.

«Was ist das für eine Art?», erwiderte Renata barsch. «Sie teilen uns die Ermordung Ethelreds mit und wollen im gleichen Atemzug wissen, ob wir ein Alibi haben?!» Sie trat den Polizisten entgegen.

Darauf wäre eine Menge zu antworten gewesen. Einen Messerstoß so zu führen, dass es dem Opfer bis zum Schaft in den Kopf dringt, dürfte nur ein kräftiger Mann imstande gewesen sein. Jemandem die Waffe *ins Auge* zu stoßen erschien grausam oder verrückt. Aber Bryan schwieg.

«Außerdem!» Renata war noch nicht fertig. «Mein Schwager Charles liegt da oben! Wann kommt endlich der Krankenwagen?!»

Noch während sie sprach, hörte man das an- und abschwellende Martinshorn. Die Familienmitglieder erhoben sich fast gleichzeitig und traten an die Fenster. Der Krankenwagen raste die Straße hoch. Dahinter der schwarze Leichenwagen und zuletzt Suzy Moynihans Auto.

Zwei Leichen an einem Tag, dachte Bryan.

«Was weißt du vom Unfall?», raunte er dem Gardai zu.

«Wahrscheinlich vom Weg abgekommen und gegen die Scheune geprallt», antwortete Meers.

Bryan hörte verhaltenes Weinen. «Thelda war nur ein paar Jahre älter als ich», sagte Anna-Sophia. «Sie und Charles waren so glücklich –» Der Mann in der roten Weste trat hinter sie und nahm die junge Frau in den Arm.

Ehemänner umfassten die Schultern ihrer Frauen. «Schlimme Sache, weiß Gott», murmelte einer.

Der Krankenwagen hielt vor dem Hauptportal. Zwei Männer mit Bahre wurden von Angestellten durch den Haupteingang gebeten. Man hörte sie die steinerne Treppe hochlaufen. Suzy Moynihan bemerkte Bryan am Fenster und winkte ihm zu. Er machte Zeichen, dass er nach unten komme. Im Hinauslaufen fiel sein Blick in ein hinter dem Salon gelegenes Zimmer; ein erhöhter Erker mit Fenstern in drei Himmelsrichtungen. Ein reich verzierter Sekretär stand darin.

Bryan und Suzy näherten sich einander über den säuberlich geharkten Kiesvorplatz. Ihre veilchenblauen Augen lagen tief in den Höhlen, Schatten um die Mundwinkel. Bryan kannte den Zustand – wenn Suzy ihren Beruf hasste.

«So ein Unfallopfer habe ich noch nie gesehen.» Wie blass sie war!

«Der Aufprall muss ungeheuer gewesen sein. Dass der Mann überlebt hat, ist ein Wunder.»

Bryan berührte ihren Unterarm. Sie lehnte sich zu ihm, ergriff seine Hand. «So ein Tag.» Suzy schüttelte den Kopf. «Wird man lange nicht vergessen.»

Bryan blickte die Fassade hoch und sah direkt in die weinenden Augen von Anna-Sophia de Winter. Die Kinder kamen ums Haus gelaufen.

## 4

## Die letzten Tickets

Am späten Nachmittag hatte der Superintendent aus Cork angerufen, knapp gefolgt vom Distriktleiter des *National Bureau of Investigation*. Beide wollten das Gleiche wissen: Kommt ihr Leute an der Südwestspitze klar? Jedes Mal hatte Bryan geantwortet: Natürlich. Er wollte sich von keinem angereisten Wichtigtuer in die Suppe spucken lassen. Mord gehörte zu seinem Aufgabenbereich; so ungewöhnlich er in der stillen Gegend auch war. Bryans Handicap: Die Dienststelle Castlebere hatte derzeit keinen Chef. Inspector Caughan war seit Wochen *auf Kur*, wie es offiziell hieß. Sein Gesundheitszustand machte es unmöglich, ihn von heute auf morgen zurückzurufen.

Es war halb acht, als Bryan nach Castlebere zurückkehrte. Er war hundemüde. Das Hemd klebte am Leib; er hatte Hunger. Essen, duschen und schlafen kannst du später, dachte er pflichtbewusst, fuhr auf die Wachstube und wollte die Berichte durcharbeiten. Es war nichts da. Keine einzige von den grauen Mappen, die sonst per Kurier aus Bantry kamen. Der Schreibtisch war leer. Bryan sah im Faxgerät nach, fuhr den Computer hoch, suchte nach einer Mail. Nichts von Bedeutung. Er telefonierte mit Bantry und erfuhr, dass die Auswertung erst morgen früh bereit sein würde.

Kurz nach acht verließ er die Dienststelle, lief neben der Kirche *Sacred Heart* die Treppe hoch, erreichte die Lauragh Street und sein Zuhause, das Haus der verwitweten Mrs. Diveney. Auf Zehenspitzen lief er an ihrer Tür vorbei, wollte jetzt kein Geplauder übers Wetter. Sperrte auf – die Hitze raubte ihm fast den Atem. Es half wenig, die Fenster aufzureißen. Die Dachschindeln und Backsteinmauern hatten sich aufgeheizt und gaben die Wärme nachts wieder ab. Man konnte nichts tun, als leise vor sich hin zu rösten oder unter einem nassen Laken bewegungslos zu verharren, bis das Morgengrauen Abkühlung brachte.

Zu beidem hatte Bryan keine Lust. Er ging unter die Dusche, schlüpfte in ein frisches Hemd und verließ die Wohnung, bevor er wieder zu schwitzen begann.

Wie immer entschied er sich für Sile O'Sheas *Crêperie*. Die Bezeichnung war irreführend, da Sile, der Besitzer, seinen Laden erweitert hatte. Vorne verkaufte er weiterhin Pfannkuchen mit Sauerkirsch oder Schokolade. Durch eine dünne Wand getrennt bot er auf der Rückseite *Fish 'n Chips* an. Dass die Crêpes nach Frittieröl rochen und der Fisch einen Anflug von Schokosirup hatte, störte die wenigsten. Bryan nahm eine Doppelportion und schlenderte mit seiner Tüte zum Platz beim Hafen.

Das hätte er beinahe vergessen! An jedem zweiten Donnerstag im Monat stand der Kino-Truck in Castlebere. Fernsehen war Bryan zuwider; es erinnerte ihn daran, wie einsam er war. Kino aber bedeutete, einen Abend auf Reisen zu gehen. Noch nie hatte Bryan die Ankunft des Trucks verpasst. Nur an einem Tag mit zwei Toten konnte so etwas passieren. Er umrundete das dunkelblaue Ungetüm, das beinahe den ganzen Platz einnahm. Eine treffliche Konstruktion, das musste man sagen. Kam der Truck in die Stadt, sah er nicht anders aus als die Laster, die den Supermarkt belieferten oder Fisch aus der *Fisherman's Co-op* holten. Hatte der Kino-Wagen jedoch geparkt, stieg der Fahrer aus und ließ mittels Hydraulik ein kleines Gebäude entstehen. Der hintere Teil klappte beidseitig auseinander; der Wagen wurde beinahe doppelt so groß. Nun brauchten bloß noch die Klappstühle hineingestellt zu werden. Sechzig zahlende Gäste nahm das mobile Kino pro Vorstellung auf. Da das für eine ganze Stadt wenig war, spielten sie sechs Vorstellungen täglich.

Die letzte begann gerade.

In ungesundem Tempo schlang Bryan Fischbrocken und erkaltete Fritten hinunter, während er sich schon in die Schlange stellte. Bryans Optimismus! – Minuten später war alles ausverkauft. Als er vor den Schalter trat, schüttelte der Einmannunternehmer den Kopf.

«Bedaure, alles voll.»

«Nicht mal Dienstkarten? Ich bin Polizist», versuchte es Bryan.

«Und wenn Sie der Bürgermeister wären, ist nichts mehr», antwortete der andere. «Ich kann Sie den Leuten doch nicht auf den Schoß setzen.»

Bryan nickte, aber er war schrecklich enttäuscht.

«Sekunde, da fehlen noch zwei.» Der hinterm Schalter tippte auf seine Strichliste. «*Hogarth*, Mann und Frau.»

Der Name sagte Bryan etwas, doch sein Räderwerk schaltete nicht schnell genug.

«Ich fürchte, die werden nicht kommen», sagte eine vertraute Stimme. Suzy Moynihan stieg die Alutreppe hoch. Sie trug das dunkelblaue Kostüm, das Bryan früher so scharf gemacht hatte.

«Oh – du – na, auch hier?», haspelte er. «Sieht leider so aus, als ob …»

Suzy drängte sich neben ihn, hielt das Gesicht dicht vor das Loch in der Scheibe und flüsterte: «Das Ehepaar Hogarth ist heute zu Tode gekommen. Sie werden die Vorstellung nicht besuchen.»

Der Mann hinter Glas glotzte sie skeptisch an. Wurde er auf den Arm genommen? Doch die Frau mit der Ponyfrisur machte einen seriösen Eindruck. Wortlos schrieb er Ersatzkarten aus.

«Ist nur noch vorne was frei.»

Dass er ausgerechnet mit Suzy den Abend verbringen würde, hätte Bryan nicht erwartet. Er glaubte, dass solche Ereignisse kein Zufall waren, und war bereit, sich zu stellen. Sie quetschten sich in die erste Reihe, baten ein Ehepaar aufzurücken, damit sie zwei Plätze nebeneinander hatten; sie saßen dicht an dicht.

Suzy und Bryan. Der Film, die Hitze, der dunkle Raum, ihre Ellenbogen berührten sich. Eine halbe Stunde später rutschte Bryans Hand an Suzys Hüfte. Ihre Fingerspitzen suchten nach seinen. Den Großteil des Melodrams über küssten sie sich, bekamen den Mittelteil kaum mit. Verfolgten das letzte Drittel eng umschlungen.

Als das Licht anging, drängten sie aus dem Truck, wo der letzte Sauerstoff aufgebraucht war.

Eigentlich hatte Bryan vor, Suzy an der Hand zu nehmen, mit ihr die Lauragh Street hochzulaufen, in seine Backstubenmansarde, wo man nichts Besseres tun konnte, als sich die Kleider vom Leib zu reißen.

Doch kaum hatten sie die schützende Traumwelt verlassen, waren Romantik und Leidenschaft verflogen. Sie stellten wieder Kriminalärztin und Sergeant dar und hatten ein *Problem*. Man hätte es vermutlich mit Kleider-vom-Leib-Reißen am besten gelöst, aber der Moment war vertan. Das Brachland des Beziehungsgesprächs lag vor ihnen. Sie gingen in *MacCarthy's Pub* und begannen, jeder vor seinem Bier, ihre Liebe zu zerpflücken. Suzy beschwerte sich, dass Bryan in letzter Zeit so kühl geworden sei; den Vorfall vergangene Woche nahm sie ihm übel. Bryan verteidigte sich, er habe viel um die Ohren. Der *Vorfall* tue ihm leid. Suzy warf ihm vor, sich nicht entscheiden zu können. Bryan sagte, er fühle sich *gedrängt*; nach einer verpfuschten Ehe wolle er nicht so schnell wieder was *Festes*. Sie parierte: Bryans Scheidung liege ein Jahr zurück; ob er keine bessere Ausrede habe.

Zwei Pints leerten die beiden, ohne dass sie das Problem bewegten. Suzy wollte, Bryan wollte auch – es war eine Frage unterschiedlichen Tempos. Traurig trennten sie sich vor Mitternacht. Suzy stieg in den Flitzer und jagte nach Bantry. Bryan stieg in seine Schweißkammer, machte ein Laken feucht und deckte sich seufzend zu. Obwohl er fast ohnmächtig vor Müdigkeit war, schlief er erst ein, als draußen erste rosa Schleier aufzogen.

## 5

## Zwanzig Knaben

Bryan war gerädert. Im Büro brauchte er einen halben Liter Kaffee, um sich auf die grauen Mappen zu konzentrieren, die sauber gestapelt auf seinem Schreibtisch lagen.

Die Spurenauswertung sagte, Baronet de Winter sei durch einen Stoß mit seinem eigenen Messer, das den Augapfel sowie das Großhirn durchdrungen hatte und bei der Hirnrinde wieder ausgetreten war, getötet worden. So weit nichts Neues. Der einzige, tödliche Stoß musste mit großer Wucht geführt worden sein. Andere Verletzungen wies der Körper nicht auf. Auf dem Griff der Waffe waren die Fingerabdrücke abgewischt worden. Sonstige Fundstücke: die großkalibrige Flinte des Ermordeten, mit geöffnetem Lauf. Aus beiden Kammern war gefeuert worden. Eine Patronenhülse lag im Gras. Ein erlegtes Kaninchen in einer Ledertasche, auf der Tasche ein nicht identifizierter Fingerabdruck. Ein weicher Schlapphut, der dem sterbenden Baronet vom Kopf gefallen sein musste. Kaum Blutspuren, da lediglich innere Verletzungen. Mager, dachte Bryan. Bis auf den Fingerabdruck war aus dem Bericht wenig Kapital zu schlagen. Er telefonierte mit dem Krankenhaus. Harold de Winter lag auf der Intensivstation. Er hatte den Infarkt überlebt, schwebte jetzt aber in einer Art Dämmerzustand. Kein Arzt war bereit, zu prognostizieren, wann die Polizei den Mann verhören konnte.

Bryan verließ sein Büro und kam bei O'Sullivan vorbei, der über den Details des Autounfalls saß.

«Wie ist es passiert?» Bryan stellte sich hinter den Dicken.

«Da stand ein Tankwagen auf dem Weg.» O'Sullivan blätterte in der Akte. «Sagt Charles Hogarth.»

*«Tankwagen?»*

«Nicht, was du denkst – Stadtjunge.» O'Sullivan leckte Schweißperlen von der Oberlippe. «Das Wasser fürs Vieh wird in kleinen Tankwagen auf die Weiden gebracht. Dieser ragte aber zu weit in die Straße hinein. Hogarth sah ihn zu spät, musste ausweichen, sein Auto war zu schnell.»

«Bremsspuren?», fragte Bryan.

«Ziemlich kurz. Muss alles rasend schnell gegangen sein.» Der Sergeant sah Bryan mit Doggenblick an. «Schirmherrin der Obdachlosenbetreuung, Bibliotheksstifterin, Ehrenvorsitzende des Seerettungsvereins, und seit drei Jahren richtete sie das *Tanz-unterm-Fischmond-Fest* aus.»

Da Bryan nicht schnell genug schaltete, wurde O'Sullivan deutlicher. «Du konntest dich keine Stunde in Castlebere aufhalten, ohne dem Wirken von Thelda de Winter zu begegnen.»

«Ab heute schon», antwortete Bryan ernst.

«Eine großartige Frau.» O'Sullivan nahm ein Foto zur Hand. «Nicht zu fassen, wirklich.»

«Ich fahr zum Herrenhaus.» Bryan drückte den Summer.

«Ohne Thelda wird es kein *Tanz-unterm-Fischmond-Fest* mehr geben», grübelte O'Sullivan. Hinter ihm schlug die Tür zu.

Niemand *plant*, einem anderen das Messer ins Auge zu stoßen. Der Dienstwagen schnurrte Richtung *Holbound Manors*. Das Bizarre der Wunde sieht nach Tötung im Affekt aus. Vielleicht eine Familienfehde, die im Moor von Tintaguel endet? Reiß dich zusammen, ermahnte sich Bryan und drehte den kühlen Luftstrom auf seine Stirn. Achtzig Prozent aller Gewaltverbrechen finden im Familienkreis statt, meldete sich die Statistik. Aber warum ein Messer im Auge? Er bremste vor einer unübersichtlichen Kurve. Als er sich dem Herrenhaus näherte, schlug ihm helles, strahlendes Singen entgegen.

Vor dem Hauptportal standen zwanzig Knaben in Zweierreihe. Bryan hatte sie früher manchmal in der Kirche gesehen; der Knabenchor von Bantry. Die Jungs hatten sich unter Leitung des Lehrers vor Holbound Manors versammelt, um Baronet de Winter, ihrem Gründer und Förderer, ein letztes Ständchen zu bringen. Bryan blieb abseits, lehnte sich an die Mauer; vielstimmig drang der Gesang empor. An den Fenstern mehrere Mitglieder der Familie.

«Miserere – miserere nobis», sang eine einzelne Stimme. Ein Junge von außergewöhnlicher Zartheit. Er hatte helleres Haar als die meisten, war feingliedrig, aber nicht dünn. Seine Stimme drang rein und leicht über die andern hinweg. Diese Töne zu Ehren von etwas *Höherem* – Bryan spürte einen Schauder über den Rücken laufen. Er betrachtete den Jungen, bis dessen Solo vorbei war. Bryan ging ins Haus.

Der Eindruck hatte sich gründlich gewandelt. Die noble Gelassenheit war dahin. Die de Winters wirkten wie unter Schock, fassungslos, aufgelöst. Der Chor endete. Renata de Winter ging nach draußen und bedankte sich im Namen der Familie. Der Lehrer sprach sein Beileid aus und versammelte die Jungs beim Schulbus. Bryan warf einen letzten Blick auf den blonden Jungen, dann begann er die Befragung.

Ethelred de Winter, das Familienoberhaupt, Ethelred, der Gutsbesitzer. Der Kunstfreund Ethelred, der Musikliebhaber – so lauteten die hervorstechendsten Eigenschaften, die Bryan zu hören bekam. Er notierte, fragte nach, informierte sich, wann jeder Einzelne Holbound Manors am Tag des Mordes verlassen hatte, zurückgekehrt war; er stellte den Tagesablauf einer verzweigten Familie fest. Bryan registrierte, wie die Rädchen der Aussagen sich ineinander fügten, hakte nach, wo es Lücken gab. Nach fünf Stunden endete sein Verhörmarathon im Arbeitszimmer Renatas. An den Wänden reihten sich Aktenordner mit Jahreszahlen; die Registratur des Gutes.

«Sind die Brüder öfter zusammen ins Moor gegangen?»

«Nie», antwortete sie knapp. «Wenigstens nicht, dass ich wüsste.»

«Wir fanden ein Kaninchen in der Umhängetasche Ihres Bruders.»

Renata lächelte kurz. «Ethelred hat gerne rumgeknallt. Kein Eichhörnchen war vor ihm sicher.»

«Ihr Bruder war Witwer?»

«Seit fünf Jahren.» Renata im schwarzen Hosenanzug, sie trug eine Hornbrille.

Bryan machte eine Notiz. «Und Sie selbst sind – ledig?» Er hielt den Blick auf den Block gesenkt.

«Das ist korrekt.» Sie verzog keine Miene.

«Wenn ich richtig verstehe» – nun sah Bryan sie aufmerksam an –, «war der Verstorbene nicht der erstgeborene Sohn der Familie?»

Mit verschränkten Armen saß Renata hinter dem Schreibtisch. «Das stimmt. Der Älteste von uns ist Harold.»

Bryan schwieg abwartend.

«Und nun fragen Sie sich, wieso er nicht das Familienoberhaupt war? Er wollte nicht. Mein Bruder ist –» Sie überlegte. «Eine freie Seele. Ja, das trifft es. Er braucht die Freiheit mehr als alles andere.» Ihre Haltung entspannte sich etwas. «Die Brüder haben sich gleich nach dem Tod unserer Eltern geeinigt.»

«Wann war das?»

«Vor fünfzehn Jahren. Ethelred übernahm den Titel, regelte die Familienangelegenheiten und bewirtschaftete das Gut. Harry hilft manchmal aus dem Hintergrund.»

«Hat er nie bedauert, die Zügel aus der Hand gegeben zu haben?»

«Harry war Ethelred sogar dankbar. Das Arrangement hat über die Jahre bestens funktioniert.»

«Ist Ihr Bruder Harold ernsthaft herzleidend?»

«Unser Hausarzt sagt: *Harold hat Herzwände dünn wie Papier*. Aber wenn es um seine Sache geht, ist er ein Stehaufmännchen. Dann sprüht er vor Tatkraft.»

«*Sache?*» Bryan beugte sich vor.

«Mein Bruder Harold ist – *Poet*. Er macht Gedichte.» Sie schob die Brille hoch. «Oden, Sonette, all so was.»

Bryans Blick fiel auf die Aktenordner im Hintergrund. Die nüchterne Schwester, die für den dichtenden Bruder wenig Verständnis aufbrachte.

«Könnte ich etwas von ihm gelesen haben?»

«Nein.» Sie rückte Papiere zurecht. «Harry schreibt nur für sich.»

«Wie finden Sie seine Arbeiten?»

«Ich kenne wenig. Ziemlich unzugänglich, würde ich sagen.»

«Miss de Winter, wo waren Sie gestern zwischen zwölf und dreizehn Uhr?»

«Ich habe Ethelred zurückerwartet. Als er nicht kam, bin ich ihm entgegengegangen.»

«*Sie* waren im Moor?», fragte Bryan überrascht.

«Nein. Mein Cousin Doyle hat mich im Park in ein Gespräch verwickelt. Bald darauf wurden wir von dem Autounfall informiert.»

«Was war so dringend, dass Sie Ethelred ins Moor entgegengehen wollten?»

«Die Bank hat die Papiere geschickt.» Instinktiv strich ihre Hand über einen Briefbogen.

«Wichtige Papiere?»

Sie zögerte.

«Gibt es Schwierigkeiten?»

Im Salon vervollständigte Bryan seine Notizen. Wenn die de Winters in finanziellen Schwierigkeiten steckten, wem nützte der Tod des Familienoberhauptes? Er sah sich in dem kostbar möblierten Raum um, bemerkte zum zweiten Mal den Eingang in jenes Erkerzimmer. Bryan schob die Tür langsam auf.

Ein Ausblick von unbeschreiblicher Schönheit. Durch das rechte Erkerfenster sah man die ginsterbewaldeten Hügel von Arbograith. Hinter dem Mittelfenster fiel der Park sanft bis hinunter zum Flüsschen Oulh. Links konnte man an einem Tag wie diesem das Meer schimmern sehen. Bryan dachte an die kahle Hinterhofmauer, die vor seinem Fenster den Ausblick versperrte. Neben dem Erker stand ein antiker Sekretär, schulterhoch, mit Intarsien aus Messing und Elfenbein.

«Sir –»

Er fuhr herum. Durch die zweite Tür war der Butler eingetreten.

«Herrliche Arbeit.» Bryan deutete auf den Schrank.

«Gewiss», nickte der andere. «Miss Anna-Sophia –»

«Ich komme.» Bryan zog die Uniformjacke zurecht. Plötzliche Nervosität. «Wartet sie schon lange?»

«Miss de Winter lässt sich entschuldigen.»

«Was? Wieso?», fragte Bryan mit dem Recht des Ermittlers und der Enttäuschung eines übergangenen Mannes.

«Miss Anna-Sophia ist weggefahren.» Mit diesen Worten geleitete der Butler ihn aus dem Erkerzimmer. «Ihrem Onkel Harold geht es überraschend besser.»

## 6

## Tür mit Exit-Zeichen

Vorbei an den Felsen, wie gezackte Ungeheuer ragten sie in den Himmel. Blinzelnd steuerte Bryan an den Schieferplatten entlang, die das Sonnenlicht reflektierten. Sonst lag feuchter Tang auf der Brücke; heute war alles vertrocknet, der Fluss nicht mehr als ein Rinnsal. Die Reifen holperten übers Bankett; Bryan nahm die Haarnadelkurve zu eng.

Als er im Krankenhaus von Bantry eintraf, verließ Miss de Winter gerade die Intensivstation. Überraschung und schlechtes Gewissen in ihrem Gesicht. Sie kam Bryan auf dem Flur entgegen.

«Morgen.» Er tippte an den Mützenschirm. «Krankenbesuch?»

«Ich musste ihn sehen.» Sie trug ein schwarzes Kostüm aus Rohseide.

«Wie geht es Ihrem Onkel?»

«Schlecht.» Sie verschränkte die Finger, knipste nervös die Haut an den Daumenkuppen.

«Immer noch?»

«Sein Leiden ist chronisch.» Nun standen sie voreinander. «Aber im Grunde ist Harrys Herz ein *Ausdruck* von Harry. Er steht immer am Rande des Lebens.»

Ihre Augen waren nicht vollkommen schwarz. Etwas Grünes schwamm darin, oder Grau?

«In welchem Verhältnis stehen Sie zu Ihrem Onkel?», schlug Bryan den Verhörton an.

«Er ist ein Genie», sagte sie ohne Pathos. «Ich bin eine der wenigen, denen er etwas zu lesen gibt.»

«Warum veröffentlicht er nichts?»

«Weil das nicht der Sinn ist. Ein Gedicht *kommt* in die Welt. Harry *findet* es. Und plötzlich ist sie da, die wunderbare Dichtung.»

Während sie sprach, veränderte sich ihr Gesicht. Die Stirn schien höher zu werden, die Nasenflügel wölbten sich.

«Konnte Ihnen Ihr Onkel etwas erzählen – über den Hergang des Mordes?»

«Glauben Sie, nach dem, was er durchgemacht hat, würde ich *danach* fragen?»

«Liegt es nicht auf der Hand?»

«Für Sie, Mister Sheehy. Sie suchen einen Mörder. Ich mache mir Sorgen um meinen Onkel.»

«Sind Sie nicht interessiert, zu erfahren, wer Ihren Onkel Ethelred getötet hat?»

Stille, man hörte das Surren der Leuchtstoffröhren.

«Natürlich», antwortete Anna-Sophia. «Harry hat mir nichts erzählt. Er kann noch nicht richtig sprechen.»

«Wer hat einen Nutzen davon, dass der Baronet tot ist?»

«Niemand», sagte sie leise. «Niemand kann von so einer schrecklichen Tat profitieren.»

Sie ging zur Tür mit dem Exit-Zeichen. Bryan sah ihr nach, bis ihre Schritte verklangen. Dann fragte er sich zum Chefarzt durch.

«Harold de Winter ist Tatzeuge eines Kapitalverbrechens», sagte er unter dem harten Deckenlicht der Intensivstation. «Da der Patient bei Bewusstsein ist, wird er einfache Fragen beantworten können – notfalls mit Klopfzeichen.» Bryan fand seinen Ton höflich und unmissverständlich zugleich. Der Doktor blieb unbeeindruckt.

Was Bryan nicht wusste: Der Chefarzt erkannte ihn wieder. War das nicht der Polizist, der ihn in der Silvesternacht angehalten hatte? Und hatte der Arzt nicht überdurchschnittlich viel Grog getrunken? Wäre damals – unter normalen Umständen – nicht der Führerschein weg gewesen? Der Sergeant aber hatte ein Auge zugedrückt und dem Doktor ein gutes neues Jahr gewünscht. Hinzu kam, dass Bryan an diesem Morgen nicht viel Zeit vor dem Spiegel verbracht hatte. Ständig musste der Arzt das widerspenstige

Haarbüschel betrachten, das Bryan zu Berge stand. Und das rührte ihn.

«Fünf Minuten», sagte er in verantwortungsbewusstem Ton. «Ich werde das Gespräch aus dem Vorraum mithören.»

Der Chefarzt überlegte, wie er Bryan mitteilen sollte, dass ihm die Haare zu Berge standen. Das Problem löste sich, als Bryan ein Häubchen in aseptischem Grün übergestülpt bekam; dazu Kittel und grüne Schlappen. Sie betraten das Allerheiligste, bei dessen maschinenstrotzendem Anblick Bryan das Stoßgebet sprach, er selbst möge niemals hier landen. Chrom und Digitales, viele Monitore. Hinter einer Glaswand hörten sie Übertragungsgeräusche, Piepen und Pumpen der Apparate – von den Kranken vernahm man nichts.

Die Zwischenscheibe war so konstruiert, dass auf Wunsch Einzelkojen erhellt werden konnten, ohne dass der Patient es bemerkte. Der Chefarzt drückte den Sensor. Bryan sah Harold de Winter, gefangen in den Lianen lebenserhaltender Instrumente. Leicht aufgerichtet lag er da, ein Buch in der Hand; doch er las nicht. Mit halb geschlossenen Augen schien er zu dämmern.

«Wird er mich verstehen?» Bryan senkte die Stimme wie in der Kirche.

«Bestimmt», antwortete der andere freundlich. Er liebte sein großes Spielzeug, mit dem er Menschen ins Leben zurückzerrte. «Fünf Minuten», schärfte er Bryan ein, bevor dieser den Mundschutz anlegte und auf grünen Pantinen nach drüben schlüpfte.

Der Kranke schlug die Augen auf. Sein Blick war klar.

«Ich bin Sergeant Bryan Sheehy von der Polizei in Castlebere Haven.» Er lüpfte den Kittel ein wenig, damit man die Uniform sah. Fünf Minuten, verplempere sie nicht. «Mister de Winter, was wissen Sie vom Hergang des Mordes an Ihrem Bruder?»

«Ethelred», antwortete Harold mit weicher, melodischer Stimme.

Unglaublich, wie der Mann aussah! Von nahem wirkte er wie einer alten Fotografie entstiegen. Das pechschwarze Haar umrahmte den Kopf bis zu den Schultern; der Bart quoll übers Krankenhaushemd. So schwach er war, hatten seine Augen eine Glut, die Bryan packte. Wie ein verhungerndes Tier.

«Ihr Bruder Ethelred», nickte Bryan. «Wissen Sie, wie er gestorben ist?»

«Geschossen», sagte Harold leise.

*«Geschossen?»*, fragte Bryan. «Haben Sie geschossen oder Ihr Bruder?»

«Ethelred.» Die Brust hob sich, sank wieder ein.

«Es ist keine Jagdsaison, Mister de Winter.»

«*Eth* hat für sein Leben gerne geballert.»

Bryan brauchte einen Moment, um den ungewöhnlichen Kosenamen mit dem Baronet in Verbindung zu bringen. «Sie waren zum Vergnügen draußen?»

«Im Gegenteil.» Die Tieraugen fixierten Bryan. «Eth und ich waren unterschiedlicher Meinung. Wir mussten reden ...» Harold verschluckte sich, hustete. Besorgt drehte Bryan sich zur spiegelnden Glaswand. Dahinter wusste er die wachsamen Augen des Arztes.

«Worum ging es?» Er rückte näher.

«Seit Lisa war alles anders», sagte der Schwarzhaarige.

Bryan war, als ob ein Angelhaken vor ihm baumelte.

«Lisa?» Er biss zu. «Ist diese *Lisa* ein Familienmitglied?»

Der andere lachte. «Da sei Gott vor», sagte er mit überraschend kräftiger Stimme.

«An dem Nachmittag im Moor haben Sie sich also über eine Lisa unterhalten?» Bryan merkte, dass er sich über den Kranken gebeugt hatte, und richtete sich wieder auf.

Harold nickte. «Lisa Dougall. Sie wohnt in Bantry. Fragen Sie in der Rathauskantine.» Plötzlich wechselte etwas im Gesicht des Kranken. Es wurde fahl. Der Flimmerbalken auf dem Monitor machte einen unruhigen Ruck. Wie aus der Erde gewachsen stand der Chefarzt im Raum.

«Das genügt, Sergeant.»

«Das können unmöglich fünf Minuten –»

«Bitte verhalten Sie sich kooperativ.» Der Doktor machte sich an den Schläuchen zu schaffen. Bryan beobachtete, wie eine milchige Flüssigkeit in Harolds Arm lief.

«Wie viele Schüsse fielen?», beeilte er sich zu fragen.

«Nicht sprechen, Sir», sagte der Arzt zu Harold.

«Zwei … Ich wollte zu ihm.»

«Hatten Sie sich denn getrennt?»

*«Eth – geschrien –»*, sagte Harold unter schweren Atemstößen.

«Woher kam das Messer?»

«Sergeant, bitte!» Der Doktor sah auf den Monitor. Unruhig warf Harold sich herum.

Bryan zog sich zur Tür zurück.

«Das Messer, Mister de Winter?»

Mit unmissverständlichem Griff packte der Arzt ihn am Arm und schob ihn durch die Tür. Zischend glitt sie hinter Bryan zu. Die Scheibe war dunkel. Er eilte aus der Station, lief zu einem Schalter und bat die Schwester um etwas zu schreiben. Bryan notierte. Speichel und Schweiß tropften auf den Zettel. Er trug noch immer den Mundschutz. Schob ihn hoch, wischte mit grünem Ärmel über den Mund. Entledigte sich auch des Kittels und nahm die nass geschwitzte Haube ab. Er las den Zettel.

*– Zwei Schüsse – Lisa Dougall, Rathaus – Die Brüder haben sich getrennt.* – Bryan bedankte sich und händigte der Schwester die Sachen aus. Dass er noch die grünen Schlappen trug, bemerkte er erst am Auto.

7

## Zum Anbeißen

Die Sache mit Suzy. Funkanruf, sie wollte ihn sprechen. Und da er in Bantry war, beschloss Bryan, es hinter sich zu bringen. Suzy händigte ihm die Akte aus.

«Der Fingerabdruck auf der Tasche», sagte sie und stand dicht neben ihm.

Sommerkleid, Spaghettiträger, Geruchsmischung aus Parfum und Schweiß. Bryan war irritiert.

«Was ist damit?» Der Ton *Wir-lassen-das-Private-aus-der-Arbeit-heraus* gelang ihm schlecht.

«Er ist von einer Frau.»

«Aha?» Er tat, als ob er den Bericht überflog.

«Und noch etwas.» Ihre Schultern berührten sich.

«Ja?»

«Schokolade», sagte sie ernst.

«Was?» Wie reizend die Stirnfransen ihre Brauen bedeckten.

«An der Tasche war ein Rest Schokolade.»

«Die *naschende Mörderin?*», lächelte er. Nur nicht witzig. Bryan setzte das Dienstgesicht auf. «Schokolade, aha.»

«*Alec's Bitterschokolade*, um genau zu sein.»

Bryan musste an sich halten, um nicht in Suzys Haar zu fassen. «Und was sagt uns das?»

«Dass eine Frau, die Schokolade gegessen hat, die Tasche berührt hat.»

Er trat einen Schritt zurück. «Könnte die Schokolade nicht früher drangekommen sein? Im Herrenhaus gibt es Kinder.»

«Der Abdruck war frisch. Die Sonne hatte ihn gerade erst geschmolzen.» Suzy sah ihn aus blauvioletten Augen an.

«Auch das könnt ihr feststellen?»

«Wir sind hier nicht hinterm Mond.»

Suzys Provinz-Phobie. Die Apothekerstochter aus Dublin fürchtet, bei den Hinterwäldlern zu versauern, dachte Bryan.

«Danke. Danke dir.» Sonst wusste er nichts zu sagen. Zwang sich zu einem Lächeln. Aus irgendeinem Grund brachte sie das auf die Palme. «Nichts zu danken», zischte sie. Ging in ihr Büro zurück. «Sieht man sich?», fragte sie über die Schulter.

Nein. Ja. Nein. Vielleicht. Bryan fühlte sich mies. Suzy fühlte sich mies. Es stimmte nicht mehr. Sag es ihr, forderte ihn sein Gewissen auf. Sei kein Scheusal, mach ein Ende.

«Kannst du mir sagen, wo die Rathauskantine ist?»

«Was?»

«Die Rathaus...» Bryan erklärte den Zusammenhang. Suzy nannte ihm die Adresse, warf das Haar in den Nacken und schloss die Tür hinter sich.

Er war froh, als er im sicheren Gehäuse seines Dienstwagens saß.

Dass es keine Kantine gab, stellte er erst nach einigem Suchen fest. Man hatte in Bantry ein neues Rathaus gebaut, nicht weit vom alten entfernt. Im neuen Rathaus hatte man die Kantine vergessen. Daher war im Keller des *alten Rathauses* eine Behelfskantine eingerichtet worden. Sagten die Kommunalangestellten: «Ich mach einen Sprung in die Kantine», meinten sie den Keller des Nebengebäudes. Bryan kam aus Castlebere und wusste das nicht. Er suchte eine halbe Stunde, bis ihm die Zusammenhänge klar wurden.

Der Keller war niedrig; ein origineller Architekt hatte das durch Wandverkleidungen zu kaschieren versucht. Violette und beige Kunststoffpaneele gaben dem Raum etwas von einem Albtraum. An der Stirnseite das chromblitzende Buffet, dampfende Schuten, Rotlichtwärmer und die bunte Dia-Galerie der Standardgerichte. Die Grillwürstchen, Grill-Burger und Fritten verblassten allmählich. Keiner bestellte etwas vom Fotomenü; man aß die Tagesspezialitäten – Makreleneintopf, Schweinsfüße oder Schafnieren.

Bryan hatte Hunger, aber Massenspeisungen verdarben ihm

den Appetit. Er nahm einen Pappbecher, hielt ihn unter die Seven-up-Leitung, schätzte den Kohlensäuregehalt falsch ein und hatte damit zu tun, Zuckerlimonade vom Ärmel zu wischen. Er suchte einen freien Tisch, es fand sich nur der Platz neben der Toilette. Ein Graumelierter im Nadelstreif bekam zwei Tische weiter seine Mahlzeit serviert. Mit Daumen und Zeigefinger zupfte der Mann die buschigen Augenbrauen zurecht.

«Können Sie das empfehlen?», fragte er, ohne einen Blick aufs Essen zu werfen.

«Bei uns schmeckt's immer», antwortete die Bedienung.

«Aber haben *Sie* das probiert?»

«Ich mach mir nichts aus Fleisch.»

Jetzt begriff Bryan, worauf der Graumelierte sein Auge richtete. Die Knöpfung der Bluse. Sei's aus Vergesslichkeit, sei es, um den Herren eine Freude zu machen, präsentierte die Bedienung ihre Oberweite, die auch den letzten Knopf, der alles zusammenhielt, zu sprengen drohte. Sie war jung – nein, das stimmte nicht. Die Frau wollte jung aussehen. Hatte das blonde Haar in Korkenzieherlocken gedreht, obenauf prangte eine rote Schleife. Die Augen stark geschminkt; für die Lippen fand Bryan den Ausdruck *emailliert*. Er wurde hellhörig, als der Graumelierte sich zur Bluse neigte und sagte:

«Leider habe ich schon bestellt. Sonst fände ich *Sie* nämlich heute zum Anbeißen, Lisa.»

«Sie finden mich doch immer zum Anbeißen, Sir.» Lisa gönnte dem Nadelstreif den Anblick noch so lange, bis sie die Tageskarte in den Ständer geklemmt hatte. Dann ging sie zum Tresen, wo das nächste Tablett wartete.

Lisa Dougall, die blonde Bedrohung. Bryan war verwirrt. Baronet Ethelred de Winter, ein Mann im Lebensherbst, und Lisa, das Kantinenglück? Spar dir das, rüffelte er sich. Es gibt eine Menge anderer Möglichkeiten für das Verhältnis zwischen den beiden. Ihm fiel keine einzige ein. Wie sollte er Lisa ansprechen?

«Was gibt's zu glotzen?», sagte der Nadelstreif.

Bryan hatte nicht gemerkt, dass er den anderen unverwandt ansah.

«Was machen Sie überhaupt hier?», fragte der Graumelierte. «Sie haben Besseres zu tun, als Ihre Zeit zu vertrödeln.»

Wie ein Ochse, dem man vor die Stirn schlägt, glotzte Bryan den Essenden an.

«Wie bitte?»

«Sie hatten sechsunddreißig Stunden Zeit. Ich erwarte Ergebnisse.»

Endlich begriff Bryan, dass er den *Dings* vor sich hatte; den Mann, dessen Namen er nie behielt, den Superintendent aus Cork. Und weil das bei Vorgesetzten so üblich war, stand Bryan auf. Er wollte die Hand an den Mützenschirm legen und bemerkte, dass er sie gar nicht aufhatte.

«Wie weit sind Sie mit dem Fall?», schnarrte der Superintendent.

«Der Mordfall de Winter?»

«Wie viele Mordfälle hatten Sie in letzter Zeit, Herr des Himmels?!»

«Ich habe soeben Harold de Winter verhört.»

«Sie *verhören* schwerkranke Leute?»

Bryan begriff nicht, warum der Chef so ausfallend wurde. Oder war es ihm peinlich, beim Flirten mit einer Kellnerin erwischt worden zu sein? Beamte an den Nebentischen drehten sich um.

Bryan senkte die Stimme. «Mister de Winter ist unser wichtigster Zeuge.»

Der Superintendent stieß Messer und Gabel in den Hackbraten. «Ich überlege –» Er führte den ersten Bissen zum Mund. «Hinemh Uhmperstüpfung», sagte er kauend.

«Wie bitte?»

«Es wird das Beste sein, Unterstützung für euch abzukommandieren», wiederholte er. «Vom *NBCI*.»

Bryan spürte, dass er rot wurde. «Sir, ich komme voran. Es gibt Fingerabdrücke und die Aussage von Mister de Winter.»

Der Chef aß ungerührt weiter. «Der Fall ist zu groß für euch.» Mit der Zunge pulte er zwischen den Zähnen.

«Schon gewählt?», hörte Bryan eine Stimme hinter sich. Lisa Dougall kam mit der Speisekarte näher. «Setzen Sie sich zu dem Herrn?», fragte sie.

«Der Sergeant geht wieder», fuhr der Superintendent dazwischen.

Lisa sah Bryan an. Machte nicht den Fehler, sie in Anwesenheit des *Dings* anzusprechen. Dann musste das eben warten. Dass ausgerechnet der Chef ihm bei dem Fall in die Quere kam, war wirklich zum Schießen.

«Ich muss los.» Er setzte die Mütze auf.

## 8

## Acht Kühe

Bryan suchte Tante Gwendolines Nummer in der Mappe *Persönliches*. Es war Abend. Zum Durchblättern setzte er sich aufs Sofa; der staubige Geruch des Überwurfs kam ihm in die Nase. Du musst hier endlich etwas verändern, dachte er. Fand das Gesuchte nicht, legte die Mappe weg, zog den Karton mit der Aufschrift *Sonstiges* heran. Kramte in alten Fotografien. Die Hochzeitsbilder, Schnappschüsse *aus glücklichen Tagen*. Er war überrascht, dass es ihm keinen Stich mehr versetzte, Wavey und sich zusammen zu sehen. Zwei junge Leute, die ihm fremd geworden waren. Bryan und Wavey, das Traumpaar. Bryan und Wavey im eigenen Häuschen. Er in der Ausgehuniform, sie beim Autokauf. Bryan und Wavey, geschieden. Die Verhandlung lag nun schon fast ein Jahr zurück. Er wollte die Fotos in den Umschlag schieben, da rutschte ihm ein Zettel in die Hand: Tante Gwendolines Nummer.

In Unterhemd und Shorts lief Bryan ins Erdgeschoss, hob ab, ließ die Wählscheibe rotieren. Erwartungsgemäß hörte er Schritte in Mrs. Diveneys Zimmer, das Verharren, als sie hinter der Tür lauschte.

«Ja?» Eine pfeilhelle Stimme am anderen Ende.

«Hier spricht Bryan.»

Im Hintergrund entfernten sich Mrs. Diveneys Schritte.

«Welcher Bryan?» Es war Tante Gwendoline.

«Kennst du mehrere?», versuchte er es scherzhaft. Stille. «Hier ist Bryan, dein Neffe!»

*«Bryan?!»*, schrie sie durch die Leitung, dass er den Hörer abrücken musste.

«Hallo, Tante! Ist ja ewig her», begann er im Plauderton.

«Ich habe keine Zeit, Bryan!»

Er schluckte: Da raffte er sich schon auf, Familienbande zu beleben, und wurde von einer Frau abgefertigt, die den ganzen Tag nichts zu tun hatte, als ihren Kanarienvogel zu füttern. «Soll ich später?», überspielte er seine Enttäuschung.

«Später auch nicht!», kam es von weit her. «Ich muss meine Passage kriegen.»

«Passage?» Warum brüllte er auch? Vornübergebeugt stand er vor dem tief hängenden Telefon.

«Schiffspassage, Bryan! Ich fahre nach Rhodos!»

«Von Irland aus?»

«Unsinn, im Flieger. Das Schiff legt von Genua ab.»

«Wieso Rhodos?»

«Herrlich, oder? Zwei Wochen. Kann verlängern, wenn ich will!»

«Da – gratuliere ich –» Bryan haspelte und dachte zugleich an warme Länder, südliche Weine.

«Ich stehe mit dem Koffer im Flur! Draußen tickt der Taxizähler», rief Gwendoline.

«Dann nichts wie los!» Er überlegte eine südländische Abschiedsfloskel. Als ihm *Arrivederci* einfiel, war die Leitung bereits unterbrochen. Die Tante bei den Inselgriechen. Alle Welt erlebt was, grübelte er. Ich sitze hier fest, in diesem Kuhdorf! Castlebere Haven, größter Weißfischhafen, Touristenfleck mit bedeutungsvollem Steinkreis, Schlossruine, Küstenlinie. – Ich bin fremd und werde es immer bleiben. Meine Tante hat mehr Spaß am Leben als ich. Besteigt einen Tanker, und los geht's nach Rhodos. Bryan legte auf. *Tanker*, dachte er und wusste, dass es ein Vergnügungsschiff war. Lief die Treppe hinauf und riss sinnlos das Fenster auf. An der bröckeligen Hinterhofmauer spielte rotes Licht. *Tankwagen*, dachte Bryan und stellte sich die untergehende Sonne vor. Schlurfte durch die Wohnung, acht Schritte ins Schlafzimmer, er hatte die Hand am Hosenbund, um sich auszuziehen und unter die Dusche zu gehen. Da brach die Idee durch.

Fünfzehn Minuten später erreichte er die Wache. O'Sullivan war längst heimgegangen. Bryan rief ihn an und fragte, ob er einen Blick ins Unfallprotokoll werfen dürfe. O'Sullivan hatte nichts dagegen, antwortete aber aus Gewohnheit mürrisch.

Bryan schlug die Mappe auf. In grausamen Einzelheiten stand dort die Demolierung von Charles Hogarths Bentley beschrieben. Die Vorderfront war durch den Aufprall ins Wageninnere gepresst worden. Bryan vermochte die Fotos der toten Thelda kaum anzusehen. Sein Finger suchte und hielt über dem Wort *Tankwagen*. Er las, dass der fünf Meter zwanzig lange Wagen des Bauern O'Kinnegal einen Meter dreißig über dessen Grundstücksgrenze auf die Straße geragt habe. Der Bauer war schon vernommen worden. Bryan las das Protokoll Satz für Satz; sein Finger fuhr die Zeilen hinunter, er blätterte die Akte durch. Die Antwort, nach der er suchte, fand er nicht.

Zum zweiten Mal steuerte Bryan den Toyota in die Hügel von Arbograith. An den Ginsterwäldern gabelte sich der Weg. Links die geteerte Straße nach Holbound Manors, rechts ging es geradewegs durch die Hügel. Eine Schotterpiste mit Schlaglöchern. Bryan bog ab. Beängstigend, wie der Dienstwagen klapperte. Aber schön war es hier; Herrgott, was für eine Landschaft! Wie im irischen Märchen! Was die Abendstimmung anging: Postkartenqualität. Letzter Glanz des Abendrots. Dabei war es schon nach neun. Verflixte Kurven. Es rüttelte ihn so sehr durch, dass Bryan fürchtete, den Auspuff zu verlieren. Er hatte Mühe, zwischen Rinnen, Grasstücken und aufragenden Steinplatten die richtige Spur zu finden. Normalerweise fahren hier Trecker, dachte er und übersah ein entgegenkommendes Fahrzeug beinahe.

Er trat mit voller Wucht auf die Bremse, die Reifen kreischten im Kies. In den Sekunden, als sein Fahrzeug unlenkbar war, fühlte er sich in Charles Hogarths Situation versetzt. Waren die letzten Sekunden so verlaufen? Hogarth hatte gebremst, gegengesteuert, das Hindernis raste näher, Aufprall, Dunkelheit?

Der Toyota stand. Bryan atmete die gestaute Luft aus dem Brustkorb, löste die Finger vom Lenkrad. Ihm gegenüber ein Luxus-Van, silbermetallic, getönte Scheiben. Reiche Irlandbesucher leisteten sich solche Mietautos. In den Reiseführern wurde vor Irlands *halsbrecherischen* Straßen gewarnt. Bryan fuhr dicht an den Rand, spürte, wie das Adrenalin bei ihm Schweiß ausbrechen ließ.

Zentimeter für Zentimeter schob der andere Wagen sich vorbei. Als sich die Spiegel fast berührten, musterte er die Insassen. Vater, Mutter, Kind. An den Frisuren, der kräftigen Form des Kinns glaubte er US-Amerikaner zu erkennen. Der kraushaarigen Tochter war das Schwergewichtsschicksal ihrer Mutter schon anzusehen. Der Fahrer ließ das Fenster herunter.

«Hi», rief er und klappte den Spiegel nach innen. «Schöne Gegend, schlechte Straßen!» Er lachte breit. New-York-Umgebung, tippte Bryan, dem Dialekt nach.

«Wir haben in der Nähe ein Häuschen gemietet», sagte der Mann unaufgefordert.

«Urlaub?»

«Herrlich», rief die Frau vom Nebensitz.

«Wie lange bleiben Sie?»

«Nur sechs kurze Tage, Officer», antwortete der Vater.

Bryan wischte sich übers Gesicht. «Alles Gute.» Er gab vorsichtig Gas. Das Holpern und Poltern begann von neuem.

Dunkelgrauer Natursteinbau. Der Aufprall hatte eine Bresche in die rechte Ecke gerissen. Der Bentley war weggebracht worden. Bryan betrachtete die Markierungen, an denen die Bremsspuren gemessen worden waren. Überall Löschsand, um ausgelaufenes Öl zu binden. Er ging ein paar Meter zurück – von einem *Tankwagen* keine Spur. Er suchte nach Reifenabdrücken und fand nur Kuhfladen. Hier hatte der Zaun eine alte Lücke, vermodertes Viehgatter, der Boden war abschüssig. Konnte der Wagen von selbst vom Grundstück gerollt sein?

Ein reicher Hof. O'Kinnegals Haus war ein Neubau mit zwei Garagen. Eine für den Trecker, die andere für den Pkw. Was ist aus den irischen Bauern geworden, dachte Bryan. Dort kam einer auf ihn zu. O'Kinnegal, kein Zweifel – Bryan hatte den Einäugigen schon in der Stadt gesehen. So eine Erscheinung vergaß man nicht. Der junge

Bauer hatte kein Glasauge, trug auch keine Klappe. Er frisierte stattdessen das Scheitelhaar so vor die Stirn, dass die Höhlung verdeckt wurde. Bryan tippte mit der Hand an den Mützenschirm.

«Noch ein Sergeant?», sagte der Mann zur Begrüßung. Er war kaum älter als Bryan, sah gut aus, bloß dass eine Seite von ihm *im Schatten* lag.

«Guten Abend, Mister O'Kinnegal. Störe ich?»

«Habe Besuch. Wenn's nicht zu lange dauert –»

Bryan entdeckte ein kleines Auto neben der Hecke.

«Nur ein paar Fragen.»

O'Kinnegal stand genau vor der Tür, verschränkte die Arme.

«Ihren Tankwagen, wo haben Sie den?»

«Auf der Weide», antwortete der Bauer.

«Gestern war er dort aber nicht?»

«Hätte aber dort sein sollen.»

«Wo haben Sie ihn zuletzt abgestellt?» Bryan drehte sich Richtung Weide.

«Unten, nahe am Zaun. Hatte vor, ihn neu zu befüllen», sagte der andere. «Dort komm ich am besten mit dem Trecker hin.»

«Aber er ragte auf die Straße hinaus.»

«Das hab ich schon dem anderen Sergeant bestätigt.»

«Wäre es nicht möglich, dass Sie ihn gestern an die Straße gestellt haben, um besser ankuppeln zu können?» Bryan versuchte den Mann anzusehen, ohne auf die Augenhöhle zu starren. «Dann haben Sie es vergessen, und so passierte der Unfall.»

«So war's aber nicht», sagte O'Kinnegal. «Die Kuh könnte ihn weggeschoben haben.»

«Die *Kuh?*», platzte Bryan heraus.

«So eine Kuh ist stark.»

«Wieso sollte sie den Wagen wegschieben?»

«Nicht den Wagen, die andere Kuh.»

«Wie bitte?»

«Die Kuh will ans Wasser», antwortete der Bauer ruhig. «Da steht die andere Kuh. Also gibt die Kuh der anderen einen Schubs. Und wenn das ein paar Kühe machen, kriegen die den Wagen schon in Bewegung.»

«Aber so ein Tankwagen hat doch eine ... wie sagt man?»

«Bremse», antwortete der Bauer trocken.

«War die denn angezogen?»

«Kommt vor, dass die sich löst», zuckte der Bauer die Schultern.

«*Sie* haben die Bremse nicht gelöst?»

«Dann rollt er ja, wohin er will.» O'Kinnegal fuhr sich durchs Haar.

Einen Moment sah Bryan die Augenhöhle. «Kann ich den Tankwagen mal begutachten?» Er legte den Kopf schief, um ins Fenster zu spähen.

«Dort drüben», antwortete der Bauer. «Mich müssen Sie entschuldigen, ich will nicht nochmal in die Stiefel.» Er zeigte auf seine Pantoffeln.

Da saß jemand. In der Stube, vor der Lampe. Nur eine Silhouette war zu erkennen.

«Das finde ich schon.» Bryan sah die Person. Eine Frau mit dunklem Haar und derbem Gesicht. Sie rauchte.

«Ich muss wieder», wurde der Bauer deutlicher. «Abend, Sergeant.» Er wartete die Antwort nicht ab und schloss die Tür. Sekunden später wurde der Vorhang zugezogen.

Bryan stapfte über die Wiese. Verstand gleich darauf, warum der Bauer von *Stiefeln* gesprochen hatte. Die Weide war sumpfig. Bryan versuchte auszuweichen, Graspolster zu ersteigen, auf Zehenspitzen zu laufen. Trotzdem versaute er sich die Uniformschuhe. Er erreichte den Tränkewagen und wurde angeglotzt von acht Kühen. Die Viecher kamen näher. Bryan straffte das Kreuz. Mächtige Tiere, verdammt massig.

«So, hoho», machte er beruhigend. War wirklich kein Stier dabei? Die Schwarzgelbe reckte den Kopf. Bryan hielt ihr begütigend die Hand hin. Eine mächtige Zunge schlabberte und versuchte, Bryans Finger in den Mund zu kriegen.

«Ho! Hossa!» Der Sergeant klatschte in die Hände. Die Kühe wichen zurück. Große Augen beobachteten, wie Bryan den Tankwagen untersuchte. Graues Metall, innen voll Wasser. Durch ein Gegengewicht füllte sich die Trinkschale von selbst, wenn eine Kuh sie geleert hatte. Die Bremse war angezogen; uraltes Ding, das in den Gelenken schlackerte. Ein ganz gewöhnlicher Tankwagen. Das Licht schwand. Zu dunkel, um noch etwas zu entdecken. Das ist O'Sullivans Fall, schüttelte Bryan den Kopf. Was musst du dich einmischen? Er verabschiedete sich von den Kühen. Die Schwarzgelbe begleitete ihn ein Stück. Auf dem Weg zum Auto versuchte er seine Hand vom Sabber zu reinigen. Dass er in einen fetten Fladen getreten war, bemerkte er erst im Wagen.

Der Weg wurde bei Dunkelheit noch halsbrecherischer. Bryan schaltete die Lichter ein. Das Funktelefon klingelte. Den Slalom mit einer Hand steuernd, nahm er ab.

«Du wirst nicht glauben, was ich gerade reingekriegt habe!» O'Sullivans Stimme hatte einen ungewohnten Kristallklang.

Bryan mochte es nicht, wenn jemand glaubte, er werde etwas nicht glauben. Er klemmte den Hörer ans Ohr, holperte über ein Felsstück.

«Harold de Winter ist vorbestraft», sagte der Sergeant.

«Was?!» Bryan bremste hart. Gelber Ginster wurde aus der Dunkelheit gerissen.

«Schwere Körperverletzung», sagte O'Sullivan. «Und jetzt kommt das Schönste –»

«Messerstecherei», ging Bryan dazwischen.

«Du kannst einem auch jede Überraschung kaputtmachen.»

«Das ist ja – ha!» Mit beiden Fäusten hieb Bryan mehrmals aufs Lenkrad.

Sandpiste, der Toyota machte einen Rechtsruck, Schrecksekunde.

«Wahrscheinlich hat er *deshalb* seinem jüngeren Bruder den Titel überlassen», sagte der Dicke am Telefon.

Bryan fuhr Schritttempo. «Ein Krimineller als Baronet, das ginge wohl nicht.»

Schlagloch, Knall, Sand spritzte gegen den Unterboden. Der Auspuff schien noch dran zu sein.

«Wo bist du unterwegs?», fragte O'Sullivan.

«Ich ... war in Arbograith.»

«Ach –»

Dumme Eigenmächtigkeit, dachte Bryan. Man schnüffelt nicht im Fall des Kollegen. Er berichtete von seinem ergebnislosen Besuch beim Bauern.

«Wir haben den Tankwagen gestern untersucht», knurrte O'Sullivan.

«O'Kinnegal hat Damenbesuch», versuchte Bryan, eine Neuigkeit anzubringen.

«Warum nicht? Jeder hat *irgendjemanden.*» O'Sullivan klang noch immer verärgert.

«Nicht jeder», antwortete Bryan. «Gute Nacht.»

Die Leitung war tot.

## 9

## Rohseide

Die Sergeants zogen die Koppelgurte gerade, setzten die Mützen auf.

Vom Butler eingelassen, betraten sie Holbound Manors Punkt zwölf; sie waren angemeldet.

Renata kam nicht allein in die Halle, Anna-Sophia begleitete sie. Schwarzer Rock, graue Bluse, das Haar streng gebündelt. Bryan straffte das Kreuz und legte die Arme auf den Rücken.

«Miss de Winter», begann O'Sullivan nach der Begrüßung. «Warum haben Sie uns verschwiegen, dass Ihr Bruder vorbestraft ist?»

Renata ging zum Kamin und stützte die Arme an das wappengeschmückte Sims.

«Eine Vorstrafe wegen Körperverletzung», setzte O'Sullivan nach.

«Weil wir wussten, dass Sie genau *diese* Schlussfolgerung ziehen würden», antwortete Anna-Sophia anstelle der Tante. Sie trat den Polizisten entgegen. «Deswegen sind Sie doch hier?»

«Ihr Onkel hat bei einer Messerstecherei zwei Männer verletzt», sagte O'Sullivan.

«Er war Anfang zwanzig», unterbrach sie. «Das liegt Jahrzehnte zurück!»

«Wir hatten gehofft» – Renatas Stimme klang hohl –, «dass die dumme Sache nicht mehr in den Akten steht. So etwas müsste doch längst getilgt sein.»

«Nicht bei Delikten gegen Leib und Leben», antwortete Bryan.

Anna-Sophia sah ihn herausfordernd an. «Grandiose Theorie! Ein halber Junge verletzt jemand mit dem Messer. Jahrzehnte später stirbt sein Bruder an einem Messerstich. Und unsere Polizei kombiniert: Er ist der Mörder!»

«Wir müssen wissen, *was* in Tintaguel geschah», sagte Bryan schärfer. «Eine *Jagd* fand statt, Schüsse fielen. Vielleicht kam es zu einer Meinungsverschiedenheit.»

«Was soll das heißen?» Anna-Sophia musterte Bryans Krawattenspange mit dem goldgeprägten Wort Garda.

«Ein Streit», antwortete Bryan. «Zum Beispiel über eine Frau namens Lisa Dougall.»

Die Wirkung war anders als erwartet.

«Dougall?» Anna-Sophia runzelte die Stirn; der Name sagte ihr nichts.

Renata aber fuhr herum, als habe sie eine Peitsche getroffen. «Woher wissen Sie …?»

Bryan stellte sich zwischen Tante und Nichte. «Es *ging* um Lisa Dougall, nicht wahr?» Renata nahm die Brille ab, wollte etwas sagen.

«Am besten, du rufst jetzt Mister Stritch an.» Anna-Sophia machte einen Schritt zu Renata.

O'Sullivans Gesicht legte sich in Falten. «*Stritch* ist Ihr Anwalt?»

«Seit vielen Jahren. Er wundert sich bestimmt, dass die Polizei den Mörder in unserer Familie sucht!», sagte die Nichte wütend. «Es könnte sich doch sonst wer an Ethelred herangeschlichen und zugestochen haben!»

«Jeder Mord hat ein Motiv», versuchte Bryan, sie zu beschwichtigen.

«Es gibt kein Motiv auf der Welt, weshalb Harold seinem Bruder ein Messer ins Auge rammen sollte!» Sie war bleich vor Zorn.

Renata legte den Arm um ihre Nichte. «Wir sollten tatsächlich die Beratung von Mister Stritch abwarten.»

«Nur eine Frage noch, Miss de Winter.» Bryan gab sich scheinbar geschlagen. «Wir brauchen eine ungefähre Vorstellung über Größe und Wert Ihres Gutes.»

«Ist das für den Mord von Bedeutung?»

«Falls die Tat aus Habgier geschah, ja.» Anna-Sophia musterte Bryan feindselig. «Ich könnte die Auskunft natürlich auch von der Bank anfordern», setzte er freundlich hinzu.

Man hörte das Schwirren eines vorbeirauschenden Schwalbenschwarms. Renata überlegte. «Bitte, kommen Sie in mein Büro», sagte sie schließlich.

Die junge Frau sah die Tante verständnislos an und verließ die Halle, ohne die Polizisten noch eines Blickes zu würdigen.

«Ist das Leinen?», fragte Bryan, als sie Renata schon nach drüben folgten. Er zeigte auf das hellgelbe Sofa.

«Rohseide», antwortete sie überrascht. O'Sullivan musterte den Kollegen entgeistert.

«Rohseide», nickte Bryan. Ob man Mrs. Diveneys Sofa damit beziehen lassen könnte? Ein bisschen Farbe würde der Wohnung nicht schaden.

## 10

## Auf Socken

Bryan stieg aus, suchte den Klingelknopf.

Geldangelegenheiten verwirrten ihn. Der De-Winter-Besitz war riesig und unübersichtlich. Überraschend bereitwillig hatte Renata Auskunft erteilt. Der Wollpreis fiel, schlecht für die Schafzucht. Der Milchpreis verhielt sich noch schlimmer – Rinder zu halten war fast schon Liebhaberei. Die Torfstecherei machte Verluste. Einzig das Galvanisierwerk warf Gewinne ab. Und die Pferdezucht. Die de Winters besaßen *Scheitan*, den gefragtesten Hengst im Südwesten. Sprösslinge Scheitans gewannen Rennen, sogar außerhalb Irlands. War aus diesen Fakten ein Mordmotiv abzulesen?

Zwanzig Mieter hatte das Haus. Bryans Finger glitt die Reihe der Namensschilder entlang. Da stand es: *Lisa Dougall.* Er drückte die Klingel. Eine Sekunde später ging der Summer. Keine Frage, wer unten war. Bryan stieg drei Stockwerke hoch. Dort stand die Tür offen.

«Bist aber spät dran», sagte eine Stimme, die Bryan kannte.

«Mrs. Dougall?» Er klopfte.

«Wer ...?» Sie kam um die Ecke. Lisa Dougall im Morgenmantel. Zu spät bemerkte sie, dass sie den Gürtel nicht zugezogen hatte.

«Was wollen Sie?» Sie schob den Stoff vor die Brust.

«Verzeihung.» Er nahm die Mütze ab. «Ich bin Sergeant Bryan Sheehy und möchte Ihnen ein paar Fragen stellen.»

«Der Sergeant aus der Kantine», erkannte sie ihn.

Er nickte, versuchte ein Lächeln.

«Wieso kommen Sie einfach reingeschlichen?»

«Sie haben aufgemacht.» Er trat in den Türrahmen zurück.

«Weil ich Hugh erwarte.»

«Hugh ist ... Ihr Mann?»

«Wieso haben Sie nicht angerufen?»

«Es dauert nur ein paar Minuten.» Bryans Blick fiel auf Lisas Füße; schlank und schön. Der Nagellack passte nicht.

«Worum geht's?»

«Um den Tod von Baronet de Winter.»

«Hab davon gehört.» Sie bemühte sich um ein unbeteiligtes Gesicht.

«Sie haben ihn gekannt?»

«Wer sagt das?»

«Sein Bruder.» Hinter ihr sah Bryan das Wohnzimmer.

«Harry hat mich nie gemocht.» Mit einem Seufzer bat sie Bryan herein und schloss die Tür.

Das Wohnzimmer froschgrün, das Sofa lila, die Auslegeware beige. Poster einer knalligen Landschaft, abendliches Rosa. Du hast es gerade nötig, über die Wohnung anderer Leute die Nase zu rümpfen, dachte Bryan und war dankbar für den Sitzplatz zum Fenster, wo er den Blick auf die beruhigende Häuserkette richten konnte. Lisa setzte sich ihm gegenüber.

«Sie arbeiten in der Gemeindekantine?»

«Halbtags.»

«Ist das Ihre Haupteinnahmequelle, oder haben Sie noch einen Nebenjob?»

«Hätte ich gar nicht die Zeit dazu.»

Wieso zögerte Bryan, seine Fragen zu stellen? Wegen des knallblonden Haares, der prallen Kurven? Warum fragte er nicht: *Wie lange kannten Sie den Baronet? Hatten Sie ein Verhältnis mit ihm?*

Der Ton einer Klingel ließ ihn zusammenfahren. Die Türschelle. Lisa stand auf und drückte den Summer. Wie vorhin ließ sie die Tür offen und kam ins Wohnzimmer zurück. Verwirrt war Bryan aufgestanden.

«Sie haben sich einen schlechten Zeitpunkt ausgesucht», sagte sie.

«Sie kriegen Besuch?»

«Besuch?» Überrascht sah sie Bryan an.

Ein Junge betrat die Wohnung. Warf die Schulbücher in die Ecke, nahm eine Mappe zur Hand.

«Bist spät», sagte Lisa.

«Bin spät», sagte der Junge.

«Soll ich dich nachher hinfahren?»

«Ja, bitte.» Ernst sah er sie an.

Bryan erkannte ihn wieder. Neun Jahre, höchstens elf, der zarte Junge aus dem Knabenchor. Der blonde Kopf, die gleiche Farbe wie Lisa. *Miserere nobis*, dachte Bryan.

«Das ist Hugh», sagte Lisa. «Und das ist der Sergeant, der wegen Ethelred da ist.»

Hugh hielt die Mappe vor die Brust wie einen Schild. «Ich habe Sie vor dem Schloss gesehen», sagte er leise.

«Hugh, Hugh also», murmelte Bryan. «Und Hugh ist ...»

«Mein Junge.» Lisa lächelte zum ersten Mal.

«Du hast toll gesungen», sagte Bryan.

«War schon besser.» Ernste Augen, das Gesicht sehr blass. «Es ging alles so schnell, dass wir vorher nicht üben konnten.»

«Vorher?»

«Mister Wright sagte: Ethelred ist tot, und wir sollen für seine Familie singen.» Hugh sah zu seiner Mutter. «Dann hat uns der Bus abgeholt. Aber da war es zu wackelig zum Üben. Alle haben dauernd gelacht.»

«Du mochtest den Baronet wohl?»

«Ethelred war der Größte», nickte der Junge. «Der hatte Ohren.»

«*Ohren?*»

«Er hat *alles* gehört. Den kleinsten Fehler. An seinen Ohren konntest du keinen Viertelton vorbeischummeln.»

Hugh zeigte ins angrenzende Zimmer. «Jetzt muss ich.»

«Natürlich.» Bryan bemerkte, wie stolz Lisa ihren Sohn musterte.

«Muss ich leise sein?», fragte er.

«Ach wo.» Sie schloss die Tür hinter ihm.

Schweigesekunde zwischen Bryan und ihr.

«Der Chor singt auch ohne den Baronet weiter?»

«Mister Wright übernimmt das einstweilen, bis ein neuer Chorleiter gefunden ist. Ethelred hätte es so gewollt.»

«Und der Baronet und Sie kannten sich –»

«Über den Chor.» Lisa ging in die ockerfarbene Küche, holte einen Saft von unnatürlicher Farbe und stellte zwei Gläser auf den Tisch. Sie und Bryan setzten sich gleichzeitig.

«Ethelred war ständig auf der Suche nach *Stimmen*. Die Jungs kommen zu schnell in den Stimmbruch. Ich habe Hugh hingeschickt. Der Baronet sagte etwas von *Naturstimme*. Und weil Hugh das nicht verstanden hat, bin ich persönlich zu Eth... Mister de Winter.»

«Ins Herrenhaus?», fragte Bryan eine Spur zu eilig.

Lisas Blick entlarvte ihn: *Das kannst du dir wohl nicht vorstellen, dass eine wie ich nach Holbound Manors fährt.*

«Ja, ich war oben», nickte sie. «Wurde auch gleich zu ihm geschickt. Er war bei den Pferden. Da sind wir uns das erste Mal begegnet.» Lisa lächelte bei der Erinnerung. «Hughs Stimme hat ihm gefallen. Er sagte, der Junge müsste mit speziellen Übungen beginnen, weil er schon älter ist als die Anfänger.» Sie goss ein, trank die Limonade in einem Zug. Bryan nippte.

«Das war aber nicht das letzte Mal, dass Sie sich begegnet sind?»

«Wissen Sie, was?» Lisa legte ihre Hand mit den lackierten Nägeln neben Bryans große Männerhand. «Fragen Sie einfach, was Sie wissen wollen. Ich werde es Ihnen sagen.»

Von nebenan kam ein eigenartiger Ton. Vorsichtig, lang gezogen, auf die Silbe *Noa*. Hugh begann seine Stimmübungen. Lisa nahm die Hand wieder weg. «Das darf Sie nicht stören.»

Bryan wartete zwei Noa-Noas ab.

«Der Baronet und Sie waren befreundet?»

«Befreundet?» Sie schüttelte den Kopf. «Ich fand ihn spitze. Ich fand ihn den – wie sagt man – den *besondersten* Mann in der Gegend. Gab keinen Großartigeren als ihn.»

Das Noa-Noa stieg weiter an. Die Stimme war jetzt in einer Höhe, die Bryan bei einem männlichen Wesen nicht für möglich gehalten hätte.

«Ich habe ihn geliebt», sagte Lisa unvermittelt. «Und er hat mich geliebt. Wir waren glücklich zusammen. Und – ja – ich bin wahnsinnig traurig, dass er tot ist. Und das Schwein, das so was getan hat, das den wunderbaren lieben Menschen aufm Gewissen hat, gehört an den Galgen, das ist meine Meinung. Und wenn ich Ihnen dabei helfen kann, will ich das gerne tun.»

«Wie lange haben Sie sich geliebt, Mrs. Dougall?», fragte Bryan nach kurzem Schweigen.

«Seit dem Tag im Pferdestall. Ich flog gleich auf ihn. War zuerst nicht sicher, ob er mich auch nett fand und ob er sich das in seiner Position leisten konnte, eine einfache Kellnerin zu kennen. Hab abgewartet. Das Einzige, was ich gemacht hab, war, Hugh persönlich zur Chorstunde zu bringen. Eth hat mich bemerkt. Und so gelächelt hat er, ach, hat der süß gelächelt.»

«Er war ... um einiges älter als Sie.»

«Wissen Sie –» Lisa lauschte der Stimme von Hugh. «Bei all den Typen, die ich täglich in der Kantine treffe – Junge und Alte –, war keiner dabei, der so jung war wie Eth. Er hatte eine Freude am Leben, das können Sie sich nicht vorstellen. Und der schönste Ausdruck von Leben war für ihn die Musik. Ich habe vor Ethelred nicht viel von den klassischen Sachen gehört, schon gar nicht auf Latein. Er hat mir erklärt: Als die Leute ihre Musik noch für Gott machten, war sie reiner und schöner. Und der *Dreck* – so hat Eth geredet –, der Dreck, gegen den wir uns heute nicht wehren können, weil er uns aus jeder Kaufhausecke entgegenschallt, der hat ihn wütend gemacht. Weil es Musik zur Geräuschkulisse erniedrigt, hat er gesagt. Und nach einer Weile habe ich es begriffen, wenn ich Hugh zugehört habe. Das war Musik für Gott.»

«Und wo – verzeihen Sie, Mrs. Dougall, ich muss Sie das fragen: Wo haben Sie sich mit Ethelred *getroffen*?»

«Hier und da und dort», antwortete sie ohne Scheu. «War es schön, fuhren wir zu den Klippen. Manchmal hier in der Wohnung.

Das mochte Eth nicht so gerne, weil er für Hugh so was Besonderes war. Er wollte nicht, dass der Junge ihn *auf Socken sieht*, wie er sagte. Darum gab es noch die kleine Wohnung am *Laurel Point*, nicht weit von der Schule.»

«Die er für Sie beide gemietet hat?»

Sie nickte in lächelnder Erinnerung. Wurde plötzlich ernst. «Keine Ahnung, wer die jetzt kündigen müsste.»

Das Noa-Noa brach ab. Die Tür flog auf.

«Hab Durst!» Hughs Gesicht war gerötet, die Augen leuchteten.

«Du kommst sehr hoch hinauf», sagte Bryan.

«Das C krieg ich nicht immer.» Der Junge nahm die Flasche vom Tisch, trank im Gehen. Er verschwand um die Ecke, wo Bryan das Bad vermutete.

«Ich habe wahrscheinlich später noch Fragen an Sie.» Bryan stand auf. «Für heute will ich nicht länger stören.» Lisa nickte. «Nur eins noch: Wo waren Sie am Tag des Mordes zwischen zwölf und drei Uhr mittags?»

«Hier.» Sie sah ihm fest in die Augen.

«Kein Dienst in der Kantine?»

«Ich hatte Nachmittagsschicht. Die beginnt erst um vier. Hugh war auch hier. Sie können ihn fragen.»

Bryan setzte die Mütze auf. «Hat mich gefreut, Sie kennen zu lernen.»

«Meinerseits.» Lisa brachte ihn hinaus.

Als Bryan auf der Treppe war, hörte er die Klospülung. Gleich darauf begannen Mutter und Sohn hinter der Tür zu reden.

## 11

# Exotische Vögel

Gedankenversunken, müde, durchgeschwitzt trottete Bryan die Lauragh Street hoch. Er wollte duschen, daliegen, fernsehen; den Tag ausrinnen lassen. Hatte nicht mehr den Kopf, die Erkenntnisse zu addieren und Schlüsse daraus zu ziehen. Er verschnaufte, starrte über die Dächer auf die Bucht, wo ein blauer Frachter die Abendflut zum Auslaufen nutzte. Bryan ging weiter.

Vor der Tür stand die karierte Tasche, ein karierter Regenschirm war zwischen die Griffe gespannt.

«Siehst schlecht aus», sagte Gwendoline.

Bryan war starr. «Tante! Was ist mit Rhodos?»

«Ich habe den Flieger verpasst.»

«Wegen mir?»

«Ich hab mir Sorgen gemacht», winkte sie beruhigend ab.

Bryan verstand die Welt nicht. Die Müdigkeit war verflogen.

«Sorgen, worüber?»

«So wie du am Telefon geklungen hast, war mir klar: Der Junge ist unglücklich.»

Er richtete sich zu voller Größe auf. «Und deshalb bist du den ganzen weiten Weg gekommen?!» Wieso schrie er denn?

«Hast du einen Tee für deine durchgefrorene Tante?»

«Durchgefroren? Das ist der heißeste August ...»

«*Fiddlesticks*. Schöner heißer Tee passt zu jeder Jahreszeit.»

Er bückte sich, sie zu umarmen. Schien ihm das nur so, oder war Gwendoline gebrechlicher geworden?

«Komm erst mal, komm rein.» Er nahm ihre Tasche, wollte aufschließen, ließ vor Aufregung den Schlüssel fallen. Betrat das Diveney-Haus; kein Geräusch. Die Wirtin schien ausgegangen zu sein. Bryan lief vor Gwendoline die Stufen hoch.

«Wieso glaubst du, dass ich unglücklich bin?», fragte er über die Schulter. Die steile Treppe schien ihr Mühe zu machen. Gleich darauf betraten sie die tristen Quadratmeter, die Bryan sein Heim nannte.

«Tief unglücklich», sagte Gwendoline, sich umblickend.

Er stellte die Tasche ab. «Ich hab viel zu tun; da kommt die Wohnung natürlich zu kurz.» Plötzlich sah er das Zimmer mit ihren Augen. Möblierung, Hygiene, Aussicht – grauenhaft.

«Um die Ecke ist eine Pension», sagte er kleinlaut. «Soll ich dir ein Zimmer bestellen?»

«Kommt nicht in Frage. Deshalb bin ich ja da.»

«Weshalb?»

«Um für dich da zu sein.» Sie probierte die Standfestigkeit des Stuhls und setzte sich.

Mit einem Mal war Bryan nicht sicher, ob ihm der Besuch gefiel. Die Wohnung war zu klein für zwei; wie lange wollte sie bleiben?

«Tante, ich freue mich!»

Er setzte Wasser auf.

Bald darauf trank Gwendoline Tee aus der einzigen Tasse, die keine Macke hatte. Bryan saß ihr auf dem Sofa gegenüber.

«Wieso Rhodos?» Er hatte sich ein Bier genehmigt, spielte mit dem Kronenkorken.

«Es muss wunderschön sein.» Sie pustete in den Tee.

«Na ja, aber Griechenland im Sommer! Du wärest geröstet worden.» Er legte die Beine auf den Couchtisch.

«Mir kann es nirgends warm genug sein.»

«Tut es dir nicht leid, die Reise verfallen zu lassen?»

«Wie geht's dir? Wie kommst du zurecht?», überging sie die Frage.

Bryan erzählte und tat es gerne. Wem sonst konnte er sagen, wie es war, Polizist am Meer zu sein? Fremd in einer Hafenstadt. Er berichtete von Einbrüchen in abgelegene Sommerhäuser, über die Prügelei in *McCarthy's Pub*. Die Mordsache streifte er nur; ungelöste Fälle machten ihn nervös. Bryan berichtete Dinge, von denen er annahm, sie könnten eine ältere Tante interessieren.

«Wie war die Scheidung?», fragte sie übergangslos.

Er nahm einen Schluck. «Die ist seit einem Jahr durch», antwortete er so arglos wie möglich.

«Wie geht es Wavey?»

Wavey, die Großartige, Selbstsichere, Wavey, die sich von Bryan getrennt hatte. Mehr gab es dazu nicht zu sagen. Er rief nicht an, erkundigte sich nicht bei Freunden von früher. Versuchte Wavey auszuklammern.

«Woher soll ich das wissen?» Er streckte sich. Der Staub aus der Corddecke kitzelte ihn in der Nase.

«Das Haus hat sie behalten, nicht wahr?»

«Sie hat es ja praktisch allein gekauft.»

«Aber du hast viel Arbeit reingesteckt.»

Er richtete sich auf. «Alles in allem hat sie sich fair benommen.»

«Du warst nie gerne allein.» Gwendoline stellte die Tasse ab.

Bryan lachte angestrengt. «Ich bin täglich mit so vielen Leuten zusammen ...»

«Das meine ich nicht. Du brauchst jemand, mit dem du ein Nest baust.»

Er vermied ihren Blick. «Nest ist im Moment nicht angesagt.»

«Niemand in Aussicht?»

Suzy Moynihan, war sein reflexhafter Gedanke. Die herrliche Suzy, die in Bantry auf seinen Anruf wartete. «Niemand», sagte er eine Spur zu barsch. Unverständlicherweise ging ihm Anna-Sophia de Winter durch den Kopf. Das beunruhigte ihn.

«Könnte ich mir den ein wenig abkühlen?» Gwendoline hielt die dampfende Tasse hoch.

Bryan hievte sich aus den Kissen – Staubwolke –, ging zum Schrank. Die halb volle Flasche mit dem Achtjährigen stand seit langem dort. Ohne Kommentar nahm er den Whiskey heraus, Gwendoline begutachtete das Label, goss sich ein. Die Flüssigkeit schimmerte wie dunkles Harz.

«Willst du im Alter allein sein?», fragte sie, nachdem sie die Mischung durch die Kehle hatte rinnen lassen.

Er betrachtete sie. Vorgeneigt, ein wenig eingesunken, sie schien durchsichtiger als beim letzten Mal. Wie alt war sie eigentlich? Was hinter ihrem Ohr hervorragte, war das ein Hörgerät?

«Du hast dich doch gut mit beidem arrangiert», sagte er so optimistisch wie möglich. «Dem Alter und dem Alleinsein.»

«Mir stinkt es aber», antwortete sie ohne Nachdruck.

«Was machst du dagegen?»

«Träumen», antwortete sie so handfest, als sei *Träumen* ein Job mit regulärer Arbeitszeit und Weihnachtsgratifikation. Wenn man sie vor sich sah, in der karierten Kombination, mit der bombenfesten Dauerwelle – das war keine Traumtänzerin.

«Ich arbeite wieder in der Bibliothek. Da hast du Hunderte Regale voll von den besten Träumen der Welt.» Sie lächelte.

«Du arbeitest, aber bist du nicht schon zu …?» Er verstummte.

«Ehrenamtlich. Die brauchen jemand für die Archive. So bin ich tagsüber beschäftigt.»

Das Gespenst der Einsamkeit stand im Zimmer. Bryan stellte sich die Tante in düsteren Gängen, zwischen turmhohen Stellagen vor; wie sie die Leiter vor sich herschob, Bände abstaubte.

«Ich liebe Geschichten.» Sie trank die Tasse in einem Schluck aus. «Nimm uns beide: verschwitzter Polizist, Sommer am Meer, alte Tante kommt auf Überraschungsbesuch. In den kleinen Geschichten liegt etwas *Wunderbares*.»

«Ich komme nicht viel zum Lesen», sagte er mit Blick auf das einzige, halb leere Regal.

«Ich habe außerdem ein neues Steckenpferd.» Sie lächelte. «Bin unter die Entdecker gegangen.»

Bryan erinnerte sich an die Jahre, als sie ständig auf Reisen war. Oder an ihre Zeit bei den Hobbybotanikern. Er wusste auch, dass sie einmal ein Motorrad besessen hatte. Und exotische Vögel.

«Steckenpferd?», fragte er vorsichtig.

Sie kippte einen anständigen Schuss Whiskey in die Tasse. «Davon erzähle ich dir ein andermal.»

«Dann werde ich dir das Bett frisch beziehen.» Ruckartig stand

Bryan auf. «Da fällt mir ein, ich muss Mrs. Diveney Bescheid sagen, dass du hier bist.»

«Sind *Damenbesuche* nicht erlaubt?» Gwendoline kicherte.

## 12

## Schonzeit

Er band die Krawatte im Gehen, der linke Schuh blieb offen. Bryan floh aus den eigenen vier Wänden. Das Erwachen in Anwesenheit eines fremden Menschen. Er war ein Mann der Morgenrituale. Um sieben Uhr raus, den Waschlappen über die Hand und die Achseln geschrubbt. Mit dem Kamm durchs Haar, im Unterhemd Tee aufgegossen; danach starrte er gerne ins Blau seiner Lieblingskanne, sah durch den Dampf der Tasse im Zimmer umher. Sonst. Heute nicht. Heute war Bryans Welt in Aufruhr geraten.

Im Nebenzimmer hatte der Radiowecker zu spielen begonnen. Klänge, Störgeräusche in Bryans morgendlicher Stille. Er hatte den Kopf von der Couch erhoben, wollte dem Gedudel unter die Dusche entfliehen. Zu spät.

Im geblümten Morgenmantel war Gwendoline aus dem Zimmer gekommen, die Melodie summend, sie verströmte ein kurzes «Morgen!» und verschwand im Bad. Erste Hitze schlich durch die offenen Fenster, in Unterhosen hatte Bryan auf der Couch gesessen; kein Ort, wohin er fliehen konnte. Missmutig hatte er sich zum Waschbecken geschleppt, sah einen verquollenen Sergeant im Spiegel. Setzte Wasser auf. Nein, *wollte* Wasser aufsetzen. In diesem Moment war die Tante dem Bad entstiegen. «Lass nur, ich mach schon!» Ergriff den Kessel, ließ Wasser rauschen, öffnete Bryans Kühlschrank. Summte weiter, ohne Rücksicht darauf, dass die Radiomusik eine andere geworden war. *Zwei* Melodien wehten durch die winzige Wohnung! Bryan in Unterhosen, verzweifelt. Dem *kräftigen Frühstück*, das die Tante liebevoll angedroht hatte, war er entflohen. Hatte die Geistesgegenwart besessen, ihr die Stelle zu sagen, wo er den Schlüssel versteckte.

Die Wachstube war trüb und still, wie er es mochte. Gardai Meers saß an der Schreibmaschine, war mäusefreundlich wie immer. Bryan wollte ermitteln, verhören – und das schreckliche Erwachen vergessen.

O'Sullivan kam ins Büro. Morgens ging es ihm in der Hitze am besten. Frisches Hemd, Bügelfalten und die spärlichen Haare sauber über die Glatze frisiert.

«Ich glaube, Harold de Winter lügt», sagte Bryan.

«Du denkst, er war's?» O'Sullivan setzte sich auf das Fensterbrett. «Du meinst: Ein Herzkranker geht in brütender Hitze ins Moor und ersticht seinen Bruder?»

Bryan stand auf. «So einfach ist es nicht. Aber Harold hat etwas vor. Etwas, das schon hier drin steht.» Bryan legte die Hände auf die geschlossene Akte. «Ich sehe es bloß nicht.»

«Auf dem Messer waren keine Fingerabdrücke.»

«Die kann er abgewischt haben.»

«Als er die Leiche seines Bruders entdeckte, hatte er einen Infarkt. Es muss ihn furchtbar aufgeregt haben.»

«Jemand, der einen Mord begeht, regt sich auch auf.»

«Und das Motiv?», fragte der Dicke.

«Tja – das Motiv.» Bryan blinzelte ins Licht, das durch die Jalousien fiel. «Zwei Brüder. Der Ältere ist ein Sonderling. Verzichtet auf sein Erbrecht. Der Jüngere, verwitwet, findet eines Tages Gefallen an einer Kellnerin. Er wird *unvernünftig*. Was ist er bereit, für Lisa aufs Spiel zu setzen?»

O'Sullivan zog ein weißes, gefaltetes Taschentuch hervor und fuhr sich über die Glatze. «Vorhin kam ein Fax aus Bantry.» Er schmunzelte. «Harold de Winter ist ab heute vernehmungsfähig.»

«Das sagst du erst jetzt?!»

Fünf Minuten später kämpften sie sich durch den Morgenverkehr. Gleich hinter Castlebere gab Bryan Gas.

«Vorsicht, dort steht unsere Radarfalle.» O'Sullivan hielt sich am Fenstergriff fest.

«Stimmt. Wir sollten endlich den Film auswechseln.» Grinsend raste Bryan daran vorbei. Preschte über die Steinbrücke. Überholte an der Talenge; Felsblöcke huschten an ihnen vorüber. Freie Bahn bis nach Bantry.

Harold de Winter lag in einem Einzelzimmer mit Blick auf die *Bay*. Jemand hatte seinen Kopf gewaschen. Biblisch breitete sich das schwarze Haar auf dem Kissen aus.

«Mister de Winter, Sie sind mit Ihrem Bruder ins Moor gefahren, um etwas zu besprechen.» Bryan hatte den Block auf den Knien.

«Nein», sagte der Schwarzhaarige. «Ethelred wollte jagen.»

Überrascht blickte Bryan auf. «Aber bei unserem ersten Gespräch sagten Sie ...»

«Ich war gerade dem Tod von der Schippe gesprungen. Keine Ahnung, was ich gesagt habe.»

«An so einem heißen Tag nach Tintaguel fahren: War das nicht ungewöhnlich, Sir?»

«Kann ich nicht finden.» Harold drehte sich auf die Seite und musterte den zweiten Sergeant im Zimmer. Er wirkte ausgeruht, selbstbewusst. Das *Tierhafte* war verschwunden.

«Sie sagten, Ethelred und Sie hätten sich im Moor getrennt. Warum?»

«Weil man beim Jagen allein mehr Glück hat als zu zweit. Ich habe Eth schießen gehört.»

«Nicht gesehen?»

«Nein.»

«Wie viele Schüsse?»

«Zuerst zwei, später einen.»

«Wie viel später kam der dritte Schuss?»

«Fünf Minuten vielleicht.»

«Die zwei Schüsse aber knapp hintereinander?»

«Das ist eine zweiläufige *Rutherford*», seufzte Harold. «Wenn man beide Kammern leer geschossen hat, muss man nachladen.»

«Worauf hat Ihr Bruder geschossen?»

«Auf alles, was sich bewegte.» Der Liegende öffnete die Nachttischschublade und entnahm ihr eine Schatulle.

«Was haben Sie getan, nachdem der dritte Schuss gefallen war?»

«Nichts. Ich war sicher, Ethelred würde noch eine Weile so weitermachen.» Harold hob den Deckel und wählte eine Zigarre aus.

«Dürfen Sie das denn, Sir?»

«Mein Herzfehler ist vererbt, Sergeant, nicht durch Fremdeinwirkung verursacht.» Aus der Brusttasche des Pyjamas angelte er einen versilberten Knipser. «Dann hörte ich Ethelred schreien.»

*«Schreien?»* O'Sullivan kam näher. «Aus Angst? Vor Schmerz?»

Der Knipser beschnitt die Zigarre, der Kopf fiel auf die Bettdecke.

«Mir schien, als ob er jemanden *an*schrie.»

Die Sergeants sahen einander an.

«Haben Sie denjenigen gesehen?»

«Nein. Wären Sie so nett –» Harold zeigte auf eine Porzellanschale mit Schwimmlichtern und Blütenköpfen. «Hat mir meine Nichte Anna-Sophia mitgebracht.»

O'Sullivan reichte dem Liegenden die Schale. Er warf die Zigarrenspitze zwischen die Blüten und bediente den Schalter zur Klimaanlage.

«Wo waren Sie zu diesem Zeitpunkt?» Bryan wurde allmählich sauer. Erzählte der Kerl nicht eine komplett neue Geschichte?

«Hinter dem Hügel.» Harold entzündete ein Streichholz und hielt die Flamme vor Bryans Gesicht. «Dann hörte ich noch jemand anderen schreien.»

«Sind Sie sicher?»

«Ich glaube schon. Es war eine weibliche Stimme.» Harold näherte das Streichholz dem Zigarrenende, zog kräftig und lehnte sich zurück. «Ich begann zu laufen.»

«Trotz der Hitze?»

«Mein Bruder hatte geschrien.» Dichter Rauch stieg auf, verschwand in den Deckenschlitzen. «Als ich um den Hügel kam, hatte das Schreien aufgehört. Ich sehe Ethelred dort liegen, mit ausgestreckten Armen. Daneben die Flinte, die Tasche.»

«Wo war das Messer, Mister de Winter?»

«Das wissen Sie so gut wie ich. Es ragte aus Ethelreds Auge.»

«So wie wir ihn später gefunden haben?»

«Ja.» Harold zog zum zweiten Mal.

Bryan hatte genug von der *Vorstellung*. Ohne auf die Überraschung des anderen zu achten, nahm er ihm die Zigarre weg und warf sie in die Blumenschale. Die Glut zischte und erlosch.

«Erzählen Sie uns jetzt von Lisa Dougall.»

Einen Moment lang lag ein lauernder Blick auf Bryan. Aber schon hatte Harold die Fassung wieder.

«Haben Sie mit ihr gesprochen?», lächelte er. «Hat sie Ihnen die romantische Geschichte vom Baronet im zweiten Frühling erzählt?»

«Wir möchten sie von Ihnen hören.»

«Das Ganze hat mich nicht sonderlich interessiert», antwortete Harold. «Bis Lisa ihren Liebhaber dazu bringen wollte, unser Vermögen zu investieren.»

O'Sullivan, der die kühlen Luftschwaden aus den Deckenrillen genoss, senkte den Kopf. «Sie meinen, Lisa hat den Baronet ausgenutzt?»

«Zumindest hatte sie die Nase voll davon, ihre Reize bloß in der Kantine zu präsentieren. Lisa wollte ihren *eigenen Stall*. Deshalb lag sie Ethelred in den Ohren, ihr ein Lokal zu kaufen.»

«Einen Imbiss?»

«*Imbiss?*» Harold lachte. «Nein. Lisa ging aufs Ganze.» Mit zwei Fingern zupfte er Zigarrenkrümel von der Zungenspitze. «Sie fand ein Grundstück, tausend Quadratmeter, direkt am Strand. Haben Sie eine Ahnung, was so etwas kostet? Ethelred hätte einen Kredit aufnehmen müssen. Als die Bank ihm den nicht genehmigte, wollte er das Haus belasten.»

«Holbound Manors?», fragte Bryan.

Harold schloss die Augen. «Sein, mein und Renatas Geburtshaus.» Er faltete die Hände auf der Brust. «Ich bin der Erstgeborene, Sergeant. Ich konnte nicht dulden, dass Ethelred unseren Besitz ruiniert.» Seine Lippen wurden hämisch. «Wegen einer gierigen Schaubusenbesitzerin.» Harolds Lider öffneten sich. «Doch dann kam der Winter, wo die Mure abging und den Schafstall zerstörte. Und achthundert Rinder mussten notgeschlachtet werden, wegen Verdachts auf Maul- und Klauenseuche. Der Torfpreis fiel über Nacht auf die Hälfte.»

«Sie steckten in finanziellen Schwierigkeiten?»

«Wir standen kurz vor der Pfändung. Das hätte bedeutet: Zwangsversteigerung. Als es fast so weit war, hat sogar Ethelred eingesehen, dass er sich ein Restaurant am Meer nicht leisten kann. Aber Lisa ließ nicht locker. Darum habe ich mit ihr geredet.»

«*Sie?*», fragte Bryan verblüfft.

«Sie nahm es erstaunlich gelassen auf.» Ein schmales Lächeln. «Schien wohl zu glauben, sie habe Ethelred in der Hand.»

Der Geruch der nassen Zigarre kam Bryan in die Nase. Er nahm sie aus der Schale.

«Und deshalb haben Sie im Moor noch einmal mit Ihrem Bruder geredet?»

Er öffnete die Tür zum Bad und warf die Zigarre ins Klo.

«Dazu kam es nicht mehr», sagte Harold. «Ich habe Eth nicht lebend wiedergesehen.»

Bryan zog ab, das Ding schwamm widerspenstig auf dem Wasserwirbel. «Wer erbt nach seinem Tod den Titel?» Er kam ins Zimmer zurück.

«Das ist wie aus einer schwarzen Komödie.» Harold schien plötzlich erschöpft. «Ich hatte nie vor, Kinder zu zeugen. Darum haben Eth und ich festgelegt, seine Kinder sollten den Titel erben.»

«Das bedeutet ...!», rief Bryan verblüfft.

«Thelda», nickte Harold. «Sie war die einzige Tochter.»

«Wäre sie also nicht bei dem Unfall ums Leben gekommen, hätte Thelda das Gut übernommen?» Bryan sah O'Sullivan an.

Harold nickte noch einmal, den Kopf gegen das Kissen gelehnt. Seine geschlossenen Augen lagen tief in den Höhlen.

«Durch ihren Tod sind Sie also der neue Baronet?»

«Glauben Sie bloß nicht, dass mir das etwas bedeutet», kam leise die Antwort. «Ich will meine Freiheit, Sergeant. Will tun und lassen können, was mir gefällt.» Er drehte sich auf die Seite. «Ich habe meinen Bruder verloren. Und Thelda. Ich habe beide geliebt.» Er presste den Kopf gegen das Kissen. «Und jetzt möchte ich schlafen.»

## 13

## Steeple Rock

«Wen interessiert das?!», fragte Bryan gegen den Wind.

«Glaub mir, es ist wichtig für sie.» In festem Schuhwerk ging O'Sullivan voran.

Er und Bryan waren an ungewöhnlichem Ort unterwegs. *Cahermore.* Der prächtige Küstenabschnitt, wo das Land abbrach, ins Bodenlose fiel, tief unten im Meer auftraf. Die See bekämpfte die Insel, tobte heran, schlug auf die schwarzen Felsen ein; manchmal toste die Gischt zwanzig Meter hoch.

«So wichtig, dass sie dafür morden?», rief Bryan. «Für den *Titel des dreiundzwanzigsten Baronet de Winter?*»

«Werden Morde nicht aus geringeren Gründen begangen?» O'Sullivan schaute nach Westen. Nur Wasser, bis Kanada. «Der ältere Bruder tritt sein Erbrecht an den jüngeren ab. Was hat er dafür bekommen?»

«Bekommen?» Bryan trat neben ihn. Zwei Schritte dahinter, genau genommen, denn O'Sullivan hatte sich hart an den Abgrund gestellt.

«Niemand gibt das Vorrecht seiner Geburt ohne Gegenleistung auf.»

«Findest du das nicht ein bisschen waghalsig?», fragte Bryan, als der andere seine Schuhspitzen über die Felskante ragen ließ.

«Der Träger des Baronet-Titels wird im Moor ermordet.» O'Sullivan schaute in die Tiefe. «Zur gleichen Zeit stirbt die Erbin des Titels bei einem Unfall. Hört sich das für dich nach Zufall an?»

«*Charles Hogarths Wagen kam von der Straße ab.* So steht es in deinem Bericht.» Bryan vermied es, den Blick aufs Meer zu richten. «Hogarth wurde dabei schwer verletzt.»

«Verletzt ist nicht tot.» O'Sullivan reckte den Kopf nach vorn. An seiner Oberlippe saßen Schweißperlen.

«Du hast ihn verhört.» Bryan wandte den Kopf ins Landesinnere, wo wellige Wiesen beruhigten.

«Er lag auf der chirurgischen Abteilung», nickte O'Sullivan. «Hatte eine komplizierte Gelenkoperation hinter sich. Ein freundlicher Mensch. Zu freundlich, nach allem, was er durchgemacht hat. Knochenbrüche, das Gesicht voller Blutergüsse und Nähte. Mit dem gebrochenen Kiefer konnte er nur murmeln.» O'Sullivan spitzte die Lippen. «Thelda und er haben sich vor zwei Jahren kennen gelernt. Geheiratet wurde drei Monate später.» Der Sergeant spuckte aus, beobachtete, wie der Speichel nach unten verschwand. «Hogarth sprach von ihr … im Ton reinster Liebe. Sie hat sein Leben verändert. Er verehrte sie für ihr Engagement.»

«Die *Tanz-unterm …* Dings-Party?», lächelte Bryan.

«Das *Tanz-unterm-Fischmond-Fest*.» Der Dicke trat von der Klippe zurück.

Sie schlenderten den steinigen Weg Richtung Steeple Rock. Bryan hatte den Kampf gegen die Hitze aufgegeben. Der Schweiß rann sein Rückgrat hinunter, klebte im Kragen, sammelte sich in den Schuhen.

«Wie muss sich dieser Mann fühlen?» Er blieb stehen. «Auch wenn er an dem Unfall keine Schuld hatte, *er* saß am Steuer. Kann man sich so etwas jemals verzeihen?»

O'Sullivan ließ einige Wanderer vorbei. Die Leute gingen mit Skistöcken, die sie rhythmisch in den Boden stießen. Bryan sah der Freizeitprozession kopfschüttelnd nach.

«Was wäre», sagte der Sergeant, «wenn Harold de Winter und Theldas Ehemann unter einer Decke stecken?»

Für einen Moment vergaß Bryan, wie nahe er der Tiefe war. «Das sind doch keine *Royals*! Wir reden nicht von Schloss Windsor, nicht von den Kronjuwelen. Wir sprechen über ein hoch verschuldetes Gut, dem die Bank den Kredit sperren will.» Kopfschüttelnd musterte er den Sergeant. «Du hältst es für möglich, dass Hogarth dir das alles bloß vorgespielt hat – die Trauer, die Schuld?»

«Der Mann ist ein Autonarr», antwortete der Dicke.

«Und deshalb weiß er, wie man jemand auf dem Beifahrersitz totfährt?» Bryan stolperte und fluchte. «Verdammte Kletterei.»

O'Sullivan sah zum Steeple Rock. «Dort!» Er zeigte auf etwas, das die Küstenlinie entlangkam. «Ich wette, sie ist es.»

Bryan verengte die Augen.

Tatsächlich kam dort der Grund, warum die Sergeants den Ausflug machten. Bryans schlechtes Gewissen hatte beschlossen, an diesem Sonnabend mit Gwendoline etwas zu unternehmen. Da Bryan aber selbst nach dreizehn Monaten in Castlebere die regionalen Sehenswürdigkeiten kaum kannte, hatte er die Tante zum Steeple Rock bestellt.

«Hallo!» Gwendoline winkte. Eine Windbö ließ ihren Schal flattern; die Dauerwelle hielt starr wie Beton.

Die Sergeants gingen rascher, bald stand man beisammen. Bryan stellte O'Sullivan vor, der sich gleich darauf verabschiedete. Bryan beneidete ihn. Der Dicke ging heim, legte im Schatten die Beine hoch und wurde von seiner Freundin verwöhnt. Bryan betete, die Tante möge wenigstens die algenbehangene Treppe nicht entdecken, die nach der nächsten Biegung in die Tiefe führte. Bis zur Flut war es höchstens noch eine halbe Stunde. Auch wenn Bryan das Meer liebte, *Höhe* war ein Problem für ihn. Er hatte es noch nie über sich gebracht, die Holztreppe, die sich Schwindel erregend an die Felsen schmiegte, abwärts zu klettern. Sie führte zur einzig ruhigen Bucht im Umkreis. Im Prachtsommer dieses Jahres erholte sich dort die halbe Stadt; man lag in der Sonne, schwamm, hatte sein Picknick mitgebracht. Zweimal am Tag mussten Castleberianer und Urlauber allerdings eilig die Sachen packen, denn die Flut überschwemmte den Abschnitt bis zu einer Höhe von drei Metern. Lachen und Schreien, wenn Nachzügler das Hereinbrechen des Wassers verpassten. Einmal waren ein Vater und seine Tochter von der Flut fortgerissen worden. Ihre Leichen hatte man nie gefunden.

«Dieser *Harold de Winter* hat etwas Gespenstisches», riss Gwendoline Bryan aus seinen Gedanken.

«Woher kennst du …?» Er fuhr herum.

Sie musterte ihn verständnislos. «Die Zeitung ist voll davon. Wenn das Foto nicht lügt, sieht der Mann aus wie Rasputin.» Gwendoline schmunzelte. «Von dir war auch ein Bild dabei. Eins, wo du endlich mal lächelst.» Sie warf den Schal über die Schulter. «Du hast mir gar nicht erzählt, dass du in so einem hochdramatischen Fall ermittelst.»

«Dramatisch?»

«Ein richtiger Erbfolgekrieg ist das!», rief die Tante. «Wie bei Shakespeare! Der Baronet ermordet, die Tochter tot. Der Erbe des Titels schwebt in Lebensgefahr. Die Sippe scheint regelrecht ausgerottet zu werden.»

«Tantchen», beruhigte Bryan. «Harold de Winter geht es schon besser. Und er ist kein Rasputin, sondern bestenfalls ein Wald- und Wiesenpoet.»

«Was?» Blitzschnell war sie an seiner Seite.

«Ein Dichter, von dem keiner was lesen darf.»

«Ach!» Gwendolines Augen leuchteten. Sie hakte sich bei ihm unter.

«Warum interessiert dich das?» Sie hatten den *Rock* fast erreicht. Ein paar Schritte noch, dann waren sie an der halsbrecherischen Treppe vorüber.

«Ich arbeite in der Bibliothek, wie du weißt. Dort haben es mir die *unbekannten* Dichter am meisten angetan.»

Aus dem Augenwinkel sah Bryan die Treppe hinter einem Felsvorsprung verschwinden.

«Bei jedem Buch hoffe ich, einen unentdeckten Schatz zu heben», sagte sie. «Schau!» Gwendoline drehte sich plötzlich um, lief den Klippenkamm zurück und zeigte in die befürchtete Richtung.

«Da hinunter will ich!»

«Das ist zu gefährlich.»

«*Fiddlesticks.*» Schon umfasste sie das knarrende Geländer.

Die Treppe schlängelte sich der Brandung entgegen. Von den Jahren und der Nässe war das Holz schwarz geworden.

«Was schreibt dieser *Rasputin?*», fragte Gwendoline, während ihr Kopf schon in der Tiefe verschwand.

«Gedichte ... und so.» Bryan hatte die Kante erreicht. Eine Bö fuhr ihm ins Gesicht. Er spuckte Staub. Sah hoch: Das Wetter schlug um.

«Tante!»

Sie war hinter der Felsbiegung verschwunden.

## 14

## Schwärmerei

Es goss wie aus Kübeln, schüttete so unaufhörlich, dass die Regenrinnen am Hause Diveney die Massen nicht länger fassten und überliefen. Bryan stand da, im Bademantel; Wasservorhänge am Fenster. Er hatte gehofft, abends noch einmal rauszukönnen. Niemand ging bei so einem Wetter vor die Tür.

Sie hatte sich hingelegt. War doch nicht so robust, wie sie sich gab. Durchnässt, frierend, als habe man es mit einem *Kältesturz* zu tun, war sie ins Zimmer gekommen. Bryan genoss das Sommergewitter – endlich wurden die kochenden Mauern, die heißen Schindeln kühler. Der Bademantel fühlte sich gut an. Solche Abende hatte Bryan mit Wavey geliebt. Alles von sich werfen, was an den Tag erinnerte. Fenster zu, Feuer an und mit ihr sein. Anderthalb Jahre waren sie jetzt schon getrennt, und noch immer leuchteten diese Bilder so stark. Bryan trat der Erinnerung entgegen. Wandte sich vom Fenster ab; Wasser machte ihn traurig.

Die Tante schlief noch, vielmehr *ruhte* sie. Hatte sich nach der Heimkunft mit einem Buch ins Schlafzimmer zurückgezogen. Die Tür zugemacht. Bryan ärgerte das. Dort drinnen stand sein Schrank. Und wenn er ein frisches Hemd brauchte, trockene Socken? So war das eben mit Familie.

Er öffnete die Eingangstür leise, schlich auf den Flur und die Treppe hinunter. Hob den Hörer ab. Nervös begann er die Wählscheibe zu drehen. Die letzte Chance, den üblen Plan nicht in die Tat umzusetzen, war, dass Suzy nicht daheim sein könnte.

«Moynihan –» Ihre freundliche Stimme.

«Ich bin's», schlug er den *menschlichen* Ton an.

«Hört man von dir auch mal wieder?» Es sollte barsch klingen, doch Bryan hörte die Freude heraus.

«Ich bin ein Ekel.» Er war froh, die Wahrheit sagen zu können. «Seit ich diesen Fall habe ...» Er seufzte.

«Kommst du voran?»

«Mein Hauptproblem ist das Motiv.»

Das mochte er an Suzy: Mit ihr konnte man über Indizien reden. Sie fabrizierte keine verrückten Theorien, sondern half einem, die innere Landkarte zu sortieren.

«Hast du Lust, mir auf die Sprünge zu helfen – heute Abend?», fragte er.

«Rufst du deshalb an?»

«Nein.» Er zögerte. Bleib bei der Wahrheit, ermahnte ihn sein Gewissen. «In meiner Wohnung sitzt eine ältere Dame.»

«Um wie viel älter?»

«Sie macht gerade ein Nickerchen. – Tante Gwendoline.»

«Und du willst sie allein lassen?»

Ja, das wollte er. Kein Abend mit Tante. Wie richtig war die Idee, Suzy angerufen zu haben!

«Ich geh aber nicht mehr raus», kam es vom anderen Ende der Leitung.

Da war sie, die Einladung, auf die Bryan gehofft hatte. Nach Bantry fahren, in Suzys gemütliche Wohnung. In der unaufgeräumten Küche futtern, vor dem Fernseher lümmeln.

«Gib mir eine Stunde», sagte sie sanft.

Bryans Gewissen schüttelte entrüstet den Kopf. Er sagte: «Bis bald.»

Die Treppe hochrennend, erfand er die Ausrede, mit der er der Tante entkommen wollte. Ein Lichtstreif unter ihrer Zimmertür. Bryan trat ein und packte die Lüge aus.

Auf einer Insel, deren Landschaft die Phantasie so sehr beflügelte, gab es jede Menge Amateurdichter, Hobbyschreiber, Autoren aus Langeweile. Für Tante Gwendoline bedeutete die Entdeckung eines neuen Talentes die schönste Erfüllung. Doch die Edelsteine waren rar. Sie hatte allerdings die Hoffnung, in Castlebere könnte solch ein unentdeckter Poet leben. Nach Bryans Bücherregal zu schließen, würde er von der Idee nichts halten. Ein zerknitterter Dickens, der Frankreich-Reiseführer, ein Krimi, das Lesezeichen auf Seite zwölf – Bücher spielten in Bryans Leben keine Rolle. Sollte das Gwendoline etwa daran hindern, ihrem Hobby nachzugehen, dem Aufspüren von Quellen literarischer Produktion?

Eine halbe Stunde nachdem Bryan die Flucht ergriffen hatte, war ein schwarzes Taxi unterwegs nach Bantry. Es hielt vor dem Eingang der Klinik. In ihrem karierten Rock, der Tweedjacke, den Regenschirm unterm Arm, trat Gwendoline vor das Gehäuse des Nachtpförtners.

«Ich bin Gwendoline de Winter», sagte sie mit gütigem Lächeln. «Ich weiß, es ist keine Besuchszeit. Kann ich meinen Neffen Harold trotzdem besuchen?»

In dem nur durch Fernsehgeflacker erhellten Verschlag hob der schläfrige Mann den Kopf. Er hatte keinen Grund, an den Worten der Dame zu zweifeln: So sahen Mitglieder eines Adelshauses aus. Er beschrieb ihr den Weg minutiös. Gleich darauf hallte Gwendolines Tritt auf den Kunststofffluren. Sie klopfte an die Tür zu Harold de Winters Zimmer.

Suzy Moynihan, die viel beschäftigte Gerichtsmedizinerin, hatte nie Zeit, frische Lebensmittel einzukaufen. Darum entschied sie: Fertiggericht. Bryan stülpte die Geflügel-Erbsen-Komposition aus den Aluboxen auf die Teller. Alkohol war immer im Haus, Suzy entkorkte den Weißen. Da sie auch keine Zeit zum Aufräumen fand, schob sie, was störte, vom Bett und lud Bryan ein, es sich vor dem Fernseher gemütlich zu machen. Nach längerem Zappen, unterbrochen von der Katastrophe eines gekippten Weinglases, landeten sie auf dem *Oldies*-Kanal. Widmeten sich einem Klassiker mit Frederic March und Kim Novak: Alternder Mann liebt jüngere Frau und gibt für sie sein früheres Leben auf. Der Fernseher hatte einen Grünstich, was in Schwarzweiß noch deutlicher wurde. Bryan und Suzy lagen Seite an Seite, ihr Bein über seinem Knie. Als der halbe

Film herum war, hatte Bryan seine Hand in ihrem Haar. Sie guckte mit halbem Auge, rieb die Nase an seinem Hals.

«Kennst du die Kellnerin aus der Rathauskantine?», murmelte er.

Suzy rutschte näher. «Hab sie bestimmt schon gesehen.»

Er kraulte ihren Nacken und erzählte von Lisa, der Blondine, und Ethelred, dem Gutsbesitzer.

Suzy drehte den Ton leiser. «Was ist schon dabei? Wenn sie sich geliebt haben.» Sie zog die Pralinenschachtel vom Nachttisch auf Bryans Bauch. Wählte sorgfältig und hielt Bryan eine mit Maronenfüllung hin.

«Lisa wollte, dass Ethelred ihr ein Restaurant kauft – ein Luxusrestaurant.» Er biss ab.

«Woher weißt du, dass *sie* es wollte?» Suzy leckte an den Fingern. «Vielleicht war es *sein* Ehrgeiz, zu beweisen, dass er was Tolles auf die Beine stellen konnte – nur für sie.»

«So hab ich das noch nicht gesehen.» Bryan drückte Suzys Arm. Ethelred im Johannisrausch, voll Elan, mit Lisa eine neue Existenz zu gründen?

«Klar, dass sein eifersüchtiger Bruder nur das *Schmutzige* an der Beziehung sehen will.» Suzys Nase berührte Bryans Schulter. Sie schnupperte.

*«Eifersüchtig?»*

«Was?» Sie öffnete einen Knopf an Bryans Hemd.

«Du hast gesagt: *Eifersüchtiger Bruder.*»

«Wenn sie so toll aussieht – wäre doch möglich.»

«Das wär ja …!» Bryan lachte, dass die Pralinenschachtel zitterte. «… der finstere Harold und die kleine Kellnerin!»

«Siehst du, so seid ihr», sagte Suzy zwischen zwei Küssen. «Wenn's darum geht, jemand ins Bett zu kriegen, ist das bloß die *kleine Kellnerin.*»

«Ich will Lisa Dougall nicht ins Bett kriegen.» Er blies Suzys Stirnfransen in Unordnung. Leistete keinen Widerstand, als sie seinen Oberkörper aufs Bett drückte. Sie zog den Rock etwas hoch und setzte sich auf ihn. Bryan tastete nach der Fernbedienung, schaltete ab. Wahrscheinlich schlief die Tante längst, das Buch auf der Brust, hatte sie die Nachttischlampe brennen lassen. Bryan suchte nach Suzys Büstenhalterverschluss.

Auf das leise «Herein» drückte Gwendoline die Klinke und trat ein.

Ein Mann, dem man ungern in einer finsteren Gasse begegnet wäre, lag im blütenweißen Bett. Er las, das halbe Gesicht im Bart vergraben.

«Guten Abend, Mister de Winter», sagte Gwendoline, die Tür hinter sich zuziehend. «Bitte verzeihen Sie die späte Störung.»

«Wer sind Sie?» Er blickte auf, hielt den Finger zwischen die Seiten.

«Ich leite das belletristische Archiv der Bibliothek Galway.»

«Bibliothek?» Der Kopf hob sich. «Haben Sie auch einen Namen?»

Sie hatte sich die Sache im Taxi überlegt. Gab sie zu, die Tante des ermittelnden Sergeants zu sein, war die Chance, von dem Poeten etwas zu erfahren, gleich null.

«Ich heiße Gwen Woolf», antwortete sie, ohne mit der Wimper zu zucken. Als Verehrerin der großen Virginia hatte sie sich dieses Pseudonym zurechtgelegt.

«Was wollen Sie, Mrs. Woolf?», fragte er nicht eben freundlich.

«Ich weiß aus der Zeitung von dem Schicksalsschlag, der Ihre Familie betroffen hat», antwortete Gwendoline. «In einem Artikel stand: ‹*Der Poet Harold de Winter*›.»

«Sind Sie von der Presse?» Er musterte die Besucherin misstrauisch.

«Gott, nein!», lachte sie. «Ich verabscheue die *Tagesschmierer*, die vor der Bedeutung des Wortes keine Achtung haben.»

«Was wollen Sie also?»

«Ich bin auf der Suche nach heutiger irischer Poesie.»

«Ich veröffentliche nicht», antwortete Harold unwirsch.

Unaufgefordert umrundete sie das Bett. «Natürlich nicht, Sir.

Ich will Sie auch lediglich davon überzeugen, mir etwas von Ihrer Arbeit zu zeigen.»

«Zu welchem Zweck?»

«Zu dem Zweck, den Literatur immer hat: in die Welt zu kommen.» Sie setzte sich auf den Besucherstuhl.

«Haben Sie mit einem Verlag zu tun?» Die finsteren Augen verengten sich.

«Ich bin achtundsechzig, Mister de Winter; meine Tätigkeit in der Bibliothek ist ehrenamtlich. Was sollte ein Verlag wohl mit mir anfangen?»

Er legte das Buch auf den Nachttisch. «Ich habe meine Sachen bisher kaum jemandem gezeigt.»

«Wie schade.»

Er musterte die Lady im Tweed, mit der ergrauten Dauerwelle, den fest geschnürten Schuhen. Harold klopfte sein Kissen zurecht und richtete sich auf.

Er begann Fragen zu stellen, zur Bibliothek von Galway, über Literatur – Gwens bevorzugte Dichter. Eine halbe Stunde später sprachen sie über Lyrik und Lyriker. Gwendoline erwies sich als Kennerin von Sykes und Dornmouth. Harold rezitierte Hölderlin und Sir Walter Scott. Als sie bei Baudelaire angelangt waren, machte die Nachtschwester der nächtlichen Reise ein Ende, Gwendoline wäre sonst wohl bis zum Morgengrauen geblieben. Sie verabschiedete sich, versprach wiederzukommen und gab der Hoffnung Ausdruck, Harold werde ihr beim nächsten Mal etwas zu lesen geben. Freundlich bat sie die Schwester, ihr ein Taxi zu rufen.

## 15

## Es war Sonntag

Nach einer kompletten Nacht mit Suzy, nebst gemeinsamem Frühstück und Abschiedskuss, hatte Bryan ein besonders schlechtes Gewissen. Er brachte Gwendoline einen Strauß Blumen. Am Sonntag hatte nichts offen, darum hatte er sie aus einem brachliegenden Garten *geborgt*.

Die Tante saß beim Frühstück. Als Bryan mit seinen Entschuldigungen begann, sagte Gwendoline, dass auch sie einen Teil der Nacht außer Haus verbracht hatte. Sie gestand ihm, *wo* sie gewesen war.

Es war nicht Bryans Art, ältere Damen anzuschreien. Aber jetzt verlor er die Beherrschung.

«Du gehst ins Krankenzimmer meines Hauptverdächtigen?!», rief er über den gedeckten Tisch gebeugt. «Hast du vollkommen den Verstand verloren?!»

«Ist er also *doch* dein Hauptverdächtiger?» Gwendoline verzierte ihr Porridge mit einer Hand voll Rosinen. Wie eine Maienblüte sah sie in ihrem Morgenmantel aus.

«Ich ...!» Bryan stockte. «Ich bin nicht befugt, mit dir über den Fall zu reden!» Er setzte sich wieder. «Weißt du, wie das aussieht?»

«Was?» Honigmäander flossen auf das Porridge.

«Als ob ich nicht imstande wäre, meine Verhöre selbst zu führen – und meine Verwandtschaft hinschicke!»

«*Fiddlesticks.*» Wie ein Dirigent winkte sie mit dem Löffel ab. «Wir haben kein Wort über die dumme Angelegenheit gesprochen.»

«Welche dumme ...?»

«Deinen Mord. – Lyrik, nur darum ging es.» Sie senkte die Lider. «Außerdem weiß Harold nicht, dass ich deine Tante bin.»

«Nicht?» Bryans Blick wechselte von Zorn zu Misstrauen.

«Ich habe ein Pseudonym benutzt», sagte sie stolz.

«Du hast ihm einen *falschen Namen* gesagt?!» Bryan beugte sich vor.

«Deine Krawatte hängt im Honig.» Sie legte den Kopf schief. «Ich habe letzte Nacht einen ziemlich klaren Eindruck von Harolds Persönlichkeit gewonnen.»

«Ach ja?!», rief er verächtlich. «Und weil ihr so nett über Lyrik geplaudert habt, *kann* dieser Mann nicht der Mörder sein! Könnte keiner Fliege was zuleide tun, hab ich Recht?»

«Im Gegenteil. Ich glaube, in seinem Denken und Fühlen ist Harold de Winter radikal genug, einen Mord zu begehen.» Gwendoline sagte das so ruhig, als gebe sie eine Wegbeschreibung ab.

«Das *glaubst* du?», fragte Bryan verunsichert.

«Und habe dafür nicht den geringsten Beweis.» Lächelnd nahm sie den ersten Bissen.

Bryan lehnte sich langsam zurück. Warum scheute er sich, die Theorie vom *Brudermord* anzunehmen? Weil sie zu offensichtlich war? Mord um die Baronet-Würde zu erben, *Herr von Soundso* auf einem verschuldeten Gut zu sein? Er ging so weit, O'Sullivans Verdacht durchzuspielen: Harold de Winter und Charles Hogarth als Team. Harry bringt seinen Bruder um, Charles die eigene Frau, die den Titel geerbt hätte. Was hätte Charles davon? Warum konnte man nicht akzeptieren, dass Charles und Thelda einander geliebt hatten?

«Wie war deine Nacht?» Gwendoline goss Tee nach.

Bryan holte sich eine Tasse. Sie sprachen nicht mehr über den Fall.

Eine Stunde später rief er Suzy an.

«Warum sticht jemand einem anderen ein Messer ins Auge?», fragte Bryan zärtlich. Er wollte zeigen, dass ihm die Nacht etwas bedeutete.

«Im Affekt vielleicht», antwortete sie.

«Im Affekt stichst du jemanden in den Bauch oder in die Brust», sagte er, über Mrs. Diveneys Telefon gebeugt. «Ethelred war ein stattlicher Mann; man musste hoch zielen, um ins Auge zu treffen.»

«Vielleicht saß er ja», schnurrte sie.

«Aber warum ins Auge? Habt ihr da nicht irgendwas Neues für mich?» Bryan starrte auf seinen Schatten, der das Teppichmuster dunkler erscheinen ließ.

«Das Messer steckte im linken Auge. Das weist auf einen Rechtshänder hin.»

«Rechtshänder, toll», murmelte er enttäuscht.

«Auch ein Linkshänder kann natürlich ins linke Auge stoßen. Die Klinge drang waagrecht ein. Ein *einziger* Stoß. Traf das Auge und durchdrang es.» Morgens klang Suzys Stimme tief und rauchig. Es gab Momente, da erinnerte sie ihn an Wavey.

«Und wie hast du vor, deinen Sonntag zu verbringen?», fragte sie.

Bryan hörte kräftige Schritte von oben. Gwendoline musste die Schuhe angezogen haben.

«Sonntag mit Tante», seufzte er. «Irgendwo, wo's kühl ist.»

Suzy schien mit einer Tätigkeit begonnen zu haben. Er hörte sie auf und ab gehen.

«Harold de Winter sprach von zwei Schüssen», kam er aufs Thema zurück. «Nach einer Pause von mehreren Minuten der dritte Schuss.»

«Zwei Patronenhülsen wurden dicht beieinander gefunden.» Suzys Stimme klang jetzt entfernter. «Die dritte lag einen Meter neben der Leiche. – Übrigens sind dort im Moor hunderte. Tintaguel ist ein beliebtes Jagdgebiet.»

«Außer dem Kaninchen – worauf hat Ethelred geschossen? Ist in der Umgebung etwas gefunden worden?»

«Davon steht nichts im Bericht.»

Bryan hörte einen Mixer angehen. «Was machst du?»

«Ich mansche alles zusammen, was ich an Obst finde. Bisschen angefault das meiste.»

«Könnte die dritte Kugel Ethelreds Mörder getroffen haben?», fragte Bryan unvermittelt.

Stille auf beiden Seiten.

«Ethelred schießt auf jemanden. Er verwundet ihn, in Notwehr sticht der Gegner zu.»

«Ein verwundeter Mörder?» Der Mixer wurde ausgestellt.

«Vergiss nicht», sagte Suzy. «Es war Ethelreds Messer, mit dem er erstochen wurde.»

Bryan ließ den Kopf sinken. «*Ethelreds Messer.* – Wenn ich nicht bald Ergebnisse liefere, nimmt der *Dings* mir den Fall ab.» Er seufzte. «Ich weiß nicht ... Das Beste wird sein, ich suche die Gegend noch einmal ab.»

«Das *Moor?*» Ihr Ton wurde noch wärmer. «In der Hitze?»

«Nicht das ganze Moor.» Sein Mund war dicht an der Muschel. «Nur so weit eine Kugel fliegt. Jetzt weißt du, wie ich den Sonntag verbringe. Wenn du keine Spuren zertrittst, darfst du mich später besuchen.»

«Soll ich was mitbringen?»

«Eiskaltes Bier vielleicht.»

Bryan hörte Lebenszeichen in Mrs. Diveneys Reich. Er beendete das Gespräch nicht so zärtlich, wie er sich wünschte. Verabredete sich mit Gwendoline für den Nachmittag und fuhr zum Tatort.

Der Sommer hielt alles in glühendem Griff. Seit dem Mord waren drei Tage vergangen; an der Küste hatte es geregnet. Die Chance, noch etwas zu finden, war gering. Das Absperrungsband hing halb geschmolzen in der Hitze; vorsichtig betrat Bryan das Areal. Die weiße Bodenmarkierung hatte der Wind fast verweht. Er starrte auf die Stelle, wo der Kopf gelegen hatte. Zur Todeszeit musste der Baronet ins Gegenlicht geschaut haben. Hatte er seinen Angreifer erkannt? Wieso hätte er ihn sonst so nahe herankommen lassen, dass der andere Ethelreds Messer ergreifen konnte?

Bryan drehte sich einmal im Kreis. Eine Kugel dieses Kalibers flog etwa dreihundert Meter, wenn sie nicht vorher auf ein Hindernis traf. Er legte Jacke und Mütze ab, krempelte die Ärmel auf und begann Schritt vor Schritt zu setzen. In die Richtung, wohin Ethelred zuletzt geschaut haben musste.

Gehend, suchend; Gedankenfetzen streiften heran. Suzys Fingernägel, dicht vor Bryans Augen. Goldene Armreifen, wie Wavey sie gerne getragen hatte, auch wenn sie beim Kochen unpraktisch waren. Ein Gedicht von Harold de Winter, in einsamer Nacht zu Papier gebracht. Gwendolines Stimme: *Dieser Mensch ist radikal genug*. Radikal.

Bryan stand vor den Spuren und war sicher, sie nicht vorher bemerkt zu haben. Solche Spuren übersah man doch nicht! Hätte es diese Spuren seit dem Mord gegeben, wäre jemand von der Kriminaltechnik darauf gestoßen. Oder waren sie erst nach dem Mord hinterlassen worden? Die Polizei hatte alle Hauptzufahrtswege nach Tintaguel gesperrt. Dies aber waren zwei tadellose Reifenspuren, sauberes Profil. Hatte Bryan tatsächlich etwas *Neues* entdeckt? Er merkte sich die Stelle anhand eines Felsens, lief zum Wagen und rief die Bereitschaft. Die Kollegen waren wenig erfreut, am Sonntag ausrücken zu müssen. Eine halbe Stunde später tauchte der Kastenwagen aus einer Staubwolke auf. Bryan führte die Kollegen der Spurensicherung an den Ort.

«Kann es sein, dass ihr die übersehen habt?»

«Die liegt ja so offen da wie Hundedreck», sagte der muskelbepackte Kriminaltechniker.

«Die muss später entstanden sein», schüttelte der andere den Kopf.

«Und die Absperrung?», fragte Bryan.

«Hm.»

«Tja –»

«Mal sehn.»

Mit konstant sinkender Laune machten sich die beiden an die Arbeit, rührten Gipsmasse an, gossen sie in die Abdrücke, ließen sie aushärten. Peinliche Zwischenzeit, in der es wenig zu besprechen gab.

«Der Wagen müsste von dort gekommen sein», sagte ein Muskelmann.

«Oder von da, querfeldein.» Der andere.

«Dann müsste's ein Geländegänger sein.» Der Erste streckte den trainierten Arm in die Richtung.

«Ist es nach den Spuren aber nicht.»

Endlich war die Masse hart, die Jungs nahmen sie aus dem Profil, packten sie ein, versprachen die Analyse innerhalb der nächsten Stunde. Der Kastenwagen holperte über die Staubpiste davon.

Bryan blieb allein. Sollte er weitersuchen? Nach einer Kugel im Moor? Lieber Suzy anrufen, sich ein Bier bringen lassen? Er ging in die Hocke, starrte auf den Schatten zwischen seinen Beinen. Er war müde. Es war Sonntag.

## 16

## Geheimer Zugang

«Baronet –» Bryan weckte den Schlafenden.

«Sergeant ...», murmelte Harold de Winter. «Sie sind aber von der gewissenhaften Truppe.»

«Sie sind mein wichtigster Zeuge. Ich brauche weitere Angaben zur Tat.» Es war Sonntag. Aus dem Picknick mit Suzy, der Fortsetzung einer bezaubernden Nacht, wurde nichts.

«Was geschah, bevor Ethelred und Sie sich im Moor trennten?»

De Winter spürte den neuen Ton und setzte sich auf. «Was wollen Sie hören? Dass wir gestritten haben? Dass ich meinem Bruder das Messer ins Auge stieß?»

Kein schlechter Anfang. Bryan ging ans Fenster und wartete ab.

«Nicht einmal Tiere werden auf diese Weise umgebracht!», rief Harold ihm nach.

«Was meinen Sie damit?»

«Die Augen sind heilig», antwortete der Liegende. «Das Auge ist der geheime Zugang zum Wesen jeder Kreatur. Sogar Fischaugen sind beseelt. Wer würde ins *Auge* eines Menschen stoßen? Auch wenn er ihn noch so sehr hasst.»

«Hassten Sie Ihren Bruder, Sir?»

Stille. «Sie armer Philister.» Die Stimme des Baronets war mit einem Mal hart. «Ihr psychologisch geschulten Büttel seid zum Erbarmen. Man hat euch ein paar dumme Regeln beigebracht, und schon glaubt ihr, in die Tiefe des Menschen zu sehen.»

«Während Sie und Ihr Bruder durchs Moor gingen, ist da etwas Ungewöhnliches passiert?», fragte Bryan unbeeindruckt.

«Nein.» Der andere nahm sich zusammen. «Eth war angespannt. Er und Renata warteten auf die Antwort der Bank. Dass die nicht kam, verhieß nichts Gutes.»

«Weiter?» Bryan fühlte die Fensterkante im Gesäß.

«Ich spürte mein Herz; der Tag war unglaublich heiß. Auch Ethelred keuchte, er hatte zu viel Ausrüstung mitgenommen. Dann kam der Anruf. Kurz darauf trennten wir uns.»

«Anruf?» Harolds Absicht war nicht zu missdeuten: Er hatte die Information genau platziert.

«Welcher Anruf?», fragte Bryan.

«Eth hatte ein Faible für diese kleinen Telefone.» Harold schmunzelte. «Er hatte immer eins dabei.»

«Bei der Leiche wurde kein Mobiltelefon gefunden.»

«Natürlich nicht. Ich hatte es.»

«*Sie?*» Bryan kam auf die Beine.

«Was denken Sie, wie ich in der Einöde die Polizei alarmiert habe?»

Laut O'Sullivan saß Harold bereits im Schatten der Eiche, als die Polizei eintraf. Jedermann hatte angenommen, er habe den Anruf mit seinem eigenen Telefon gemacht.

«Wo befindet sich dieses Telefon jetzt?»

«Hier.» De Winter machte eine Geste durchs Zimmer.

«Und Sie haben seit dem … Vorfall nicht mehr telefoniert.»

«War ja nicht nötig.» Harold zeigte auf den Apparat neben seinem Bett.

«Gestatten Sie, dass ich mich umsehe?»

«Wahrscheinlich ist es in meinem Mantel.»

Bryan öffnete den Kleiderschrank, vor ihm hing der Dufflecoat. Er nahm einen verpackten Latexhandschuh aus seiner Tasche und zog ihn über. Nach kurzem Tasten wurde er fündig. «Ist es das?»

Harold nickte. «Das gehörte Ethelred. Der Anruf kam gleich nachdem wir aufgebrochen waren.»

«Was sagte Ihr Bruder?»

«Es war ihm offenbar unangenehm. Er sagte: *Jetzt nicht, später.* Und hat abgeschaltet.»

Bryans Hand begann unter dem Latex zu schwitzen. «Und das Telefon –»

«In die Weste gesteckt. Dort habe ich es gefunden ... Hinterher.»

Bryan betrachtete den kleinen Gegenstand. «Ich werde das mitnehmen.»

Harold stützte sich auf den Ellbogen. «Sie können prüfen, wer zuletzt angerufen hat, stimmt's?», fragte er lauernd.

In weniger als einer halben Stunde fand Bryan heraus, dass Lisa Dougall das Mobiltelefon angewählt hatte. Um zwölf Uhr sechsunddreißig am Tag des Mordes. Als Bryan zu ihr aufbrach, lag auch die Analyse der Reifenspur vor. Marke *Gislaved*, Seriennummer, rechts abgefahren, Beschädigung links. Bryan verabredete sich mit der Kriminaltechnik vor Lisas Haus. Er klingelte, bat sie, auf den Parkplatz zu kommen.

«Besitzen Sie ein Fahrzeug, Mrs. Dougall?»

Lisa stand vor ihm, in einem Sommerkleid mit hellen Blüten. «Ja», antwortete sie vorsichtig.

«Steht es hier?» Er zeigte auf etwa zehn geparkte Autos. Sie nickte. «Wollen Sie es mir bitte zeigen?»

Wie bei einem Quiz deutete Lisa auf einen unscheinbaren Wagen. Die Jungs von der Spurensuche stürzten sich darauf.

Als Bryan gerade mit der Befragung beginnen wollte, hörte er einen der Muskelmänner «Bingo» sagen. Er wusste, was das bedeutete.

Lisa Dougall wurde auf die Wache nach Castlebere mitgenommen. Sie hatte keine Einwände, bat lediglich eine Nachbarin, Hugh etwas zu essen zu machen, wenn er heimkam. Danach fuhren sie los. Lisa auf Bryans Rücksitz. Im Rückspiegel betrachtete er ihr blondes Haar, das an Schläfen und Stirn verklebt war.

«Leider habe ich keine Klimaanlage», sagte er, ohne den Blick von der Straße zu nehmen.

Lisa suchte seine Augen im Rückspiegel.

## 17

# Schwarze Fingerspitzen

Anwesend waren Bryan Sheehy, Leiter der Ermittlung, Sergeant Ronald O'Sullivan und Gardai Meers, der das Mikrofon vor Mrs. Dougall platzierte. Ihr Sommerkleid passte weder zur Umgebung noch zu ihrer Nervosität. Sie hatte das Haar zum Knoten gebündelt. Bryan bemerkte, wie sich die Spangen allmählich lösten.

«Mrs. Dougall, ich möchte Ihnen Gelegenheit geben, Ihre Aussage zu korrigieren. Sie sagten, zur Tatzeit seien Sie zu Hause gewesen.»

«Das stimmt.»

«Sie bleiben dabei?»

Sie nickte. Wischte die Hände mit einem Papierhandtuch ab. Man hatte ihre Fingerabdrücke genommen. Die Kuppen waren an manchen Stellen noch schwarz.

«Etwa eine Stunde vor dem Mord, um zwölf Uhr sechsunddreißig, haben Sie mit dem Baronet telefoniert», fuhr Bryan fort.

«Daran kann ich mich nicht mehr erinnern.» Sie wollte das schmutzige Papier loswerden. Gardai Meers schob den Abfalleimer näher.

«Ich habe hier das Protokoll der Telefongesellschaft», sagte Bryan.

«Na und?» Lisa bückte sich, ließ das Papier fallen. «Was, *wenn* ich ihn angerufen habe?»

«Was wollten Sie von ihm?» Bryan beobachtete, wie der Gardai auf Lisas Beine starrte.

«Reden», sagte sie.

«Bitte präziser.» Bryan rutschte mit dem Stuhl. Sein Block fiel zu Boden.

«Wir hatten uns eine ganze Weile nicht gesehen.»

«Wie kam das?» Er stand auf, griff den Block mit einer Bewegung.

«Es gab Probleme mit dem Gut. Eth war oft auf der Bank in Cork und kam erst spät nach Hause.» Sie verschränkte die Arme. «Wir hatten uns eben nicht gesehen, na und?»

«Lag es vielleicht daran, dass Mister de Winter Ihnen nicht das schenken konnte, was Sie wollten?»

«Wie meinen Sie das?» Sie folgte ihm mit dem Blick.

«Das Restaurant – das teure Strandgrundstück.»

Lisas Blick wurde hart. «Ihr habt mit dem Marder gesprochen?»

*«Marder?»* O'Sullivan trat näher.

Sie sah ihn über die Schulter an. «Hugh und ich nannten Ethelreds Bruder immer den *Marder.*»

«Wieso?» O'Sullivan in ihrem Rücken.

«Weil er menschenscheu ist. Weil er im Dunkeln zuschlägt.»

«Anspielungen bringen uns nicht weiter, Mrs. Dougall.» Bryan trat ihr gegenüber.

«Ich weiß nichts Genaues.» Sie hob abwehrend die Hände. «Hab nur von ungewöhnlichen Dingen gehört, oben auf Holbound Manors.»

«Was für *Dinge?*» Bryan stützte sich auf die Platte, das Blech knackte.

«Einmal hat Eth gesagt: *Eigentlich müsste man Harry wegsperren.*»

Bryan beobachtete, wie der Gardai das Mikrofon näher schob.

«Was meinte er damit?»

«Dass sein Bruder ein Spinner ist.»

«Weil er Gedichte schreibt?»

«Die Gedichte schreibt er erst *hinterher.*» Lisa warf jedem der drei einen Blick zu. «Eth sagte, wenn Harry sich nicht auf Holbound Manors eingebunkert hätte, säße er in der Klapse.» Sie lehnte sich plötzlich zurück. «Und jetzt sage ich nichts mehr. Soll euch doch die Familie Auskunft geben.»

Der Knoten in ihrem Nacken öffnete sich; das Haar fiel über die

Schultern. Sie klemmte zwei Haarspangen zwischen die Zähne, hantierte mit der dritten.

«Sie haben Ethelred kurz nach Mittag angerufen», fuhr Bryan fort. «Er sagte, er könne nicht mit Ihnen sprechen. War es so?»

«So ungefähr.» Die zweite Spange.

«Weil er mit seinem Bruder unterwegs war. Machte Ihnen das Angst?»

«Wieso?» Der Knoten saß wieder.

«Weil Sie wussten, dass Harold mit Ethelred über Geld sprach. Weil es seit Wochen darum ging. Geld war auch der Grund, warum Sie sich nicht mehr trafen. Ethelred stand kurz davor, sich von Ihnen zu trennen.»

«Das ist Harrys Version.» Ihre Stimme zitterte ein wenig.

«Erzählen Sie uns Ihre.»

«Ich wäre mit allem zufrieden gewesen. Mit allem. Irgendein kleines Lokal; schließlich will ich nicht bis an mein Lebensende in der Kantine servieren. Eth war es, der *die ganz große Sache* plante. Er fand dieses Grundstück. Das schönste, was ich je gesehen habe. Er hat sich in den Flecken verliebt.» Sie sah Bryan offen an. «Ethelred – nicht ich. Als die Schwierigkeiten mit der Bank anfingen, wurde er fuchsteufelswild. *Wozu hab ich geschuftet, all die Jahre?*, sagte er. Fand es ungerecht, dass er nicht in der Lage sein sollte, ein Stück Land zu kaufen.»

«Haben Sie ihn nicht vielleicht gedrängt, die Luxusimmobilie anzuschaffen?» O'Sullivan trat in ihr Blickfeld.

«Ich habe Eth nie im Nacken gesessen.» Zum ersten Mal hob sie die Stimme. «Das hat schon Harry besorgt!»

«Durch das Telefonat wussten Sie, wo der Baronet sich aufhielt», ging Bryan dazwischen.

«Ich konnt's mir denken. Eth ging gerne dort hinaus. Mit der Flinte fühlte er sich wie ein junger Mann.»

«Und nach dem Telefonat sind Sie selbst ins Moor gefahren!»

«Nein!» Sie starrte ihn an.

Bryan schlug die Mappe auf, in der das Foto des Reifenabdrucks lag. «Wir haben in Tintaguel Reifenspuren gefunden – sie stammen von *Ihrem* Wagen.»

«Ich ... ich war später da!», rief Lisa so laut, dass der Gardai das Mikro zurückzog. «Am Tag darauf!»

«Seit dem Mord ist das Gebiet gesperrt», antwortete Bryan. «Sie hätten nur mit einem Geländewagen an diese Stelle gelangen können.»

«Ihr Auto ist kein Geländewagen», sagte O'Sullivan mit unverwechselbarer Logik.

«Es ist besser, wenn Sie uns endlich die Wahrheit erzählen.»

Lisa saß reglos da, als ob sie auf etwas warte. Endlich begann sie zu sprechen.

## 18

## Verwelkte Blüten

In den frühen Abendstunden brachte ein Kurier das vom Kreisrichter unterzeichnete Dokument. Eine telefonische Intervention des Superintendents war nötig gewesen. Zufrieden betrachtete Bryan den Amtsstempel. Als er und O'Sullivan sich auf den Weg machten, war es nicht kühler geworden, aber die Sonne stand tief, brannte einem nicht mehr das Gehirn aus dem Kopf. Bryan fuhr langsam. Diese Minuten waren seine erste Pause – an einem Sonntag.

«Glaubst du ihr?», fragte O'Sullivan nach längerem Schweigen.

Bryan ging in die Kurve. «Wenn Lisa *das* alles wusste», grübelte er, «warum ist sie nicht früher zur Polizei gegangen? Wieso hat sie bis jetzt geschwiegen?»

«Dreck am Stecken?», sagte der Dicke.

Sie erreichten die Hügel von Arbograith. Kurz darauf ließ der Butler sie ein und brachte sie in Renatas Arbeitszimmer.

«Sergeant Sheehy, Sie tun Ihre Arbeit», sagte die drahtige Dame, nachdem Bryan sein Anliegen vorgetragen hatte. «Aber ich finde es ehrlich gestanden unerhört, in welchem Maß Sie meine Familie verdächtigen. Es sieht ja förmlich so aus, als ob der Mörder nur einer von uns sein *kann*. Jetzt kommen Sie und wollen in den Privaträumen meines Bruders stöbern? Das verbiete ich kategorisch! Oder haben Sie einen Durchsuchungsbefehl?»

Mit bescheidener Miene zog Bryan den Briefumschlag aus der Tasche, entnahm das Dokument und reichte es Renata über den Tisch.

Sie las betroffen. «Ich hätte nicht gedacht ... dass so etwas jemals möglich ist», flüsterte sie.

«Wir wollen lediglich einen Eindruck bekommen, wie Ihr Bruder lebt und arbeitet», sagte Bryan sanft. «Selbstverständlich können Sie uns begleiten.»

Sie verließen das Arbeitszimmer. Hatte Bryan angenommen, sie würden einfach einen Stock höher gehen, täuschte er sich. Renata setzte einen schwarzen Strohhut auf und verließ Holbound Manors durch den Hinterausgang.

Bryan erkundigte sich vorsichtig.

«Harry wohnt nicht hier», sagte sie, ohne sich umzudrehen.

Es wurde eine ungewöhnliche Wanderung. Die Sonne erreichte die Wipfel der Bäume; rotgelbes Licht schimmerte auf Wiesen und Ginstergruppen. Der verwitterte, von Moos überwucherte Zierbrunnen warf goldene Fontänen.

«Harold ist schon vor Jahren ins Gartenhaus gezogen», erklärte Renata, als sie in einen verwachsenen Weg einbogen. «Man kriegt ihn oft wochenlang nicht zu Gesicht.»

«Würden Sie Harolds Verhältnis zur Familie harmonisch nennen?», stellte O'Sullivan seine Standardfrage.

«Harold glaubt nicht an *Harmonie*», antwortete sie. «Sein Leben ist auf Schmerz aufgebaut.»

«Schmerz?» Bryan holte sie ein.

«Harold braucht Leid, Schmerz und tiefe Trostlosigkeit, um kreativ zu sein.»

Bryan hob den Kopf. Vor ihnen tat sich ein zierlicher Pavillon auf. Das Äußere war ungewöhnlich. Der Anstrich fast schwarz, die Fenster blicklos, dahinter dunkle Vorhänge. Überall wucherte es. Efeu bedeckte das Dach, brusthohe Flachsblumen den Eingang, Ginsterinseln fraßen die Terrasse zu. Schachtelhalme, großblättrige Sumpfpflanzen, alles wild durcheinander.

«Womit verbringt Ihr Bruder seine Zeit, wenn er nicht schreibt?», fragte Bryan, während die drei Dornen und Brennnesseln überstiegen.

«Er streift umher. Manchmal sehe ich ihn nachts auf den Wiesen.» Renata ergriff einen Stock, schlug Unkraut beiseite. «Er hört Musik.»

Sie erreichten den Eingang.

«Welche Art von Musik?»

«Die Madrigale Gesualdos.»

Die Sergeants hatten keine Ahnung, wovon die Rede war.

Renata spürte Bryans Verwirrung. «Harold ist fasziniert von der Schwermütigkeit, der Naturkraft, aber auch der Gewalt dieser Musik.» Sie zog einen Backstein heraus, griff nach dem Schlüssel und sperrte auf.

Der Geruch wäre nicht das Schlimmste gewesen. Eine unübersehbare Zahl von Tieren hielt sich im Halbdunkel auf. Als die Menschen eintraten, verharrten sie, flohen aber nicht.

«Harolds Zoo darf Sie nicht stören», sagte Renata und sah sich um. «Verschmelzen mit der Natur, das Innen und Außen aufheben, das ist seine Philosophie.» Sie betrachtete Bryan. Konnte der Sergeant sich eine Existenz wie Harolds im Entferntesten vorstellen? Musste er ihn nicht als Wirrkopf abtun, der einfach die Mittel hatte, sich solche Spleens zu leisten?

Die Uniformierten drehten sich staunend im Kreis. Überall das Rascheln und Springen der Tiere. Hasen, Frösche, zahme Elstern; wenn Bryan sich nicht täuschte, saß im Halbdunkel ein Fuchs.

«Wer füttert die Tiere?», fragte O'Sullivan.

«Ich.» Eine Frauenstimme. Aus dem angrenzenden Zimmer, über ein Bündel verwelkter Sonnenblumen steigend, trat Anna-Sophia. Die Polizisten starrten sie an wie eine Erscheinung.

«Nur in der kalten Jahreszeit. Jetzt finden sie draußen genug.» Sie trug ein malvenfarbenes Kleid, nicht Schwarz wie die Übrigen im Haus.

«Wie sind Sie hereingekommen?» Bryan nahm die Mütze ab. «Es war abgesperrt.»

«Die Fenster sind immer offen.» Sie lächelte, als wäre sie stolz, in Harolds Abwesenheit sein Reich zu hüten.

«Die Polizei will sehen, wie Harry lebt», erklärte Renata.

Anna-Sophia wandte sich fragend an Bryan.

«Bitte erklären Sie mir, was das hier bedeutet.» Ohne Befremden zeigte er auf das Kriechen und Krauchen rundum, auf den Schreibtisch, der von Blättern bedeckt war, die Küche, in der sich Leben in allen möglichen Flüssigkeiten befand. Er öffnete die nächste Tür. In einem Bett nisteten Katzen.

«Warum tut Ihr Onkel das?»

«Je älter er wurde, desto stärker befiel Harold das schmerzliche Empfinden einer Entfremdung. Die meisten Menschen, begriff er, sind nur noch Teil von erfundenen Systemen und Konstruktionen, statt sich dem verbunden zu fühlen, was unser aller Ursprung ist.»

«Meinen Sie die *Natur?*», fragte Bryan. «Ist Harolds Philosophie, sich mit der Natur zu verbünden?»

Anna-Sophia schüttelte den Kopf. «Harry befasst sich mit etwas, das außerhalb unserer gesicherten Existenz liegt. Mit der Auflösung und Auslöschung von Sicherheit. Kurz gesagt: mit dem Nichts.»

Bryan besaß nicht die Ausbildung, solche Diskussionen zu führen, doch eins spürte er: wenn ihm heiße Luft serviert wurde. Bei aller Sympathie für Anna-Sophia überzeugten ihn ihre Worte nicht.

«Das heißt, er ist verliebt in den Tod?», sagte er nüchtern. «Das ganze *Leben* hier drinnen dient nur dem Zweck, sich mit dem Sterben zu befassen?»

«Hier ist nicht alles lebendig», meldete sich O'Sullivan. Vor einer Nische hielt der Sergeant den Vorhang zur Seite. Dahinter entdeckte Bryan einen kleinen Altar, hüfthoch, mit einer Steinplatte als Abschluss. In den Stein war eine Rinne gemeißelt. Und was darin dunkel, eingetrocknet klebte, war Blut. Federn und Fellteile, Zähne und Knochen aufgehäuft; die Überreste verschiedener Tiere.

«Ist es das?», fragte Bryan. «Sieht Harolds Beschäftigung mit dem *Nichts* so aus? Er bringt Tiere um?»

«Renata ...» Hilflos sah Anna-Sophia zur Tante. Die war schweigend näher getreten.

Bryan untersuchte den Altar genauer. In einer Vertiefung lag ein Messer mit scharfer Klinge, im unteren Drittel mit Sägezähnen versehen. Auch daran klebte Blut.

«Ich versichere Ihnen ... das sehe ich zum ersten Mal», sagte Renata tonlos.

«Miss de Winter, Ihr Bruder ist vorbestraft – wegen Körperverletzung. In Anbetracht seines Lebensstils und solcher Rituale – können Sie sich immer noch nicht vorstellen, dass er in einen Zustand geraten könnte, in dem er Gewalt anwendet?»

Renata ging zur hellen Fensteröffnung. Sie kam Bryan mit einem Mal größer vor. «Ich will, dass das *alles* aufgeklärt wird», sagte die drahtige Frau. «Sie erhalten von mir dazu jede Hilfe, die Sie brauchen.» Ihre Augen fixierten ihn hinter den Brillengläsern. «Wir sind das Haus de Winter, Sergeant. Eine der ältesten Familien Irlands. Ich werde keinen Schandfleck auf unserer Ehre dulden.»

*Familienehre*, dachte Bryan. Das gibt es noch?

«Sie verstehen das nicht!», ging Anna-Sophia dazwischen. «Harold ist fasziniert vom *Übergang*. Von dem Vorgang, wenn etwas Leben besitzt und im nächsten Moment zu verwesen beginnt.»

*«Etwas?»*, fragte Bryan scharf. «Hier wurden Tiere getötet. Für die *Faszination des Übergangs*?! Dafür hätte Ihr Onkel genauso gut in ein Schlachthaus gehen können. Dort wird das Gleiche gemacht, nur ohne Philosophie. Waren Sie einmal dort, Miss de Winter?»

Sprachlos von seinem Ton, schüttelte sie den Kopf.

«Aber ich.» Bryan stützte den Arm aufs Fensterbrett. «Man treibt die Schweine in eine Maschine mit rotierenden Kammern. Dort werden sie, mit Gas betäubt, an einem Hinterbein aufgehängt. Dabei brechen oft Knochen. Hängend fahren sie in langer Reihe am Schlachter vorbei. Mit einem Messer öffnet er ihre Halsschlagader. Die Schweine sterben und bluten aus. Aber es sind immer noch Tiere, die gerade noch lebten. Das Laufband wird in die Schleifkammer gelenkt. Von allen Seiten fahren Klingen an die Schweinehaut und rasieren ihnen die Borsten ab. Dann in den Ofen, wo jene Borsten abgebrannt werden, die den Messern entgangen sind. Angekohlt kommen die Schweine in die Halle, wo ein Metzger ihren Bauch öffnet und mit einem Griff sämtliche Innereien entfernt. Noch immer sind es Tiere; sie haben Köpfe, Augen, Schultern. Doch dann kommt einer mit der Kettensäge, ein kräftiger Fleischer. Er setzt die Säge oben an und schneidet das Schwein mittendurch. Das ist der Moment, Miss de Winter, wo Sie kein *Tier* mehr erkennen und vergessen, dass Sie die Schweine eben noch lebend zum Schlachthaus hereinlaufen sahen. Jetzt ist das, was dort hängt, nur ein Ding. Ein Stück Fleisch.»

Bryan trat dicht vor Anna-Sophia. «Es gibt Besuchszeiten in den Schlachthäusern. Ihr Onkel könnte hingehen und Zeuge des Übergangs *vom Leben zum Nichts* werden. Er bräuchte kein Tier zu quälen, um sich in Stimmung zu bringen.»

Die junge Frau schwieg. Auch das Rascheln war verstummt.

Den Rückweg zum Herrenhaus traten die Polizisten allein an. Bryan hörte die Stimmen der Frauen im Gartenhaus noch, als sie schon den Brunnen erreichten. O'Sullivan schwenkte sein Taschentuch im Wasser.

«Also nochmal von vorn.» Bryan tauchte die Hände in die Marmorschale. «Lisa Dougall behauptet, sie sei ins Moor gefahren. Hat den Wagen abgestellt. Suchte in der verlassenen Gegend nach Ethelred. Plötzlich entdeckte sie die Brüder, wie sie in der Mittagshitze stritten. Ein heftiger, lautstarker Streit.»

O'Sullivan drückte den Lappen auf seinem Schädel aus. Perlen rannen die Stirn hinunter. «Harold de Winter behauptet aber, er habe Ethelred schreien gehört – wie er eine andere, unbekannte Person anschrie.»

Bryan befeuchtete das Gesicht. «Eine Person, die verschwunden war, bevor Harold um den Hügel kam. Könnte das Lisa gewesen sein?»

Der Sergeant schöpfte Wasser in die hohle Hand und trank. «Lisa gibt ihrerseits an, nicht gesehen zu haben, ob einer der Brüder handgreiflich wurde.»

Bryan nickte. «Warum behaupten beide, den Mord nicht *beobachtet* zu haben?» Er legte die feuchten Hände in den Nacken.

O'Sullivan setzte sich auf den Brunnenrand. «Durch ihren Anruf *wusste* Lisa, wo Ethelred war – und mit wem. Sie fährt ins Moor und sucht ihren Geliebten. Plötzlich hört sie Stimmen, sieht aus der Entfernung den Streit der Brüder. Und behauptet allen Ernstes, sich in dieser Situation zurückgezogen zu haben! Mit der Begründung, sie wollte die Sache nicht noch schlimmer machen. Ist das glaubhaft?»

Bryan schüttelte den Kopf.

«Ihre Beziehung steht auf Messers Schneide», setzte der Dicke fort. «Aber sie fährt einfach ab! Ohne einzugreifen. Stunden später erfährt sie von Ethelreds Tod. Dass er im Moor *erstochen* wurde. Was wäre natürlicher, als zur Polizei zu gehen und zu melden, was sie gesehen hat? Lisa aber lässt drei Tage verstreichen. Wartet ab, bis Aussagen und Spuren uns zu ihr führen. Erst unter Druck gibt sie zu, was sie weiß. Wieso? Wäre es nicht in ihrem Interesse, Harold unter Mordverdacht zu bringen? Hätte sie dann nicht wenigstens ihre Rache?»

«Du hast Recht.» Bryan trank ebenfalls, spülte den Mund, spuckte aus.

«Wenn ich Recht habe, wieso hast du sie gehen lassen?», fragte der Sergeant nicht ohne Vorwurf.

Bryan schwieg. Sie setzten den Rückweg fort. Er beobachtete die langen Schatten, die ihnen vorausglitten.

«Wegen des Jungen», sagte er schließlich. «Seinetwegen wird Lisa nicht abhauen.»

«Und jetzt?» O'Sullivan legte das Tuch auf den Kopf. «Was hältst du von dieser geheimen *Folterkammer*?»

Das Herrenhaus kam in Sicht. Bryan blieb stehen.

«Vielleicht hat Gwendoline Recht», sagte er mehr für sich.

«Womit?»

*«Dieser Mensch ist radikal genug»*, zitierte Bryan die Tante.

Sie erreichten den Dienstwagen.

«Woher kennst du dich so gut in Schlachthäusern aus?», fragte O'Sullivan beim Einsteigen.

«Ich habe mal» – Bryan schmunzelte – «bei einer Tierschützerorganisation mitgemacht. Ehrenamtlich.»

«Du?»

«Offen gestanden ging's mir dabei um eine Tierschützerin.» Bryan startete. «Sie hieß Wavey und sah umwerfend aus. Sie war ernst und idealistisch. Ich wollte ihr imponieren.»

«Wavey? Ist das nicht ...»

«Hab sogar Unterschriften für sie gesammelt», murmelte Bryan. «Das ist lange her.»

Die Reifen drehten im Kies durch.

## 19

## Adelaide

«Weil sie ihn erpresst!», rief Tante Gwendoline.

Bryan und sie saßen vor dem Diveney'schen Haus. Das Wetter sah aus, als würde es nie wieder Regen geben. Gwendoline hatte darauf bestanden, im Freien zu frühstücken. Bryan war Ähnliches noch nie in den Sinn gekommen, auch wenn im Mietvertrag etwas von *Gartenbenutzung* stand.

«Was meinst du mit *erpresst?*» Er biss in das Hörnchen, das Gwendoline aufgebacken hatte.

«Wenn die Kuh tot ist» – behutsam strich sie Quittengelee auf den Toast –, «kann sie nicht mehr gemolken werden.»

«Welche Kuh?»

«Ethelred.» Sie nahm einen winzigen Bissen. «Lisa hat Ethelred gemolken – mit Liebe und Fingerspitzengefühl –, aber gemolken ist gemolken. Jetzt ist die Kuh tot, und Lisa wendet sich zwangsläufig der nächsten Kuh zu.»

«Und das ist Harold?» Innerlich schüttelte sich Bryan: Wurde man so, wenn man alt war?

«Natürlich.» Gwendoline leckte Gelee vom Finger. «Sie will nicht, dass Harold als Mörder ins Gefängnis geht, darum deckt sie ihn. Doch dann kommst du, mein schlauer Neffe, und setzt Lisa unter Druck. Sie gerät selbst unter Verdacht. In die Enge getrieben, ist ihr die eigene Haut näher als die der Kuh.» Mit dem Buttermesser fuhr Gwendoline auf Bryan zu. «*Darum* gesteht sie, was sie beobachtet hat!»

Bryan schluckte den letzten Bissen.

«Es kann für euch doch nicht schwierig sein, festzustellen, ob es größere Kontobewegungen bei Lisa gegeben hat.» Gwendoline legte ihr Besteck auf den Teller.

«Du tippst also auf Harold als Mörder?» Bryan kaute.

«Wer soll es *sonst* gewesen sein? Lisa bestimmt nicht. Warum sollte sie ihre beste Kuh umbringen?»

Der Fingerabdruck auf der Jagdtasche fiel Bryan ein. Ein weiblicher Finger mit Bitterschokolade. Die Spurensicherung schloss aus, dass er von Lisa stammte. Wer nahm Schokolade mit, wenn er ins glühende Moor ging? Bryan starrte in den Teerest auf dem Grund seiner Tasse.

«Was wissen wir über das Verhältnis zwischen Lisa und dem Baronet?» Die Tante betupfte die Lippen mit der Serviette.

«*Wir?*» Er schaute in ihre ruhigen, faltigen Augen.

«Du natürlich», korrigierte sie sich.

«Eins weiß ich sicher: Wenn ich nicht bald etwas Hieb- und Stichfestes habe, entziehen die mir den Fall.» Er stand auf, zog die Uniformjacke an und nahm seine Kappe. «Ich muss zum Dienst.»

«Heute gelingt dir der Durchbruch.» Ihr ermunternder Blick wurde durch ein Auto abgelenkt, das mit schwerem Anhänger auf das Diveney'sche Haus zufuhr und hielt. Grüne Ford Kombis waren häufig in der Gegend; einen mit Pferdeanhänger hatte Bryan noch nicht gesehen. Im Inneren des Wagens eine Silhouette, die Bryan bekannt vorkam. Die Fahrertür öffnete sich, ein mittelblonder Schopf kam zum Vorschein, der Scheitel rechts. Eine hohe Stirn, forschende Augen.

Wavey blieb einen Augenblick stehen, bevor sie die Tür zuschlug. Sie trug etwas, das er noch nie an ihr gesehen hatte: Sweatshirt und Jogginghose. Unter normalen Umständen ging Wavey nicht so an die Öffentlichkeit. Waren die Umstände normal?

Die Uhr zeigte zwölf Minuten vor acht.

Bryans Wavey stand in der Lauragh Street, die sie noch nie im Leben betreten hatte. Ihr Zuhause war Galway, vierhundert Kilometer nördlich. Sie musste um zwei Uhr früh aufgebrochen sein, um die Strecke zu schaffen. Wavey in Joggingklamotten. Wavey vor Bryans Heim in Castlebere. In seinem Rücken Gwendoline, die Tasse neugierig erhoben. Und über Bryan, am Vorhang ihres Fensters, Mrs. Diveney, deren Neugier alles übertraf.

In zwölf Minuten begann Bryans Dienst.

«Morgen, Bryan», sagte Wavey.

Sein erster Gedanke war, dass sie ihr Haar gefärbt hatte. Früher war es brünett gewesen, jetzt trug Wavey es mittelblond.

«Du hast dein Haar gefärbt.»

«Das ist meine Naturfarbe», antwortete sie.

«Deine Naturfarbe ist brünett.»

«Das war gefärbt.»

«Du hast in vier gemeinsamen Jahren dein Haar gefärbt, ohne dass ich es bemerkt habe?»

«Hast du jemals gefragt?» Waveys Logik der Umdrehung. «Geht es dir gut? Was machst du denn um diese Zeit?» Sie stieg zu ihm auf den Bordstein. Er hatte das geliebt, dass seine Frau fast so groß war wie er.

«Was ich *mache?* Ich gehe zum Dienst.»

«So früh?» Sie zog am Sweatshirt, der Halsausschnitt war zu eng. Bryan las *Detective No. 1.* Sie hatte noch nie etwas Beschriftetes getragen; das Ding schien ihr gar nicht zu gehören. Bryan brauchte nicht auf die Uhr zu sehen, um zu wissen, dass er zu spät kam.

«Wäre es denn so schlimm, wenn die Parksünder ein paar Minuten später abgestraft werden?»

Der Funken in Bryans Magengegend, der sich nach allen Richtungen ausbreitete. Immer hatte Wavey ihm das Gefühl gegeben: Nimm dich nicht so wichtig. Die Welt dreht sich, auch ohne dass du die goldenen Sterne der Garda trägst.

«Wavey, ich muss.» Wie ungewohnt das war, ihren Namen zu sagen und sie leibhaftig vor sich zu haben. Sie legte den Kopf schief und sah ihn an. Etwas schmaler war sie geworden. Das konnte allerdings auch an der Fahrt liegen.

Eine Bewegung hinter Bryan; er hatte Gwendoline völlig vergessen. Mit auffälliger Geste schenkte sie Tee nach.

«Wavey, das ist meine Tante Gwendoline.» Unbeholfen drehte er sich zum Haus. Sie ging an Bryan vorbei, beugte sich zur Tante und küsste sie auf beide Wangen.

«Hallo, Gwen.»

«Hallo, Wavey, mein Kind», antwortete Gwendoline, als würden die beiden einander täglich sehen.

«Ihr kennt euch?» Bryan kam hinterher. An den Vorhängen bewegte sich etwas; Mrs. Diveney machte keinen Hehl daraus, dass sie spähte.

«Die Hochzeit, Bryan!», lachte Gwendoline. «Jetzt hat er schon die Hochzeit vergessen!»

Nichts hatte Bryan vergessen. Waveys Weigerung, Weiß zu tragen. Im flaschengrünen Kostüm war sie zur Trauung erschienen. Der Schwiegervater hatte knapp vor der Zeremonie einen Anruf bekommen und versäumt, die Tochter zum Altar zu führen. Bryans zu kurze Hosenbeine, weil der Anzug unsachgemäß gereinigt worden war. Er erinnerte sich seines Lampenfiebers, der Freude, als sein bester Freund Ambrose in der Kirche auftauchte. Auch daran, wie wenige Gäste gekommen waren. Dass Tante Gwendoline dabei gewesen sein sollte, hatte er vergessen.

«Schön, dass du da bist», sagte die Tante zu Bryans Exfrau.

«Ich wusste nicht, dass *du* da bist», lächelte Wavey.

«Stippvisite im Süden.»

Wavey setzte sich so selbstverständlich zu Bryans Tante und trank Bryans Tee, dass man glauben konnte, es habe die Entfremdung niemals gegeben, das schlimme halbe Jahr des Auseinanderdriftens, die nächtelangen Gespräche, Waveys unverrückbare Entscheidung, ihn zu verlassen. So gutgelaunt saß sie auf Bryans Stuhl, als habe sein Entschluss, den Norden zu verlassen, um in Castlebere von vorne anzufangen, mit der Trennung nicht das Geringste zu tun.

«Hab dir was mitgebracht», sagte sie, als er immer noch zwischen Straße und Frühstückstisch stand.

«Was?» Er war nicht sicher, ob er sich freuen sollte.

«Das muss dir doch aufgefallen sein.» Wavey zeigte zum Auto.

Langsam, mit erwachender Ahnung, drehte Bryan sich zu dem Anhänger, hinter dessen Sichtfenster sich etwas bewegte. Da hörte er schon das Stampfen und wusste, was Wavey getan hatte.

«Wieso hast du …»

Er rannte zur hinteren Klappe, öffnete die Riegel. In diesem Moment freute er sich so unbändig wie kein einziges Mal in den letzten Monaten.

«Adelaide!», rief Bryan. Drängte sich an dem großen Leib vorbei und umarmte den Hals der Stute. Das Pferd warf den Kopf hoch, wieherte laut. Die Dienstmütze rutschte, fiel. Schon stampfte ein schwerer Huf sie in den Boden.

«Adelaide, du, schöne – Adelaide!», flüsterte Bryan ins Pferdeohr. Ein riesiges schwarzes Auge senkte sich und betrachtete ihn, der die Stute seit ihrer Geburt kannte. Bryan, der ihr den ersten Sattel aufgelegt, ihre Macken zu beherrschen gelernt hatte, mit ihr ausritt, wann immer der Dienst es erlaubte. Bryan umarmte das Pferd, auf das Wavey zu Beginn ihrer Ehe eifersüchtig gewesen war. *Du verbringst mehr Zeit im Stall als bei mir im Bett*, hatte sie sich beschwert. Tatsächlich war Bryan, wenn er vom Dienst kam, hin und her gerissen gewesen, wen er zuerst begrüßen sollte.

Das war ja eine furchtbare Gemeinheit! Er fuhr herum.

Wie konnte Wavey es wagen, ihm unaufgefordert, unvorbereitet das Tier herzubringen, während er mitten in einem Mordfall steckte? Dabei hatte er selbst oft mit dem Gedanken gespielt, Adelaide zu sich zu holen. Er verwarf die Idee immer wieder mit der Ausflucht, im großen Stall von Waveys Vater habe das Tier es besser. Doch jetzt stand Adelaide in der Lauragh Street, und es war drei Minuten nach acht, und Bryan hätte längst auf dem Revier sein sollen.

«Das ist eine Bescherung», sagte er zur Stute. Aufmerksam lehnte sie den Kopf zurück und stampfte. Nun, da die Klappe offen war, wollte Adelaide hinaus. Die lange Fahrt hatte ihr bestimmt keinen Spaß gemacht.

«Wo soll ich denn jetzt auf die Schnelle …?» Bryan löste das Seil des Transporthalfters vom Eisenring. Ein Schnalzen mit der Zunge, und die Stute stellte sich rückwärts. Schritt für Schritt tasteten die Hinterhufe die Rampe hinunter.

Adelaide betrat den Asphalt von Castlebere.

Und jetzt? Mrs. Diveney würde kaum ein *Pferd* im Garten wünschen. Es gab zwei Reitställe in der Stadt; zu beiden hatte Bryan kein Vertrauen. Einige Bauern hielten Pferde, doch es wären erst die genauen Umstände festzulegen gewesen, bevor er sein Lieblingspferd jemandem übergab. Bryan blickte hoch. Die Kontur der Vermieterin hinter der Gardine. Sie öffnete das Fenster.

«Mister Sheehy, was haben Sie da?»

«Das glauben Sie kaum – mein Pferd.» Bryan fuhr sich über die nasse Stirn. Die Uniformkappe lag zerstampft, staubig im Inneren des Anhängers. Er brauchte fünf Minuten, der Wirtin den Zusammenhang zu erklären, und weitere zehn, die Erlaubnis zu erwirken, Adelaide bis zum Dienstschluss in den Garten zu stellen.

Die entscheidende Frage war: *Wieso* kam Wavey nach Castlebere? Sie wollte etwas. Doch es lag völlig außerhalb Bryans Vorstellung, was das sein könnte. Er fragte sich, ob er Freude empfand. Verwirrung eher, das Gefühl von etwas, das er nach langer Zeit in die Vergangenheit gedrängt hatte.

«Was willst du hier?», fragte er klipp und klar, als er und Wavey kurz darauf unter Mrs. Diveneys Birnbaum standen. Adelaide trottete am langen Seil und fraß von Mrs. Diveneys Rasen.

«Ich wollte bloß sehen, wie es meinem Einäugigen unter den Blinden geht», lächelte sie.

Bryan kannte Wavey gut genug, um ihre Unsicherheit zu spüren. *Einäugiger unter den Blinden?* Wenn sie ein Bild verwendete, warum kein stimmiges? Ich bin ein Eremit mitten unter Menschen, dachte er, eine Landratte an der See. Ich bin ... ist doch egal, was ich bin! Wavey hat in Castlebere nichts verloren! Es war achtzehn Minuten nach acht.

«Einäugiger unter den Blinden? Du hast keine Ahnung.» Damit ließ er sie stehen, schlüpfte durch die Gartentür auf die Straße und lief die Lauragh Street abwärts. Die Morgensonne brannte ihm ins Gesicht, kein Mützenschirm schützte. Wo wird sie wohnen?, dachte Bryan im Gehen. Wo soll Wavey unterkommen?

## 20

## Zwei Tote

Bryan hatte die Tür geschlossen, die Jalousien heruntergelassen, vor ihm lagen sämtliche Unterlagen zum Fall ausgebreitet. Aussagen, Bericht der Spurensicherung, Bilder. Ein Fingerabdruck mit *Alec's Bitterschokolade*. Der Baronet mit dem Messer im Auge. Bryan hatte *alles* vor sich, aber er sah nicht dahinter. Ethelred – Lisa – Harold. Der Baronet in der finanziellen Krise, die Kellnerin mit dem Traum vom Restaurant, der tierschlachtende Poet. Drei Menschen im Moor. Du versuchst Teile zusammenzusetzen und weißt nicht, um welche Art Puzzle es geht, dachte Bryan. Mord aus Habgier? Mord im Affekt? Aus Rache?

Er warf sich gegen die Lehne. Seine Ermittlungen liefen im Kreis. Musste er sich nicht eingestehen, versagt zu haben? Nach vier Tagen keine wirkliche Spur. War dieser Mord zu komplex? Es bedeutete keine Schande, um Hilfe zu bitten. Dazu waren Spezialeinheiten da, sie sollten die Kollegen in der Provinz unterstützen.

Bis heute Morgen hatte Bryan an so etwas nicht gedacht. Jetzt entschloss er sich, verantwortungsbewusst zu handeln. Mit jedem verstreichenden Tag wurde die Chance auf eine Ergreifung geringer. Seltsamerweise fühlte Bryan keinen gekränkten Stolz, als er zum Hörer griff, das Verzeichnis aufschlug und die Nummer des NBCI suchte. Das waren die Richtigen, den Mörder von Tintaguel zu fassen.

Du bist kein *Einäugiger unter den Blinden*, dachte Bryan an Waveys Ausspruch. Du bist ein blindes Huhn, das vergeblich nach einem Korn sucht. Er lächelte, während der Gedanke verklang.

Er hatte die Nummer gewählt und wartete. Legte sich eine Formulierung zurecht. Das Freizeichen: zweimal, dreimal. Es wurde abgenommen.

«National Bureau of Investigation, Detective Lancaster hier», hörte Bryan. Er räusperte sich.

*Blindes Huhn, Einäugiger unter den Blinden.*

«Ich, äh, hier spricht –», hörte Bryan sich sagen.

*Blind – Huhn – Einäugiger –*

Pause. Bryan starrte das Foto des toten Ethelred an.

«Ja, bitte?», kam es vom anderen Ende.

«Polizeistation Castlebere hier», sagte Bryan. «Distrikt Bantry.»

«Ich höre?» Die geduldige Stimme des Detectives.

*Einäugig.* Klar und weiß stand das Wort vor Bryan. Weiß auf schwarzem Grund.

*– EINÄUGIG –*

Das ist so verrückt, dafür gibt es gar keine Worte. Er spürte, dass die Pause zu lang wurde.

«Mit wem spreche ich?», fragte der Detective.

«Äh, hier –» Bryan schluckte. «Entschuldigung, falsch verbunden.»

Er legte auf. Du Idiot, dachte er im nächsten Moment. Die kennen die Dienststelle; wahrscheinlich hat er deine Nummer auf dem Display. Aber *idiotisch* oder *weise* interessierte Bryan nicht. Er glaubte, hoffte, betete, eine Spur zu haben, die sich als läppischer Irrtum entpuppen konnte. Doch wenn etwas dran war? Bryan ordnete die Papiere, klappte die Mappen zu, stand auf. Zog die Uniformjacke an, nahm die Ersatzmütze aus dem Schrank, prüfte den korrekten Sitz im spiegelnden Türglas. Er trat hinaus, ging an O'Sullivans Büro, am Verhörzimmer vorbei, ließ sich vom Gardai den Schlüssel zum Dienstwagen geben. Trug sich ins Fahrtenbuch ein und verließ das Revier.

Bryan fuhr langsam. Zwei Tote an einem Tag. Zwei Mitglieder derselben Familie. Die eine stirbt durch einen ungewöhnlichen Unfall. Der andere noch grausamer: Jemand sticht ihm das Auge aus. Und dort, in den Hügeln von Arbograith, in unmittelbarer Nachbarschaft, lebt ein Bauer, der nur *ein* Auge hat. Ein Einäugiger, dessen Tränkewagen ausgerechnet an jenem Tag so weit in die Straße ragt, dass Charles Hogarth, der als schneller Fahrer bekannt ist, nicht rechtzeitig ausweichen kann und in die Scheune des Bauern rast. Des Bauern O'Kinnegal.

Eine Viertelstunde nachdem Bryan aufgebrochen war, erreichte er das Anwesen. Ein Van kam ihm entgegen, silbermetallic. Bryan erkannte die Touristen wieder. Die schwergewichtigen, gut gelaunten Amerikaner.

«Hi!», rief der Vater wie beim ersten Mal, während die Fahrzeuge im Zentimeterabstand aneinander vorbeiglitten.

«*Ist* das ein Sommer?», gab Bryan freundlich zurück. Mutter und Tochter nickten, während sie gleichzeitig in etwas Schokoladiges bissen.

«Leider nur noch drei Tage.» Der Fahrer winkte, der Van verschwand in einer Staubwolke.

Bryan hielt in O'Kinnegals Einfahrt, ging über den trockenen Weg auf das Haus zu. Als er den wehenden Vorhang im Fenster sah, erinnerte er sich an die Frau, die in der Stube gesessen hatte. Bryan trat ein.

Ein reiches Haus. Nicht wie die Farmhäuser, die er in der Gegend kannte: niedrig und muffig, das Mobiliar billig zusammengewürfelt. Hier begann der Wohlstand auf dem Boden. Große gelbrote Steinfliesen, die sich in die geräumige Küche fortsetzten. Ein massiver Ofen, Schränke aus Eibenholz, handgefertigt und eingepasst. Eine Jugendstillampe mit gläsernen Facetten hing über dem massiven Tisch. Schöne Stühle mit Korbgeflecht. Der Raum strahlte Wärme und Gelassenheit aus. Durch die Fenster sah man über die Weiden; die Straße führte an der Rückseite vorbei. Die leichten Gardinen ließen gesprenkeltes Licht an den Wänden spielen.

«Hallo?», rief Bryan.

Im gleichen Moment trat O'Kinnegal ein. Er war nicht in Arbeitskleidung, trug helle Jeans, ein Leinenhemd und diese Art Sandalen, die Bryan sich in der Hitze wünschte.

«Schleichen Sie überall so rein, Sergeant?» O'Kinnegal lächelte.

Bryan fasste an den Mützenschirm. «Mister O'Kinnegal, wo waren Sie vergangenen Donnerstag zwischen dreizehn und fünfzehn Uhr?»

«Der Tag, an dem der Unfall passierte?», fragte der Bauer ohne die geringste Überraschung.

Bryan fand, es musste Schluss sein mit dem Spiel: Die Polizei fragt, und der andere fragt zurück. Er steckte die Daumen in den Koppelgurt. «Bitte beantworten Sie meine Frage, Sir.»

«Donnerstag?»

Bryan bemerkte, dass O'Kinnegal, dem das rechte Auge fehlte, jede Bewegung linksseitig ausführte. Seine Physiognomie, der Scheitel, die Muskeln, alles schien sich nach links verschoben zu haben. Es kam Bryan vor, als ob das ganze Gesicht von der verdeckten Augenhöhle wegstrebte.

«Donnerstag habe ich ... die alten Pfähle ausgetauscht.»

«Pfähle?», wiederholte Bryan.

«Auf der Nordweide sind die Pflöcke vom Gatter verfault. Hat viel geregnet diesen Winter. Das Wasser steht knapp unterm Boden, das hält der beste Ulmenpfahl nicht aus.»

«Wo liegt die Nordweide?»

«Nördlich über Arbograith raus, links, Sie überqueren die B 105. Dann geht's ein Stück durch den Ginsterwald, bis Sie die kleine Steinbrücke sehen ...»

«Richtung *Tintaguel?*» Bryan fand kein Mittel, den Wortschwall des Bauern einzudämmen.

«Kann man sagen. Da haben Sie Recht. Aber Tintaguel kommt erst dahinter, ganzes Stück, drei Kilometer vielleicht; wahrscheinlich vier. Ist immer weiter, als man glaubt.»

«Und Ihre Nordweide schließt an Tintaguel an?» Ungeduldig wippte Bryan auf den Fersen.

«Das sagt sich so», zuckte der Bauer die Achseln. «Wo hört die Heide auf, wo beginnt das Moor? Da müssen Grundsteine stehen; sind aber überwuchert oder eingesunken.»

«Das heißt, Sir, niemand könnte genau feststellen, wann Sie Ihr

Terrain verlassen und ins Moor gehen und wann Sie von dort zurückkommen?»

«Wissen Sie, was ich glaube, Sergeant?», fragte O'Kinnegal.

Da er nicht weitersprach, sagte Bryan: «Was?»

«Ich glaube, Sie sind so ein Oberschlauer. Wir reden ganz harmlos miteinander, und gleichzeitig wollen Sie mir unterjubeln, dass ich im Moor war, an dem Tag, als es passierte.»

«Waren Sie denn?»

«Nein. Das habe ich längst gesagt.»

«Aber Sie waren nur wenige Kilometer entfernt.»

«Es gibt viele Grundstücke, die ans Moor grenzen.» Der Bauer setzte sich. Bot Bryan Platz an; der blieb stehen.

«Sie haben Viehzäune ausgebessert. Hat Sie jemand zur Arbeit begleitet?» Bryan überlegte, wie viele Angestellte der Hof haben mochte.

«Das ist leichte Arbeit», schüttelte der Bauer den Kopf. «Ein zweiter Mann steht da bloß rum. Alten Pflock raus, Stacheldraht abmachen, neuen Pflock rein, Stacheldraht drannageln. Fertig.»

«Wenn Sie so nahe dem Moor waren, haben Sie vielleicht etwas mitgekriegt – von dem Mord?»

«Ich war nicht *nahe* beim Moor», antwortete der Bauer. «Vier Kilometer, da hört kein Mensch, was in Tintaguel passiert.»

«Kannten Sie den Baronet persönlich?»

«Wir sind Nachbarn», lächelte der Bauer. «Die O'Kinnegal-Gründe und der De-Winter-Besitz liegen seit hundert Jahren nebeneinander. Meine Scheune grenzt an seinen Wald.»

«Wie *nachbarschaftlich* war Ihr Verhältnis?»

«Normal», sagte der Bauer. «Man sieht sich, nicht allzu oft. Der Grund ist groß, macht viel Arbeit. Man hilft sich manchmal gegenseitig bei der Ernte, leiht einen Transporter aus.»

«Haben Sie gesellschaftlich miteinander verkehrt? Wurden Sie zum Beispiel nach Holbound Manors eingeladen?»

«Ich glaube, Sie haben eine falsche Vorstellung, Sergeant. Für Kaffeetrinken und *Garden Party* ist bei uns keine Zeit. De Winter und ich stehen um halb sechs auf, schauen nach dem Vieh. Dann geht's auf die Felder, oder die Augustmaht wird eingefahren. Und wenn der Tag rum ist, musst du dich noch an die Buchhaltung setzen.» O'Kinnegal spielte mit dem Salzstreuer.

«Manchmal haben Sie aber doch Zeit für Besuche», sagte Bryan. «Als ich das letzte Mal hier war, saß an diesem Tisch eine Frau.»

«Ist das verboten?»

«Bitte sagen Sie mir, wer diese Frau war.»

Der Bauer kam hoch, ging ein paar Schritte, blieb an der Mahagonianrichte stehen. «Was ist das für eine Verhörerei?» Er setzte die Faust auf die Platte. «Ob ich im Moor war – ob ich Ethelred kenne – wer die Frau war? – Ich habe O'Sullivan alles gesagt.»

Bryan drehte sich im richtigen Moment um, um zu beobachten, wie O'Kinnegal etwas auf der Anrichte verschob.

«Darf ich das sehen?» Mit zwei Schritten war er beim Bauern. Wie bei vielen Familien standen Fotos auf dem Bord. Schwarzweiße, farbige, Gruppen- und Einzelbilder. Im Zentrum die Fotografie eines Mannes mit hellen Augen, Sonntagsanzug – der Vater. O'Kinnegal hatte versucht, ein anderes Bild dahinter zu schieben. Bryan nahm es. Der Schnappschuss einer Frau; sie saß auf einem – was war das? – ein Ponywagen. Verteilte vom Kutschbock aus Luftballons. Darauf las Bryan: *Tanz-unterm-Fischmond*. Die Frau war zierlich und hatte ein schönes Lächeln.

«Wer ist das?»

Die Miene des Bauern wurde finster. «Das wissen Sie.»

Bryan hatte keine Ahnung, wen das Bild zeigte.

«Thelda natürlich», gab O'Kinnegal zu. «Sie hat das Haar damals länger getragen.»

Bryan wurde bewusst, dass er Thelda de Winter bisher nur als Tote gesehen hatte. Blutüberströmt und entstellt. Hier blickte sie ihm zum ersten Mal lebendig entgegen. Und man musste sich doch fragen, wieso der Bauer O'Kinnegal eine Fotografie von Thelda de Winter aufbewahrte. Nicht irgendwo in der Schublade, sondern gerahmt auf dem *Familienaltar*.

«Bitte erklären Sie mir das, Mister O'Kinnegal.» Bryan kehrte mit dem Bild zum Tisch zurück. «Wer hat das geknipst?» Er sah den Bauern forschend an.

«Ich», antwortete Fred O'Kinnegal.

## 21

## Tanz unterm Fischmond

«Er hat sie gekannt.»

Bryan saß am blechernen Tisch im *Besprechungszimmer* und hatte eine offizielle *Besprechung* angesetzt. Die Sergeants legten die Akten beider Fälle vor sich hin. Gardai Meers sortierte Stifte in verschiedenen Farben neben dem Schreibblock.

«Als Nachbarn kannten sie einander schon länger. Aber was glaubt ihr, bei welcher Gelegenheit haben sie sich *näher* kennen gelernt?» Bryans lächelnder Blick ging zu O'Sullivan.

«Wirst du's uns verraten?»

«Beim *Tanz-unterm-Fischmond-Fest*! Und wisst ihr, wie?» Bryan rieb sich genüsslich die Hände. «Der Baronet, Theldas Vater, hatte kein Geld für solche *Unterhaltung*. Was die Kommune dazugab, reichte nicht. Und darüber sprach Thelda eines Tages mit ihrem Nachbarn Fred. Wie man so redet, am Weidenzaun. Der junge Bauer und die Baronetstochter. Sie schüttete ihm ihr Herz aus: Sie brauchte Geld, um das Tanz-unterm-Fischmond-Fest ins Leben zu rufen.»

«Das war vor drei Jahren», nickte O'Sullivan, dem das Tanz-unterm-Fischmond-Fest ans Herz gewachsen war.

«Dass die Party stattfand, ist nur Fred O'Kinnegal zu verdanken», rief Bryan.

«Alle haben sich aber bloß bei Thelda bedankt.»

«Das war zwischen ihnen so abgemacht. Er half, und sie musste es für sich behalten.»

«Wieso?»

«Ihm ging es nicht um den Rummel, sondern um die Frau.»

«Thelda und der Einäugige?» Die Vorstellung überstieg O'Sullivans Einbildungskraft.

«Nach der Heirat mit Charles war natürlich alles vorbei», sagte Bryan.

«Und der Baronet hat nichts davon bemerkt?»

«Immer langsam», antwortete Bryan mit dem Das-Beste-kommt-noch-Gesicht. «Vielleicht aus Dankbarkeit, vielleicht weil sie ihn wirklich mochte – Thelda hat den Bauern geküsst.»

Meers kicherte sein Mäuselachen.

«O'Kinnegal machte sich Hoffnungen.» Bryan beugte sich vor. «Er ist eine gute Partie. Sein Hof blüht und gedeiht, während die de Winters gerade so über die Runden kommen. Deshalb ging der reiche Bauer eines Tages zu seinem Nachbarn Ethelred und hielt in aller Form um die Hand von dessen Tochter an.»

Es war so still im Besprechungszimmer, dass man das Anspringen des Kühlschranks hörte.

«Offenbar hat Ethelred ihn übel behandelt. Von oben herab. Der Landjunker den gemeinen Bauern. Ethelred scheint O'Kinnegal regelrecht rausgeworfen zu haben. Seitdem sprachen die beiden kein Wort miteinander.» Bryan breitete die Hände aus. «Ein Jahr später trat Charles Hogarth auf den Plan.»

«Das hat O'Kinnegal dir alles freiwillig erzählt?», erkundigte sich Meers.

«In Portionen.» Bryan rieb sich die Hände. «Es gibt andere, die diese Geschichte kennen. O'Kinnegal wollte offenbar, dass ich die *richtige* Version erfahre.»

«Das war die gute Nachricht», sagte O'Sullivan nach einer Pause. «Es gibt bestimmt auch eine schlechte.»

Bryan stieß die Luft aus. «O'Kinnegal scheint für die Tatzeit ein Alibi zu haben. Hat auf der Nordweide Pfähle eingeschlagen, nicht weit von Tintaguel. Bei der Arbeit ist ihm aufgefallen, dass jemand auf dem Hügel saß: unser alter Freund Simson Dignam.»

«Der Fisch-Klauer Simson?», fragte Meers.

«Der Müllverwerter?», fragte O'Sullivan.

«Saß in den Hügeln und ruhte sich aus. Ich habe mit ihm gesprochen», kam Bryan der Frage zuvor. «Er bestätigt O'Kinnegals Aussage. Vom Mittag bis zum frühen Nachmittag war er in Arbograith. Hatte sich hingelegt und geschlafen. War durch ein Geräusch wach geworden und sah zu, wie der Bauer Pflöcke einschlug. Die beiden haben geredet. Als Simson sich mit seinem Fahrrad auf den Heimweg machte, war es halb vier. Zu diesem Zeitpunkt war der Baronet schon tot.»

«Dann ist deine Spur doch nicht so gut», meinte Meers vorsichtig.

«Abwarten.» Bryan verschränkte die Hände auf der Tischplatte. «Da ist nämlich noch ein Punkt ...» Er unterbrach sich und lauschte.

Draußen ging die Tür auf; eine Person betrat die äußere Wachstube. Normalerweise wartete jedermann hinter der Schranke. Nicht der, der eingetreten war. Die Polizisten hörten, wie jemand die Holzklappe hob, die den Zugang ins innere Revier versperrte. Schritte kamen näher, Ledersohlen, mit Eisen verstärkt. Die erste Glastür wurde geöffnet, die Schritte gingen an O'Sullivans Büro vorbei, dem Verhörzimmer, der Ausnüchterungszelle. Ohne dass angeklopft wurde, öffnete sich die Tür zum Besprechungszimmer.

Im Raum stand ein Schnösel. Der in der Bullenhitze sein Sakko anbehielt. Der den obersten Knopf des Button-down-Kragens geschlossen hatte, mit perfekt sitzender Krawatte. Ein Schnösel, der die Sonnenbrille nicht abnahm, obwohl alle Jalousien heruntergelassen waren. Eine tropfenförmige Brille, wie aus amerikanischen Filmen. Der Mann war perfekt rasiert, sein Haarschnitt hätte akkurater nicht sein können. Nur das dunkle Dreieck zwischen Unterlippe und Kinn passte nicht. Nannte man so ein winziges Bärtchen *Fliege?* Bryan beobachtete, wie Meers langsam vom Stuhl hochkam.

«Ja?», sagte er. «Bitte?»

«Special Detective Matthew Thurman», unterbrach der Schnösel mit metallener Stimme. «Ich bin vom *NBCI*.»

Da war sie, die *Verstärkung*, die Bryan vor wenigen Stunden selbst anfordern wollte. Sie hatten jemand aus Dublin geschickt. Einen

Anzugträger, der trotz dreißig Grad keinen Anflug von Schweiß zeigte. Dass der Mann hier stand, in *ihrem* Besprechungszimmer, mit diesem herablassenden Gesichtsausdruck, war eine Niederlage.

«Was können wir für Sie tun, Detective?», fragte Bryan, als wüsste er es nicht von der ersten Sekunde an.

«Wenn einer von Ihnen am Computer säße, hätten Sie die Mail gelesen, die das *Bureau* heute Morgen geschickt hat.»

Fragender Blick zu Meers, der den Computer unter sich hatte. Sein zerknirschter Gesichtsausdruck sagte alles.

Das darf doch nicht wahr sein!, dachte Bryan. Endlich habe ich eine Spur! Eine, die das Schema ‹Der Mörder kommt aus der Familie› durchbricht, und ausgerechnet jetzt schicken die einen Besserwisser aus Dublin.

«Die Frage ist, was ich für Sie tun kann», antwortete der Schnösel und ließ sich auf dem freien Blechstuhl nieder.

## 22

## Blindes Huhn

So wütend stapfte Bryan die Treppe bei *Sacred Heart* hoch, dass er die Grüße der Messgänger glatt übersah. Kopfschüttelnd blickte man ihm nach. Fünf geschlagene Stunden hatte das *Briefing* für Special Detective Thurman gedauert. Der Schnösel hatte sich keine einzige Notiz gemacht, bloß ungefähr eine Million Mal nachgefragt, bei jedem Indiz, jedem Verdachtsmoment – Bryan hatte geglaubt, den Mord bis zum Sankt-Nimmerleins-Tag wiederkäuen zu müssen. Die Luft im Besprechungszimmer war zum Schneiden gewesen. «Dem Fall fehlt System», lautete die Zusammenfassung des Detective. «Was Sie da haben, ist Buchstabensuppe. Der Name des Mörders steht drin, ist aber unsichtbar geworden.» Bryan hatte eine Antwort auf der Zunge gehabt; O'Sullivans Blick hatte ihn gebremst: Wozu gleich am ersten Tag in den Clinch gehen? Sollte sich der Schnösel selbst die Zähne ausbeißen. Thurman hatte alles zur Akteneinsicht eingepackt und nach einem guten Hotel gefragt. Die Schadenfreude war O'Sullivan anzusehen gewesen: Hotel habe man keins, doch die reizenden älteren Damen, denen die *Bed & Breakfasts* gehörten, würden es dem Detective bestimmt gemütlich machen. Am Ende des Sitzungsmarathons hatte er doch ein wenig erschöpft ausgesehen und sogar den obersten Hemdknopf geöffnet.

Bryan erreichte die Lauragh Street. Hier wurde es steil. Die Sonne wollte auch heute nicht Abschied nehmen, glutrot brannte sie am Horizont. Er wurde langsamer. Seltsamerweise hatte Thurman den Verdachtsmomenten gegen Harold de Winter wenig Interesse geschenkt, schien eher O'Kinnegal ins Visier zu nehmen. Die Verbindung der Todesfälle, praktisch zur gleichen Zeit – lag Bryan richtig? Hatte das blinde Huhn ein Korn gefunden, das ihm nun von dem NBCI-Hahn weggepickt wurde? Bryan merkte, dass er stehen geblieben war. Hinter ihm die heiße Stadt, das dunstige, unbewegliche Meer. Vor ihm die letzte Steigung auf der Anhöhe zu Mrs. Diveneys Haus. Dort winkte jemand. Die Tante? Bryan geriet in Panik; einen Tantenabend würde er jetzt nicht verkraften. Doch die Winkende war nicht Gwendoline. Blond, im roten Sommerkleid – das war Wavey.

Nostalgie: Bryan kam müde vom Dienst, aus dem Fenster winkte Wavey. Als ob die Zeit zurückgedreht worden wäre. Er schüttelte den benommenen Kopf, hob die Hand und trottete auf das Haus zu.

«Freu dich, ich habe einen schönen Platz für Adelaide», begrüßte sie ihn oben in der Wohnung. Das Sommerkleid hatte hauchdünne Träger, praktisch unsichtbar. Wavey trug keinen BH. Bryan sah an ihr hinunter. Die Knie waren älter geworden, faltiger.

«So? – Schön. – Dusche.» Mehr brachte er nicht hervor.

Zog die Jacke aus, quälte sich aus den schweißgefüllten Schuhen, warf die pitschnassen Socken hinter sich. Bei Hemd und Shorts zögerte er. Wavey hatte ihn tausendmal nackt gesehen. Doch damals war man einander das Objekt der Begierde gewesen. Als Bruder und Schwester *wollte* er mit ihr nicht verkehren. Ging ins Bad und schloss die Tür hinter sich.

Bryan blieb eine geschlagene Viertelstunde unter dem Strahl. Morgen würde ihm Mrs. Diveney etwas von *Betriebskostenerhöhung* erzählen. Wavey erwartete ihn auf dem staubigen Sofa, in einer Illustrierten blätternd.

«Hübsch hast du's hier.» Sie lächelte.

Eine glatte Lüge. Wieso sagte sie nicht, was sie sah: eine Bruchbude, bewohnt von jemandem, der kein Auge für *Verschönerungen* hatte.

«Wo hast du Adelaide untergebracht?» Bryan hatte das große Badetuch umgeschlungen, mit dem kleinen rubbelte er sein Haar. Zog den Bauch so dezent ein, dass es nicht auffiel. Wie mochte Wavey seinen Körper in Erinnerung haben? Hatte er sich verändert?

«Bei den Globsters.» Sie schlug die Zeitschrift zu.

Das war natürlich eine brillante Idee. Auf die Globsters wäre Bryan nie gekommen. Wie hatte Wavey, die gerade mal acht Stunden in Castlebere war, es geschafft, die perfekte Lösung zu finden?

«Die haben eine Weide gleich hinter dem Haus und sind noch in der Stadt und ...»

«Stimmt, völlig richtig», unterbrach er. «Sehr gut. In dem Stall stand früher ein Esel. Lag letzten Juli eines Morgens auf dem Rücken, alle viere in der Luft. Hatte sich am Sommerklee überfressen.»

«Adelaide hat sich gleich wohl gefühlt.» Wavey zupfte an ihrem Kleid.

Was für hübsche Fesseln sie hat, dachte Bryan. «Ich seh gleich nach ihr», sagte er.

«Ach, komm, du musst etwas essen.»

Bryan hörte Alarmglocken. Was *will* Wavey? Warum ist sie so freundlich und fürsorglich? Wir sind geschieden. Geschieden!, rief es in Bryan.

«In der Hitze krieg ich nichts runter.» Er ließ sich aufs Sofa fallen, die glitzernde Staubfontäne verdeckte Wavey für einen Moment.

«Da gibt es ein sympathisches Fischrestaurant unten am Pier, wo die Jachten liegen», lächelte sie. «Das kennst du natürlich, aber ich dachte, heute Abend, zum Wiedersehen –» Sie setzte den *ermunternden* Augenaufschlag ein.

Grotesk, aber wahr: Bryan kannte kein sympathisches Fischrestaurant am Pier, wo die Jachten lagen. Dorthin kam er so gut wie nie. Die Jachten waren nur im Sommer besetzt, wenn die Touristen kamen. Die Hafengegend war Bryan zu schnieke und die Preise in den Läden einfach unverschämt.

«Ist das nicht viel zu teuer?»

«Ich lade dich ein.» Aus dem ermunternden Augenaufschlag wurde ein verführerischer.

Bryan wurde gerne für großzügig gehalten, besonders von Wavey. Jetzt hatte sie ihm die Initiative aus der Hand genommen.

«Schön, na ja, vielleicht keine schlechte Idee», müffelte er. Warum – warum – warum?, ging es ihm unaufhörlich durch den Kopf. Was hat Wavey vor?

«Da muss ich mich umziehen.» Sie stand auf.

«Wieso?» Er zeigte auf das perfekt sitzende, reizende Sommerkleid, ideal für einen Restaurantbesuch.

«Bin ja ganz durchgeschwitzt», antwortete Wavey, öffnete den Reißverschluss und ließ das Stück Stoff zu Boden gleiten.

Ihren Körper so unvorbereitet vor sich zu sehen war für Bryan ein Schock. Über ein Jahr hatte er sich nach nichts anderem gesehnt, als diese Schultern, Brüste berühren zu dürfen, diesen Bauch zu küssen, das Haar zu riechen. Da stand alles in Vollkommenheit vor ihm, er brauchte bloß zwei Schritte tun und zuzugreifen.

«Ich schenk mir inzwischen einen Whiskey ein.» Abrupt wandte er sich ab. Um diese Zeit trank er nie. Wavey würde es falsch deuten: Der einsame Sergeant ersäuft seinen Frust bei Sonnenuntergang.

«Mir auch einen. Zur Begrüßung.» Immer noch stand sie praktisch nackt im Zimmer.

Während er sich umständlich an der Flasche zu schaffen machte, hörte er sie endlich im Bad verschwinden.

Das sommerliche Wiedersehen, der Abend mit Wavey, sein Pferd gut untergebracht – all das war unwirklich. Nachdem Bryan zwei Whiskeys gekippt und Wavey beim Duschen zugehört hatte, bekam das Unwirkliche einen weichen Beigeschmack. Er bestieg die Wolke, die so unerwartet in sein Leben schwebte, und ließ sich zu dem sympathischen Fischrestaurant am Pier tragen, dort wo die Jachten lagen.

## 23

## Geständnis vor Mitternacht

Früher, als sie noch nicht der *wahren* Literatur verfallen war, hatte Gwendoline genügend Miss-Marple-Romane gelesen, um zu wissen, dass eine herumschnüffelnde alte Jungfer der Polizei ziemlich auf die Nerven geht. Miss Marple behielt natürlich am Ende Recht, und der Inspector war im Nachhinein dankbar, dass ihm die schlaue alte Dame geholfen hatte. Doch das passierte nur im Roman. Gwendoline war sich dessen bewusst. Andererseits sorgte sie sich um ihren Neffen. Alle waren gegen ihn. Was er hier, in der Fremde, am meisten braucht, dachte sie, ist ein persönlicher Erfolg. Die Leute mochten ihn, das war ihr nicht entgangen; aber respektierten sie ihn auch? War er nicht bloß der neue Provinzpolizist, bisschen einsam, nicht besonders schlau und jedenfalls von dem Mordfall komplett überfordert? Denn eins hatte Gwendoline festgestellt: Sosehr sich der Junge auch bemühte, seine Ergebnisse waren mager.

Nur deswegen – redete Gwendoline sich ein – machte sie sich an diesem Spätnachmittag noch einmal auf. Hatte die Tweedkombination angezogen, den Regenschirm unter den Arm geklemmt, ein Taxi bestiegen und sich nach Bantry bringen lassen.

Während Bryan und Wavey das *Seagull* am Jachthafen betraten, sie ihre Hand sanft auf seinen Unterarm legte und der *Maître* die beiden zu einem Nischenplatz führte, erreichte Gwendoline den Krankenhauskomplex, erwirkte zum zweiten Mal, außerhalb der Besuchszeit zu Harold de Winter gelassen zu werden, und wanderte mit festem Schritt in den Krankenhausflur. Das Alter hat seine Vorteile, dachte sie. Niemand hält eine Lady in Tweed für eine Lügnerin. Gwendoline klopfte an Harolds Tür und drückte die Klinke.

Die Leselampe brannte, Harold war wach. Saß im Bett und hatte

Papiere in mehreren Mappen auf der Bettdecke. Er hielt einen Stift, schrieb aber nicht. Erkannte Gwendoline sofort wieder.

«Mrs. Woolf!», sagte er barsch, aber lächelnd. «Hallo, willkommen.»

«Haben Sie heute etwas zu lesen für mich?», fragte Gwendoline.

«Tja –» Er setzte ein viel sagendes Gesicht auf. «Ich arbeite an etwas Neuem!» Impulsiv warf er das Haar aus der Stirn.

«Da komme ich ja gerade recht.» Gwendolines Herz schlug ein wenig schneller.

«Setzen Sie sich.» Er räumte Papiere beiseite, klopfte sein Kissen zurecht.

«Sie sehen viel besser aus.» Gwendoline zog den Besucherstuhl heran.

«Das ist schwach, meine Herren. Ihr Gebäude bröckelt.»

Kurz nach acht Uhr abends; Castlebere dämmerte einer weiteren hellen Sommernacht entgegen. Im Revier der Garda brannten die kalten Deckenleuchten. Abrupter Abbruch des Abends im sympathischen *Seagull*. Bryan und Wavey hatten gerade die Vorspeise beendet, Artischockenherzen mit einer Creme aus Teufelsmuscheln, Kerzen flackerten, Violinen klangen, als Bryan zum Einsatz gerufen wurde. Wavey hatte jenes Gesicht gemacht, das er von hundert ähnlichen Gelegenheiten kannte: *nicht ausgerechnet jetzt!* Während er bei der Flughafenpolizei Shannon arbeitete, hatten die Nachteinsätze ein Eheleben, wie sie es sich wünschte, auf harte Proben gestellt.

Als Bryan jedoch dieses vertraute Wavey-Gesicht sah, war etwas Seltsames passiert: Es hatte ihm nichts ausgemacht! Er hatte die *Dienst-ist-Dienst*-Floskel gemurmelt, die Serviette weggelegt und das sympathische *Seagull* verlassen. Tatsächlich, er war erleichtert gewesen, den gemeinsamen Abend abzubrechen. Was er im Begriff gewesen war zu tun, war das Vergangene. Das hatte er alles schon erlebt, darum gelitten, es *wiederhaben* wollen. Nun war es unvermittelt in Gestalt von Wavey wieder aufgetaucht. Und Bryan begriff:

Ein romantischer Abend mit jemandem, für den man vier Jahre seines Lebens plus Scheidung und Trennungswehen aufgebracht hat, ist nicht so einfach. Irgendwie, dachte er auf der Fahrt ins Revier, ist es wie Tiefkühlkost. Sieht auf dem Packungsfoto taufrisch aus, öffnet man aber die Plastikverschweißung, glaubt man, betrogen worden zu sein. Je weiter er sich vom *Seagull* und Wavey entfernte, desto besser hatte Bryan sich gefühlt.

Nun kam es Schlag auf Schlag. Der Schnösel war der Erste im Büro. Zu aller Überraschung wartete er nicht, bis man ihm Tee anbot; er hatte selbst welchen gemacht.

«Ich habe mir erlaubt, eine feinere Sorte zu besorgen», sagte er und goss sich die zweite Tasse ein. «Nicht einfach, in dieser Stadt guten Tee zu kriegen.»

Die Sergeants setzten sich; Meers, der von seinen fünf Kindern weggerufen worden war, schob Sonderdienst in der Wachstube.

«Die Aussage von Simson Dignam ist ein Rohrkrepierer», sagte der Detective.

Bryan nahm den ersten Schluck und musste zugeben, dass dieser Tee großartig schmeckte. Er nahm sich vor, den Schnösel von nun an auch in Gedanken Thurman zu nennen.

Thurman hatte ein *Gerät* dabei; ein winziges Teil mit winzigen Knöpfen, die er routiniert bediente.

*«Simson, das wollen wir ein bisschen genauer wissen»*, hörten die Polizisten Thurmans Stimme vom Mini-Disc-Player.

*«Ist nur die Schuld vom Bauern»*, sagte eine andere Stimme. An dem greinenden Tonfall erkannten sie den alte Simson Dignam. Thurman schaltete ab. «Nach unserm Briefing habe ich mich ein wenig umgehört.»

Bryan und O'Sullivan sahen sich an. Ein *Fremder* ermittelt in Castlebere? Bryan erinnerte sich an seine ersten Wochen in der Stadt, als sich die Eingeborenen nur widerwillig alles aus der Nase ziehen ließen.

«Dieser Simson ist bekannt hier», fuhr Thurman fort. «Im Pub hat man mir den Weg zu seinem Haus beschrieben. *Das* zu finden war allerdings kompliziert.» Bei seinem kurzen Lachen zitterte Thurmans Bartfliege. «Ich habe Mister Dignam einen Besuch abgestattet. Was *Ihnen* entgangen ist» – er wandte sich an Bryan –, «der Mann leidet an Gicht.»

«Hat er schon immer», warf O'Sullivan sich für Bryan in die Bresche.

Der Detective nickte. «Und das genau ist der Punkt.» Er stippte mit der Fingerspitze gegen das Bärtchen. «Bevor ich zu Simson fuhr, habe ich mir die Strecke nach Arbograith angesehen.» Thurman stand auf, ging zur Wandkarte. Sein Finger glitt von Dignams Häuschen am Stadtrand zur nördlichen Ausfahrtsstraße, von dort weiter Richtung Holbound Manors, die Sandpiste an O'Kinnegals Gehöft entlang, bis zu dessen Nordweide, die ans Moor von Tintaguel grenzte.

«In einer Richtung sind das einundzwanzig Kilometer. Berg- und Talfahrt, schlechte Straßen. Bei dreißig Grad im Schatten wäre das selbst für einen trainierten Mann eine Tortur.»

Bryan begriff, worauf Thurman hinauswollte – und musste ihm Recht geben.

«Wieso radelt ein Mann, der unter chronischer Gicht leidet, solch eine Strecke? Um ein Nickerchen zu machen? Um dem Bauern beim Zaunaufstellen zuzusehen? Der dadurch, was für ein Zufall, ein Alibi hat.»

Der Detective lächelte die Kollegen derart siegesgewiss an, dass Bryan ihm am liebsten die Teekanne an den Kopf geworfen hätte.

«Glaubhafter erschien mir, dass ein armer Schlucker wie Simson eine *Schenkung* bekommen hat, damit er O'Kinnegals Geschichte bestätigt.» Er setzte sich zu den beiden an den Tisch. «Denken Sie nicht auch?» In die vernichtende Stille setzte er fort: «Ich habe Sie hergebeten, weil wir heute Abend eine Verhaftung vornehmen werden. Ist jemand dagegen?»

Bryan wurde das Gefühl nicht los, dass er in etwas reinschlitterte, was er *seine schlechte Phase* nannte. Musste alles auf einmal schief gehen? Der anstrengende Tantenbesuch, der mächtige Kloß, den

Wavey erzeugte; und nun wurde ihm *sein* Fall aus den Händen genommen. Nach so einem Schnitzer wie dem mit Simsons Aussage musste der Detective davon überzeugt sein, dass Bryans gesamtes Indizienmaterial windig war.

Während er und O'Sullivan die Mützen aufsetzten und der Detective seine Dienstwaffe aus dem Schulterholster nahm und das Magazin prüfte, kam Bryan sich richtig mies vor. Nicht mal eine Pistole geben sie uns, dachte er, aus dem Zimmer schlurfend. Dumme alte Vorschrift, die es irischen Polizisten in Uniform verbietet, Waffen zu tragen. Der Unsinn stammte aus der Zeit des Bürgerkriegs, als so viel Blut geflossen war, dass die Regierung bestimmte, die Garda sollte bloß Friedensstifter sein: gewaltlos und ohne Waffen.

Auf der Fahrt nach Arbograith ließ der Detective den Mini-Player laufen. Sie hörten, wie Simson den Bauern eilfertig belastete: Ja, O'Kinnegal habe ihm Geld gegeben, ja, Simson sei schwach geworden, und nein, er war gar nicht in den Hügeln gewesen. Warum Simson gleich einem geläuterten Ketzer widerrief, war jedem im Auto klar: Sein Vorstrafenregister war unspektakulär, aber lang. Und eins wollte Simson auf keinen Fall: in der schönsten Zeit des Jahres ins Gefängnis gehen.

Die drei fuhren nicht im klapperigen Toyota, sondern mit dem schneidigen Geländewagen, den Detective Thurman aus Dublin mitgebracht hatte. Trotz miserabler Straße war kaum ein Holpern und Rucken zu spüren. Bryans Hand glitt über das feine Leder des Rücksitzes, bediente den elektrischen Fensterheber.

«Bitte nicht», sagte der Schnösel. «Ich habe die Klimaanlage an.»

Bryan schloss das Fenster mit geheimem Fluch auf sein Schicksal als Versager.

Sie erreichten die Unfallstelle, hielten neben dem Natursteinbau, der Thelda de Winter das Leben gekostet hatte, und gingen auf das Gehöft zu. Thurman war sich seiner Sache sehr sicher. Es wurde nicht ausgeschwärmt, niemand sollte den Hinterausgang bewachen; in Phalanx, der Detective an der Spitze, schritten die Polizisten auf das Haus zu. Thurman bemühte sich nicht einmal, leise zu sein.

«Mit Glück haben wir ein Geständnis vor Mitternacht», sagte er.

Als sie noch zwanzig Meter vom Hof entfernt waren, schlug ein Fenster. Bryan sah eine Silhouette ins Innere des Hauses verschwinden.

«Er scheint da zu sein», sagte Thurman, ohne den Schritt zu beschleunigen.

«Fragt sich, wie lange noch.» Bryan überholte den Detective und lief zur Tür. Drückte dagegen. Abgeschlossen, er klopfte.

«Mister O'Kinnegal!» Stille. «Ich bin's, Bryan Sheehy. Nur ein paar Fragen, Sir!»

Thurman war nachgekommen. «Warum so zimperlich?» Martialisch hieb er gegen das Türblatt. «Aufmachen!», rief er mit Trompetenstimme.

O'Sullivan hatte die Geistesgegenwart, sich nicht auch noch zu der versperrten Tür zu gesellen. Als Bryan sich umsah, verschwand der Dicke um die Ecke, die zur Weide hin lag. Thurman machte ein paar Schritte zu den Garagen.

«Beide Autos sind da.»

Im gleichen Moment ertönte das mächtige Ächzen, das ein großer Dieselmotor beim Anlassen von sich gibt.

«Der kommt nicht weit.» Der Detective ließ sich nicht aus der Ruhe bringen.

Bryan wartete nicht, ob die Prognose eintrat, sondern lief in der Gegenrichtung am Haus entlang. Die Klappe zum Keller. Ein schwerer Riegel steckte zwischen den Griffen, Bryan vermochte ihn nicht zu bewegen. Rannte weiter. Hinter sich hörte er Glas splittern, warf einen Blick zurück. Mit einer Zaunlatte schlug der Detective das Fenster ein. Die andere Hand hatte er in die Hüfte gestützt, als sei zu viel Anstrengung nicht der Mühe wert.

Weiterrennend prallte Bryan auf O'Sullivan.

«Hinten auch abgesperrt?»

Der Dicke nickte. Bryan warf einen Blick zum Himmel. Die Sonne war verschwunden; in den dunstigen Hügeln wurde es rasch dunkel. Ein Geräusch von der anderen Seite. Gegen den Ginsterwald ging ein Tor auf, der Motorlärm wurde lauter. Im nächsten Moment kam ein riesiges Fahrzeug zwischen den Pfeilern hervor. Man konnte es für einen Trecker halten, doch das Ding war größer, hatte unförmige Gerätschaften an den Seiten – und fuhr verdammt schnell. Die Sergeants begannen zu laufen.

«Der wird doch nicht mit der Erntemaschine abhauen wollen?!», rief O'Sullivan fast lachend.

Auf dem Fahrersitz der verglasten Kabine ein Schemen. Der Mammuttrecker polterte querfeldein, steuerte auf einen Weg zu, der Richtung Tintaguel führte. Bryan rannte. Er hatte sich nie für eine Sportskanone gehalten, aber wenn er die langen Beine in die Hand nahm, ließ er die meisten hinter sich. Die meisten, nicht alle. Als Bryan über die moorigen Grasbüschel sprang, bemerkte er einen bewegten Schatten zu seiner Linken. Detective Thurman. Mit fliegenden Anzugschößen, die Krawatte flatternd über der Schulter, sprintete er wie auf dem Trainingskurs. Machte erstaunliches Tempo. So rannten Sergeant Sheehy und Special Detective Thurman scheinbar um die Wette. Vor ihnen ein Erntebulldozer mit mehreren hundert PS.

Bryan hatte erst vor einer halben Stunde gegessen, der Tag war lang gewesen; er trug Schuhe mit glatten Sohlen. Aber diesen Triumph wollte er Thurman nicht gönnen, am ersten Tag seiner Versetzung so unaufholbar zu punkten. Kaum in Castlebere angekommen, hatte er ein Alibi geknackt, den alten Simson als Lügner überführt und jetzt auch noch den Bauern gestellt? Niemals, nicht mit Bryan! Und wenn es ihm die Lungen zerfetzte, er würde den Trecker als Erster erreichen.

Und dann?, dachte Bryan, der nichts mehr hörte als das eigene Keuchen. O'Kinnegal wird nicht anhalten, bloß weil vor ihm eine Uniform auftaucht. Wie bringt man den Mehrtonner zum Stehen?

Die uralte Schranke, grünweiß, grenzte traditionell Privatgrund von staatlichem Land. Hinter dieser Schranke endete O'Kinnegals Territorium, dort begannen die Ausläufer von Tintaguel. Und dorthin steuerte Bryan. Der Schwertrecker musste bis zu der Brücke am Wasserlauf entlang, dahinter die Kurve, dann erst die offene Schranke. Bryan kürzte ab. Rannte querfeldein, schätzte die Breite des Wassergrabens, sprang, glitschte ab, fasste mit den Händen ins Unkraut. Fühlte ein Kribbeln; woran er sich hochzog, waren staudenhohe Brennnesseln. Er erreichte das andere Ufer, hörte den Trecker erschreckend nahe. Bryan mobilisierte die letzten Luftreserven, rannte die Böschung hoch, vor ihm tauchte der lotrechte Schlagbaum auf. Keine Zeit, sich umzusehen. Wo war der Detective?

Hackatackata, der röhrende Diesel. Wie ein Torwart hechtete Bryan die letzten zwei Meter, seine Hände schlugen auf dem Betonquader auf, das Gegengewicht zur Schranke. Auf den Knien im Gras hievte Bryan den steinernen Klumpen empor, die Eisenstange bebte, senkte sich langsam, der tote Punkt war überwunden, sie fiel, glitt Bryan aus der Hand. Schwer schlug das Metall in die Halterung. Schon raste der Gigant heran.

Bryan war gespannt, ob es im Leben zuging wie im Film, wo Fahrzeuge auf Schranken zurasen, sie zermalmen und Helden die Bruchstücke lachend hinter sich lassen. Der Trecker verlangsamte nicht. Mit dem bedrohlich geformten Kühlergrill raste der Erntewagen in die Schranke. Verrostet vom Meersalz, altes Eisen im wahrsten Sinn – aber der Balken hielt. Der Trecker malmte sich einen halben Meter in das Hindernis, die Schranke bog sich, die Pflöcke quietschten in den Fundamenten. Doch sie wichen nicht der Gewalt. Der Riese wurde zurückkatapultiert, stand wie ein Ochse, dem man vors Maul gehauen hatte. Der Motor erstarb in derselben Sekunde.

Bryan hatte den Mund weit aufgerissen, um so viel Luft wie möglich einzukeuchen; beide Hände auf die Schenkel gestützt, stand er da.

Aus dem Halbdunkel eine Gestalt. Thurman, ohne Sakko, blütenweißes Hemd, immer noch Krawatte. Im Achselholster die Waffe. Wieso zog er sie nicht? Es wäre der richtige Zeitpunkt gewesen.

Nach einem benommenen Moment öffnete sich die Plexitür der Fahrerkuppel, herunter sprang Bauer O'Kinnegal. Stand keine zehn Meter von Bryan entfernt. Doch der konnte nicht mehr. Keinen Schritt hätte er in dieser Sekunde zuwege gebracht. O'Kinnegal sah zum Hof zurück; von dort trabte O'Sullivan heran. Keine Chance für den Bauern, zu seinem Auto zu kommen. Er wählte den Weg ins Moor, wollte die Ginster erreichen. Der Mann vom *NBCI* sprang ihm in den Weg. Zog endlich die Waffe, versuchte es wenigstens. Woher hatte der Bauer den Stock? Woher wusste er, wie man zuschlagen musste, um einem trainierten Detective die Schau zu stehlen? Thurman keuchte, als ihn der Hieb in die Kniekehlen traf. Sackte langsam ein, als probierte er eine Ballettpose. Und verlor seine Achtunddreißiger. Bückte sich augenblicklich, aber die Dunkelheit machte ihm einen Strich durch die Rechnung. Hektisch tastete seine Hand im kniehohen Gras, da begriff er, dass O'Kinnegal über ihm war. Der NBCI-Mann raffte sich auf, nahm Kampfhaltung ein, wie er es Jahre trainiert hatte. Schlag rechts, links, Ausfallschritt, perfekte Handkante, für die ihn der Schulungsleiter zum Vorführen aus der Gruppe holte. Doch O'Kinnegal steckte die Schläge ein; die Handkante beeindruckte ihn nicht. Er hieb dem Kerl im weißen Hemd mit dem Holzpfahl ins Gesicht. Thurmans Kopf wurde herumgerissen, von der Schläfe zur Nase öffnete sich eine Wunde. «Ach», keuchte er, ruderte mit den Armen, die Handkante weichte auf; er fiel auf den Rücken und blieb liegen.

Sekunden später hatte O'Kinnegal den Ginster erreicht, schlüpfte zwischen zwei Sträuchern durch und verschwand.

Bryan folgte dem Flüchtenden. Aber er hatte bereits einen gerannten Kilometer hinter sich. Sah kaum noch etwas; bei jedem Schritt wurden ihm die Knie weich. Nachdem er hundert Meter weit stachelige Sträucher geteilt hatte, gab Bryan auf. Es dauerte Minuten, bis er den Weg aus dem Gestrüpp zurückgefunden hatte.

Dort kauerte der Schemen O'Sullivans über dem leblosen Detective. Bryan taumelte hin, sank ins Gras.

«Großfahndung», keuchte er. «Alle Einheiten müssen raus, Gegend abriegeln.»

«Du willst das *Moor von Tintaguel* abriegeln?», fragte O'Sullivan mit einer Stimme, tief wie im Märchen. «Nachts?»

Bryan ließ den Kopf sinken. So viele Männer gab es nicht, um alle Ausgänge des unwirtlichen Landstrichs zu besetzen.

«Trotzdem.» Er stieß die Luft aus.

Ein Blutrinnsal sickerte aus Thurmans Schläfe, rann den Wangenknochen entlang, sickerte ins Kinnbärtchen. Irgendwo zwischen Riedgras und Steinblöcken lag eine Schusswaffe, Kaliber achtunddreißig, geladen, gesichert, nutzlos.

## 24

## Vier Frauen, ein Kind

Bryan hatte den verwundeten Detective in Suzys Obhut gebracht. Nach eingehender Untersuchung beschwichtigte sie: Die Wunde sah schlimmer aus, als sie war. Das Nasenbein war gebrochen, sonst keine Frakturen. Blutverlust, Gehirnerschütterung. Bryan interessierte am meisten, wann der andere wieder auf den Beinen sein würde. Als Suzy *frühestens in drei Tagen* prognostizierte, hellte sich Bryans Laune auf. So schnell konnten die aus Dublin keinen zweiten Mann schicken, und in diesen drei Tagen würde er, Bryan Sheehy, den Fall lösen! Blieb das Problem mit dem doppelten Frauenbesuch. Wavey hatte, strategisch klug, nicht nachgefragt, ob sie bei Bryan schlafen konnte. Doch ihre Pension lag nur einen Steinwurf entfernt. Gwendoline machte noch immer keine Andeutung, wann sie den *Blitzbesuch* beenden wollte. Da Bryan weder Lust noch Nerven hatte, sich mit den beiden herumzuschlagen, nutzte er die gute Phase mit Suzy und fragte, ob er zu ihr könne.

«Komm.» Die lächelnde Antwort.

Nachdem Thurmans Wunde genäht und er, von Schmerzmitteln eingenebelt, der Obhut der Schwester übergeben worden war, verschwanden Bryan und Suzy in die Nacht, stiegen in den Flitzer und verkrochen sich in ihrer chaotischen Wohnung. Bryan hatte Sex mit Suzy. Das passte ihm hervorragend. Er schlief mit einer anderen Frau, während Wavey einsam in ihrem Bett lag! Er wollte es ihr nicht *heimzahlen*, aber so wie die Dinge sich entwickelten, war es eine genussreiche Lösung. Bryan liebte Suzy mit all seiner Phantasie. Bevor sie im Morgengrauen einschliefen, warf sie ihm einen von diesen Blicken zu, an die Männer sich lange erinnern.

Tante Gwendoline erwartete Bryans Heimkehr möglicherweise noch sehnlicher als Wavey. Sie hatte ihm Wichtiges mitzuteilen.

Im Taxi hatte sie beim schwachen Schein des Lämpchens Harold de Winters Gedichte gelesen. Beim ersten war sie noch nicht sicher gewesen; beim zweiten hatte sie einen Verdacht. Bei jedem folgenden war Gwendoline aufgeregter geworden. In ihrer Verwirrung hatte sie dem Fahrer zu viel Trinkgeld gegeben, Bryans Wohnungsschlüssel hinter dem Knöterichstrauch nicht gefunden und ziemlich viel Krach gemacht, bis Mrs. Diveney ihr endlich öffnete.

Nachdem Gwendoline mit ihren Waschungen fertig war, hatte sie die Gedichte noch einmal gelesen. War sicherer als zuvor. Bis Mitternacht wartete sie angezogen auf den Neffen, danach im Bett. Sie wollte sich zwingen, die Augen offen zu halten; doch gegen zwei Uhr früh war sie eingenickt. Hatte Bryan ihre große Neuigkeit nicht anvertrauen können. Träumte von südlichen Gegenden und dem Mann, dessen Liebe nicht ausgereicht hatte, sein altes Leben abzustreifen und mit Gwendoline fortzugehen. Die Nachttischlampe beleuchtete das milde Gesicht und die trotzige Dauerwelle. Harolds Gedichte lagen auf der Decke verstreut.

So war das, wenn man eine Stadt auf die Beine brachte. Gleich nach der Flucht O'Kinnegals, während Bryan mit Krankenwagen und verwundetem Detective nach Bantry unterwegs gewesen war, hatte O'Sullivan die *Civilians* mobilisiert. Dazu gehörten alle, die sich berufen fühlten, bei Katastrophen zu helfen. Sturmflut, brennende Häuserblocks, gekenterte Schiffe waren schon vorgekommen; ein flüchtender Bauer im Moor noch nie. Auch wenn mancher der Meinung war, O'Kinnegal sei nicht überführt, gab sein brutaler Abgang den Ausschlag: Die *Civilians* folgten O'Sullivans Ruf.

Mit Jeeps, Suchscheinwerfern und Hunden, auf Motorrädern und zu Fuß wurde Tintaguel durchstreift. Die einzelnen Trupps begegneten einander und riefen: Unter der Korkeiche sei man schon gewesen, auch am *Earl-Jones-Memorial*. Als im Osten die ersten hellen Schleier aufzogen, waren O'Sullivan und die Männer der Meinung, sie hätten jeden Winkel des verdammten Moores durchkämmt. Von O'Kinnegal keine Spur. Wenn er sich nicht in einen Dachsbau verbuddelt hatte, musste er sich in Luft aufgelöst haben. Das war weder befriedigend noch realistisch, doch stellte es beim Frühstück auf dem Parkplatz des Reviers die meistdiskutierte Variante dar.

Bryan begrüßte die Männer, die trotz des Misserfolgs die ungewöhnliche Nacht genossen hatten. Ein verschwundener Bauer, vierzig Männer, die Brot aßen, Kaffee tranken, und ein Telefonanruf, den Gardai Meers weiterleitete.

«Bryan!»

«Was?» Inmitten der Männer drehte er sich um.

«Deine Tante ist am Telefon!»

Das war ein Gelächter auf dem Parkplatz, dass Bryan in die Erde hätte sinken mögen.

«Ich ruf zurück», rüffelte er den Gardai.

«Sie sagt, es ist wichtig.»

«Hab zu tun», beharrte Bryan.

«Sag ihr das bitte selbst.» Meers hielt den Hörer in die Luft.

Knurrend bahnte Bryan sich den Weg durch die grinsenden *Civilians*, packte das Telefon und verschwand um die Ecke.

«Was?», blaffte er.

«Bryan, wo warst du?» Strenger Tantenton.

«Arbeit, Tante, Nachteinsatz.» Er ließ kein bisschen Verbindlichkeit durch.

«Ich habe grandiose Neuigkeiten für dich!»

«Wirklich, Tante, ich habe zu tun!» Was bildete sich die alte Fregatte bloß ein?

«Harold de Winter ist der Mörder», antwortete sie schlicht.

«Nein, Tante, ist er nicht.»

«Komm her und überzeug dich.»

«Wovon soll ich mich überzeugen?»

«Dass er es war!», rief sie mit erhobener Stimme.

Was muss Mrs. Diveney denken, dachte Bryan, wenn meine Tante im Flur steht und solche Sachen ausposaunt.

«Woher willst du das wissen?»

«Weil ich bei ihm war.»

Bryan schluckte. Spürte ein zorniges Brennen. Wollte ausbrechen, beherrschte sich. «Schon wieder?», zischte er.

«Ich habe seine Gedichte.»

Er schwieg und dachte nach. Solange der flüchtige O'Kinnegal nicht gefasst war, stand wenig an, was Bryan im Revier persönlich erledigen musste. O'Sullivan und Meers hatten die umliegenden Dienststellen verständigt, aus O'Kinnegals Haus ein Foto besorgt und als Steckbrief herausgegeben. Die Spurensicherung stellte den Hof auf den Kopf; der Fernsehsender war verständigt.

«Ich bin gleich wieder zurück», sagte Bryan, nachdem er Meers den Hörer gegeben hatte.

«Tantenbetreuung?», witzelte O'Sullivan aus seinem Büro.

Bryan würdigte ihn keiner Antwort. Lief aus dem Revier, die Straße lang und neben *Sacred Heart* die Treppe hoch. Er hörte das Singen von weitem. Da es nicht Messe-Zeit war, nahm Bryan an, dass der Chor probte. Er lauschte den hellen Stimmen. Hinter dem Kirchenportal bot sich ihm ein ungewöhnliches Bild. Mutter und Kind; der Junge über den Rinnstein gebeugt, sie hielt seinen Kopf. Nach wenigen Schritten erkannte Bryan Lisa Dougall und ihren Sohn Hugh. Sie war so beschäftigt, dass sie nicht aufsah, als Bryan hinter ihr stehen blieb.

«Was ist mit ihm?»

Lisa drehte sich um. «Was Falsches gegessen wahrscheinlich.»

Hughs Körper reckte sich in Schüben; nur wenig Flüssigkeit kam zum Vorschein.

«Als ich ihn zur Chorprobe brachte, war ihm noch nichts anzumerken.»

«Singt der Chor denn bei uns?» Zur Kirche gewandt, bemerkte Bryan das Plakat.

«Hugh hat sich so darauf gefreut.»

Der blonde Knabe richtete sich auf. Lisa wischte ihm den Mund ab. «Wie fühlst du dich?»

«Schwindelig.» Hugh sah an Bryans langer Figur hoch.

«Tag», lächelte Bryan.

Hugh trat zu seiner Mutter, schwieg.

«Gute Besserung», sagte Bryan. Während er den letzten Treppenabsatz hochlief, spürte er, dass die beiden ihm nachsahen. Er keuchte die Lauragh Street entlang. Acht Uhr morgens und schon diese Bullenhitze.

«Immer noch im Einsatz?»

Er hatte nicht aufgepasst, verdammt! Dort kam ihm Wavey entgegen. Sie hatte diesen Gesichtsausdruck, der ankündigte, dass sie sich nicht noch einmal abspeisen lassen würde.

«Es ist eine Menge los», versuchte er es trotzdem.

«Bryan, wir müssen reden.»

In früheren Zeiten hatte dieser Ton stets funktioniert. Bryan hatte alles liegen gelassen, um Wavey Rede und Antwort zu stehen. Früher. Heute hatte er den Mumm, zu sagen: «Du bist zum unpassendsten Moment hier aufgetaucht. Ich hab keine Zeit.»

«Aber du gehst doch nach Hause», antwortete sie verblüfft.

«Dienstlich», konterte er und wollte vorbei.

«Dann komm ich mit.»

Seite an Seite erreichten sie Mrs. Diveneys Haus.

## 25

## Aus dem Auge

Bryan hatte die Papiere nebeneinander gelegt. Stand auf, ging durchs Zimmer.

«Na?», hörte er Gwendoline in seinem Rücken.

Er schwieg. War kein Experte, was zeitgenössische Lyrik betraf, doch Harold de Winters Machwerk ließ kaum Zweifel. Noch einmal beugte Bryan sich über den Tisch und las.

*Tief schneidet er*
*In wehrhaft wehrlose Haut*
*Blut bahnt*
*Höhle klafft*
*Spiegel bricht –*
*Das Auge des andern*
*Triefend von deinem Blut*

Ob das Gedicht *gut* war, interessierte Bryan nicht. Sollte das, was er annahm, jedoch stimmen, hatte er hier das erste Geständnis *in Versen* vor sich.

Unvermittelt hieb er auf den Tisch. «Das ist verrückt!» Er lachte, um den Druck loszuwerden. «Ich weiß gar nicht, was ich jetzt machen soll.»

«Wieso?» Waveys Stimme aus dem Hintergrund. Er hatte sie fast vergessen. Mit angezogenen Fersen hockte sie auf dem Sofa.

«Weil wir seit letzter Nacht einen Hauptverdächtigen haben.»

Sie umfasste ihre Zehen. «Das hat wohl mit der Prozession zu tun. Die Männer, die mit Taschenlampen und Suchscheinwerfern rausgefahren sind. Sah aus, als ob sie Frankenstein jagen.» Wavey begriff, dass solche Witze bei Bryan jetzt nicht ankamen.

Ernst, dienstlich, wandte er sich zur Tante. «Weißt du, ob Harold das vor oder nach dem Mord geschrieben hat?»

«Natürlich nicht», sagte sie. «Ich habe die Mappe erst aufgeschlagen, als ich im Taxi saß.»

«Ich konfisziere diese Schriften», fuhr Bryan fort. «Von jetzt an bist du nicht bloß meine Tante, sondern eine Zeugin. Dein Inkognito gegenüber Harold de Winter ist damit aufgehoben.» Als Gwendoline protestierend die Brauen hob, setzte er nach: «Du gehst dort nicht wieder hin! Ist das klar? Der Mann steht unter Mordverdacht. Wenn er erfährt, was du mit seinen Gedichten gemacht hast ...»

«Natürlich gehe ich dort nicht mehr hin», sagte Gwendoline.

«Gut», nickte Bryan.

«Weil Harold heute entlassen wird.»

Er fuhr zusammen. «Warum hast du das nicht gleich gesagt?»

Sie war beleidigt. «Ohne mich hättest du ihn doch gar nicht ...!»

Mehr hörte Bryan nicht. Er polterte die Treppe hinunter, griff zum Telefon und rief im Revier an.

«Mister Sheehy, so geht das nicht weiter», piepste es hinter ihm. «Das ist ein Privathaus», sagte Mrs. Diveney. «Ich betreibe weder eine Zweigstelle des Polizeireviers noch ein *Bed & Breakfast*. Sie müssen sich für Ihre Damenbesuche eine andere Lösung einfallen lassen.»

«Sicher, Sie haben Recht, mach ich», zischte Bryan, der die Alte loswerden wollte. «O'Sullivan?», rief er ins Telefon. «Wir müssen nach Holbound Manors. – Trotzdem.» – Er hörte geduldig, was der Dicke erwiderte. «Trotzdem. Wir müssen.»

Bryan knallte den Hörer hin, warf Mrs. Diveney einen bittenden Blick zu, rannte hinauf, raffte die Gedichte zusammen und war weg, bevor Wavey ihre Frage, wann man endlich miteinander *reden* könne, wiederholt hatte.

## 26

## Verrückt geworden

Die Sergeants spürten Harold de Winter im Erkerzimmer auf, wo er vor dem geöffneten Chippendale-Sekretär stand und Papiere durchsah. Er trug einen leichten Anzug und wirkte, als komme er nicht aus dem Krankenhaus, sondern von der Sommerfrische.

«Nicht schon wieder, meine Herren», begrüßte er die Polizisten. «Jeden Tag ein Plauderstündchen mit Ihnen? Das wird noch zur fixen Einrichtung.»

Bryan betrachtete das Möbelstück. Fächer und Arbeitsfläche waren auch innen intarsiert, das Holz honigfarben, die Beschläge poliert.

«Machen Sie's bitte kurz, ich habe zu tun.» Harold legte einen Packen Papiere beiseite und stellte sich mit dem Rücken vor den Sekretär.

«Ich halte es für angebracht, Sir, dass Sie uns aufs Revier begleiten», sagte Bryan.

«Was?!», lachte Harold. «Ich bin erst seit einer halben Stunde wieder daheim.»

«Es sind gravierende Fragen aufgetaucht, die wir hier nicht erörtern können.»

«Ich komme aber nicht mit – und basta!», rief der Schwarzhaarige. «Was immer es *Gravierendes* zu besprechen gibt, bitte hier und jetzt! Und anschließend lassen Sie mich endlich in Ruhe!»

«Sie weigern sich, mit uns auf die Wache zu kommen?», fragte Bryan so nüchtern wie möglich.

«Sie haben es erfasst!» Der Ton de Winters wurde schneidend.

«Dann lassen Sie mir keine Wahl», sagte Bryan nach einem Seitenblick zu O'Sullivan. Darauf nahm Bryan Sheehy den dreiundzwanzigsten Baronet de Winter fest.

«Sie haben den Baronet festgenommen?!», geiferte der Superintendent am Telefon.

«Die Verdachtsmomente sind ausreichend», antwortete Bryan ruhig. «Es besteht Verdunkelungsgefahr.»

«Aber der Mann ist ... Haben Sie eine Ahnung ... Wo steckt überhaupt Detective Thurman?!»

Bryan gab eine knappe Schilderung der Vorgänge und bezeichnete die Verletzungen des Detectives als *nicht lebensbedrohend.*

«Seid ihr auf eurer Halbinsel denn alle verrückt geworden?!» Der *Dings* rastete hörbar aus. «Prügelt euch in der Heide!»

«Während wir sprechen, Sir, ist Gardai Meers dabei, Ihnen ein Schriftstück zu faxen, das Baronet de Winter verfasst hat.»

«Schriftstück?!»

«Ein Gedicht, Sir.»

«Haben Sie *Gedicht* gesagt?»

«Richtig. Es belastet Mister de Winter schwer.»

«Das will ich sehen!», blaffte der Mann aus Bantry, doch es klang verbindlicher. «Von jetzt an halten Sie mich über jeden Schritt auf dem Laufenden!» Er legte auf.

Wenig später saß der dreiundzwanzigste Baronet den Sergeants im Verhörraum gegenüber. In dem nüchternen Zimmer hatte er einiges von seiner Großspurigkeit verloren.

«Künstlerische Freiheit», antwortete er auf Bryans Frage.

Der stand auf. «Sie beschreiben den Tötungsvorgang an Ihrem Bruder in allen grausamen Details, Sir.»

Harold hatte die Hände ineinander gepresst, dass die Knöchel weiß hervortraten. «Ist jeder Schriftsteller, der eine Gewalttat beschreibt, gleich ein Mörder?», fragte er mit heiserer Stimme. «Da müssten sämtliche Krimi-Autoren hinter Gitter.»

«Sie veröffentlichen Ihre Werke nicht», erwiderte Bryan. «Sie konnten davon ausgehen, dass niemand diese Zeilen je zu Gesicht bekommt.»

«Eure Tricks sind unglaublich», schüttelte Harold den Kopf. «Ihr schickt ältere Damen los, um jemand in die Falle zu locken.»

«Das tut nichts zur Sache», sagte Bryan nach kurzer Irritation. «*Warum* haben Sie diese Gedichte geschrieben?»

«Weil ich musste», antwortete de Winter. «Ich *musste* das loswerden. Musste mir das Verbrechen *vorstellen*, in jeder Einzelheit.»

«Wollen Sie uns weismachen, dass Sie es sich *von der Seele geschrieben haben?*» Bryan blieb neben Harold stehen.

«Genau so ist es!»

«Wie wollen Sie beweisen, dass Sie das Gedicht *nach* und nicht vor dem Mord geschrieben haben, sozusagen als *Einstimmung?*»

«Ihr müsst mir das Gegenteil beweisen!», rief Harold. «Ich schrieb das im Krankenhaus – in Erinnerung an meinen toten Bruder!»

«Nette Art, einen Nachruf zu verfassen», schaltete sich O'Sullivan ein.

«Ich bin Poet, Sie Philister!», schrie de Winter. «Ich schreibe um des künstlerischen Ausdrucks willen.»

«Über den *Übergang vom Leben zum Tod?*», ging Bryan dazwischen.

«Wer hat Ihnen das ...?» Harold erschrak.

«Wir konnten uns auch davon überzeugen, dass Sie bei Ihrer *Materialsammlung* so realistisch vorgehen, dass Sie Tiere zuerst schlachten, bevor Sie über ihren Tod schreiben.»

«Das ist etwas anderes!» Zum ersten Mal verlor der Baronet die Fassung. «Ich nenne das ... eine *Performance*. Der Tod und die Literatur! Übergang vom Leben in Verwesung – Daraus erwächst der Schaffensprozess. Ich wähle diesen Vorgang, um ... Ich möchte zeigen ...» Stammelnd warf Harold den Kopf hin und her.

«So wie Nero Rom angezündet hat, um darüber zu singen?» Bryans Ton wurde schärfer.

«Das ist grotesk!»

«Vielleicht gehörte es auch zur *Performance*, Ihren Bruder rituell zu töten? Mit einem Stich ins Auge! Den Übergang vom Leben zum Tod herbeizuführen, um es hinterher zu beschreiben!» Bryan hielt dem Sitzenden das Gedichtblatt vor Augen.

«Es ist nicht wahr, meine Herren! Nicht wahr!» Harold stemmte die Fäuste auf die Knie. «Ich gebe zu, nachdem ich den Schock über Ethelreds Tod überwunden hatte, *war* ich fasziniert von der Todesart! Mehr nicht! Ich musste das *formen*, musste darüber schreiben! Hinterher, Tage später!» Mit diesen Worten rutschte der Baronet vom Stuhl und fiel wahrhaftig auf die Knie. «Das müssen Sie mir glauben!», rief er mit gefalteten Händen.

«Stehen Sie bitte auf, Sir.» Bryan legte das Papier auf den Tisch. «Ich werde dies dem Staatsanwalt vorlegen.»

Harold kam hoch. «Warum, in Gottes Namen? Warum sollte ich es getan haben?»

«Durch den Tod Ihres Bruders haben Sie unübersehbare Vorteile.»

«Die ich bestreite!»

«Sie mussten befürchten, dass es Ihrem Bruder ernst war mit der Liebe zu Lisa Dougall. Sie nahmen an, dass Ethelred das Gut finanziell ruinieren und Ihnen eine unliebsame Schwägerin ins Haus bringen würde.»

«Aber nicht *ich*, Thelda hätte doch den Titel geerbt! Wie sollte ich wissen, dass sie am gleichen Tag sterben würde?» Harold verstummte, sah Bryan ungläubig an. «Oder denken Sie, ich hätte Thelda *auch* auf dem Gewissen?» Er lachte laut heraus. «Das ist aberwitzig!»

Bryan legte abwartend die Hände übereinander.

«Lisa Dougall war draußen im Moor!», rief Harold mit sich überschlagender Stimme. «Ich weiß es! Und ... Ethelred hat sie angeschrien! Gleich darauf hatte er ein Messer im Auge! Wieso wollen Sie nicht eins und eins zusammenzählen?!»

«Haben Sie Mrs. Dougall in Tintaguel *gesehen?*»

«Wie oft soll ich das ... Nein! Ich wollte, ich hätte! Dann wäre der Fall nämlich klar!»

«Was *haben* Sie gesehen, Mister de Winter?!»

«Ich hörte Schreie. Ich rannte! Ich fand meinen Bruder – tot, ein Messer im Auge! Das ist die Wahrheit, so wahr mir Gott helfe!»

O'Sullivan sah zwischen den beiden Schreihälsen hin und her.

«Lisa hatte keinen Grund, Ethelred umzubringen», entgegnete Bryan.

«Ich war es jedenfalls nicht!», rief de Winter. *«Ich – habe – es nicht – getan!»*

Bryan setzte sich. «Sie haben lediglich Gedichte verfasst, die den Mord in allen Einzelheiten beschreiben?»

«Ja», nickte der andere. «Auch wenn Sie es nicht begreifen, das ist die Wahrheit.»

Bryan schaltete das Aufnahmegerät ab. «Mister de Winter, ich behalte Sie in Haft, bis der Untersuchungsrichter seine Entscheidung fällt.»

Harold nickte ausdruckslos. «Ich möchte meinen Anwalt sprechen.»

«Selbstverständlich, Sir.» Bryan gab O'Sullivan ein Zeichen. Der Dicke brachte das Telefon.

## 27

## Hübsch gemacht

O'Sullivan traf im Moor ein. Er sprach mit den *Civilians*. Eine Schicht fuhr nach Hause, die nächste übernahm. Er selbst beteiligte sich an der Aktion, bis ihn fast der Hitzschlag traf. Obgleich es so aussah, als habe man jeden Quadratmeter abgesucht, unter jeden Strauch, in jedes Fuchsloch geschaut, fand man von Fred O'Kinnegal keine Spur.

Zur gleichen Zeit wurde Rechtsanwalt Stritch zu Harold de Winter gelassen. Stritch war ein eleganter Mann Mitte fünfzig und ein prominenter Jurist. Bryan hatte mit Angriffen wegen möglicher Verfahrensfehler gerechnet, doch der Anwalt legte lediglich seine Genehmigung zur Akteneinsicht vor und besuchte den Klienten. Nach zwanzig Minuten verließ er Harold wieder und kündigte an, die Entscheidung des Untersuchungsrichters beschleunigen zu wollen: Der Baronet sollte so rasch wie möglich auf Kaution freikommen.

«Er ist ein kranker Mann», fügte Stritch hinzu. «Machen Sie es mir nicht schwer, dann mache ich es Ihnen auch nicht schwer.» Damit verließ er das Revier.

Zum Ende der regulären Dienstzeit ging Bryan einfach nach Hause.

Wie schon am Morgen schlug ihm bei *Sacred Heart* Gesang entgegen. Das Chorkonzert hatte begonnen. Kurz entschlossen trat er ein. Blieb an der hintersten Säule stehen, grüßte den Tankstellenbesitzer mit einem Nicken. Der machte eine Geste zu Bryans Stirn. Er begriff und setzte die Mütze ab.

*Stabat Mater*; eine klare Stimme, doch es war nicht Hugh, der sang. Bryans Blick glitt die Knabenreihen entlang. In ihren Chorhemden ähnelten sie einander, doch Lisas Sohn hätte er bestimmt wiedererkannt. Als er enttäuscht feststellte, dass Hugh überhaupt nicht dabei war, schlüpfte Bryan unauffällig wieder ins Freie. Das *Stabat Mater* begleitete ihn noch ein Stück die Stufen hinauf.

Vor der Lauragh Street zweigte er ab, lief eine Weile nordwärts; ein beschatteter Pfad führte zum Stadtrand. Er erreichte jene Ecke von Castlebere, die nicht *hübsch* gemacht worden war. Es fehlte das Geld. Die Häuser duckten sich in die Senke, Dachschindeln aus brüchigem Schiefer, die Fenster verzogen und undicht. In den meisten waren die Gardinen geschlossen, als schäme man sich, Fremden Einblick zu gewähren. Viele Leute hielten hier eine Kuh, Ziegen; in den Vorgärten pickten Hühner in Drahtgehegen. Hinter der Siedlung begannen die Weiden.

Bryan mochte die Globsters. Der Mann war Rentner, sie arbeitete noch in der *Fisherman's Co-op*. Vor einem Jahr hatten ihre Nachbarn sich über das Geschrei des Esels bei der Polizei beschwert; dienstlich war Bryan zum ersten Mal zu den Globsters gekommen. Nun gab es keinen Esel mehr, der Stall war leer. Er erreichte das Haus. Ohne die Gartentür zu öffnen, stieg er über den Zaun, lief durch das hohe Gras und klopfte an die Hintertür. Niemand war da. Er ging zum Stall und erkannte Adelaides Sattel und Zaumzeug von weitem. Bryan lächelte. Dort stand sie unter dem Baum und weidete. Als er hinwollte, bemerkte er, dass jemand bei ihr war.

«Ich dachte, du hast heute keine Zeit, dich um Adelaide zu kümmern.»

An Bryans Blick erkannte Wavey, dass sie nicht willkommen war.

Ohne zu antworten, ging er zur Stute. Plötzlich scheute Adelaide zurück.

«Naaa, was.» Er hielt ihr die Hand unter die Nüstern. Das Pferd schnupperte, schnaubte, stand mit erhobenen Ohren still. Bryan bückte sich unter ihren Bauch, gab dem Vorderbein einen leichten Stoß; sie hob den Fuß.

«Wann hast du sie das letzte Mal beschlagen?», fragte er.

«Im Frühjahr.»

«Und ihr mürbes Nagelbett?» Er nahm ein Stöckchen und kratzte in Adelaides Hufrille.

«Sie hat Kalziumspritzen gekriegt und etwas ins Futter, das der Tierarzt verschrieben hat. Seitdem halten die Eisen besser.»

Bryan sah, dass Wavey Recht hatte.

«Gut», sagte er, sich aufrichtend. Fasste den Pferdekopf von unten und kraulte die Kinnladen. «Wie lange hast du Urlaub?», fragte er, ohne Wavey anzusehen.

Sie lehnte sich an den Apfelbaum. «Ein paar Tage. Ich wollte nur einfach was anderes sehen.»

«*Ausgerechnet* mich?» Er fühlte die starken Sehnen an Adelaides Hals.

«Dass es dich so sehr nervt, hätte ich nicht gedacht.»

Endlich redete sie offen. Er wandte sich zu ihr. «Ich verstehe es nicht.»

«Kann man das einfach abschalten?»

«Was?»

«Die Vertrautheit zwischen uns.» Mit dem Rücken zum Stamm glitt Wavey zu Boden.

«Man kann. Du hast», erwiderte er.

«Müssen wir deshalb für ewige Zeiten zerstritten sein?»

«Du bist vierhundert Kilometer gefahren, um mich das zu fragen?»

Sie strich das Haar aus der Stirn. «Ich hatte Lust, ich bin ins Auto gestiegen, jetzt bin ich da.»

Es gab nichts mehr bei dem Pferd zu tun, ohne dass es auffällig wurde. Bryan setzte sich neben Wavey ins Gras.

«Worüber willst du mit mir sprechen?»

Beide betrachteten eine Biene, die auf Bryans Schulter geflogen war.

«Ich habe mich von einem Mann getrennt», sagte sie.

«Warum?»

*«Er war nicht der Richtige»*, sagte sie mit melodramatisch verdrehten Augen.

«Ich trenne mich selten.» Bryan ließ die Biene auf seinen Finger krabbeln.

Wavey beugte sich vor, die Biene flog weg. Sie nahm seine Hand. Erstaunt musterte er verschlungene Finger.

«Der Mann war Ambrose», sagte sie.

Monatelang hatte Bryan nicht mehr daran gedacht. Damals, vor einem Jahr, hatte sein sechster Sinn Ambrose im Verdacht gehabt. Ambrose Whitty, Bryans bester Freund, Kumpel auf der Polizeischule, Detective Sergeant. Der in der Lederjacke, der mit der Knarre im Schulterholster.

«Aha», sagte er. Ließ Wavey seine Hand, erwiderte den Druck nicht.

«Die Scheidung war damals ja schon beschlossene Sache.»

«Und da dachtet ihr, wozu warten?» Er schüttelte lächelnd den Kopf.

«Ich hätte es dir nicht zu sagen brauchen», blieb sie sanft.

«Spielt keine Rolle mehr.»

In der Zeit vor der Scheidung hatten Bryan ständig diese Bilder verfolgt: Ambrose und Wavey im Bett. Ambrose und Wavey in häuslichen Situationen. Mit den Monaten waren die dummen Gespenster verschwunden. Nun hatte Wavey sie wieder geweckt. Er ärgerte sich, dass es ihm nahe ging. Die Biene war auf eine Wiesenblume geflogen.

«Ich bin erleichtert, es dir gesagt zu haben.» Ihre Hand glitt hoch, streichelte seinen Nacken. Bryan beobachtete, wie Adelaide zum Rand der Weide trabte. Über den Zaun gebeugt, fraß sie frische Halme vom Nachbarn. Er stand auf und ging zu ihr.

«Habt ihr diesen ... *Gedichteschreiber* erwischt?», rief Wavey.

«Ja.»

«Ach? Dann hast du also einen freien Abend?»

Ihre schlanke Gestalt richtete sich am Baum auf. Er überlegte, Adelaide einfach zu satteln und fortzureiten. Wavey näherte sich langsam. Nein, entschied Bryan, der erste Ausritt sollte etwas Besonderes sein.

«Hast du schon gegessen?», fragte er.
«Nur süßes Zeug in der Konditorei.»
«Möchtest du?»
«Wo?», fragte sie eine Spur zu rasch.
«Ich bin oft in Sile O'Sheas *Crêperie.*»
«*Noch* was Süßes?» Wavey hakte sich unter.
«Er hat auch Fish 'n Chips.»
Sie schlenderten über die Wiese zum Haus der Globsters zurück.

## 28

## Seite an Seite

Wenige Meter vor Sile O'Sheas Bude erreichte Bryan die Nachricht.

Er sah Wavey an. Wavey sah Bryan an.

«Mit dir essen zu gehen ist wirklich ein aussichtsloses Unterfangen.» Immerhin behielt sie Humor.

«Dann werd ich mal.» Er nahm sie kurz in die Arme. «Ich empfehle die Chips rot-weiß», sagte er ihr ins Ohr.

«Hau ab.» Sie zwang sich zu einem Lächeln.

Als Bryan Richtung Revier lief, sah er, wie Wavey unschlüssig vor Siles Bude stand und schließlich weiterging, Richtung Hafen.

Fred O'Kinnegal litt unter Flüssigkeitsverlust, war verwahrlost und ein wenig verwirrt. Suzy Moynihan erklärte ihn jedoch für vernehmungsfähig. Der Bauer hatte sich zwei Tage in einer Höhle im Moor verborgen, die er als Kind selbst gegraben hatte. Es war ihm gelungen, Holz und Steine so vor den Eingang zu schichten, dass die *Civilians*, deren Schritte und Rufe er ständig über sich vernommen hatte, ihn nicht entdeckten. Vergeblich hatte O'Kinnegal gehofft, in den Nachtstunden zu entkommen. Schließlich war er vor Durst fast verrückt geworden und hatte auszubrechen versucht. Nach wenigen hundert Metern fassten sie ihn.

Die *Civilians* ließen sich von O'Sullivan mit Tee bewirten, auch der Whiskey ging reihum. Die Ergreifung wurde in allen möglichen Ausschmückungen gefeiert, die Leistung der Truppe gewürdigt. Danach begann O'Sullivan die Männer freundlich hinauszukomplimentieren. Meers bereitete das Verhörzimmer vor.

In all dem Trubel war es Suzy nicht gelungen, ein paar Worte mit Bryan zu wechseln. «Halt mich auf dem Laufenden», sagte sie schließlich, drückte seine Hand und verschwand im Zwielicht des Korridors.

Fred O'Kinnegal wurde vorgeführt. Blass, struppig. Das Haar vor der Augenhöhle. Schwer ließ er sich auf dem Blechstuhl nieder. Das Aufnahmegerät lief. Bryan erledigte die Personalien. Dann fragte er, warum Fred geflohen war. Der Bauer starrte auf den Tisch, das Mikrofon, an die Wand. Antwortete nicht.

O'Sullivan wollte wissen, wo Fred zur Zeit des Mordes gewesen war. O'Kinnegal wiederholte, er habe Pflöcke auf der Nordweide eingeschlagen. Warum er Simson Dignam Geld gegeben habe, damit der ihm ein Alibi verschaffe. Weil er keine Schwierigkeiten wollte, sagte der Bauer. Was für Schwierigkeiten?, fragte Bryan. Sie wüssten schon, die karge Antwort. Bryan setzte sich neben den Verhörten.

«Sie stehen unter zweifachem Verdacht, Mister O'Kinnegal. Sie hatten Gelegenheit und Motiv, Ethelred de Winter im Moor aufzulauern und zu töten. Sie hatten Grund, den Tod Thelda Hogarths und ihres Mannes zu wünschen. Jeder wusste, dass Charles ein rasanter Fahrer ist. Sie hatten die Möglichkeit, den Autounfall herbeizuführen. Niemand außer Ihnen besaß die Ortskenntnis, den Tränkewagen so zu platzieren, dass er zum tödlichen Hindernis wurde.» Bryan schwieg abwartend.

«Ich kann nur sagen, wie's war.» Um den Sergeant anzusehen, musste der Bauer sich drehen. Er wandte Bryan das gesunde Auge zu und lehnte beide Arme auf den Tisch. «Ich habe Eth nicht umgebracht. Ich habe den Unfall von Thelda nicht gewollt. Das Einzige, was ich zugebe, ist, dass man sich das alles prima zusammenreimen kann.»

Bryan stand auf. «Sie sind der Nachbar der de Winters. Kannten die Familie von klein auf. Mit Thelda waren Sie befreundet. Haben ihr finanziell unter die Arme gegriffen, damit sie das *Tanz mit dem Fisch* ... äh –»

«*Tanz-unterm-Fischmond-Fest*», sprang O'Sullivan ein.

«Genau – auf die Beine stellen konnte. Sie waren verliebt in Thelda. Sie machten sich Hoffnungen. Haben bei ihrem Vater um ihre Hand angehalten und rechneten sich gute Chancen aus. Aber der Baronet hat Sie hinausgeworfen. Vielleicht hat er sogar eine Bemerkung gemacht, dass er seine Tochter keinem *Einäugigen* zur Frau gibt. Von da an war Hass in Ihnen, Mister O'Kinnegal. Als die Frau, die Sie nicht kriegen konnten, einen anderen heiratete, entstand allmählich Ihr Plan. Vater und Tochter sollten am gleichen Tag sterben. Die Sache mit dem Tränkewagen war riskant, aber sie hat funktioniert. Pech nur, dass Charles überlebt hat. Zum Schein gingen Sie auf die Weide und schlugen Pflöcke ein. Dann machten Sie sich heimlich ins Moor auf, überraschten den Baronet und töteten ihn. Für Ihr Alibi bestachen Sie Simson Dignam. Sie haben versucht, sich der Verantwortung durch Flucht zu entziehen. Wie wollen Sie das alles erklären?»

Der Bauer hatte reglos zugehört. «Passt alles zusammen», nickte er grimmig. Sah plötzlich O'Sullivan an.

«Ich habe mein Auge als Kind verloren, Ronnie.»

Der Dicke nickte. «Ich weiß, Fred, beim Spielen.»

«Wir haben Steine geschmissen. Unten am Oulh. Einer traf mich. Da war nichts zu machen, das Auge war hin.»

«Jeder kennt die Geschichte.» Der Dicke trat vor den Bauern.

«Und jeder kennt *mich*.» O'Kinnegal sah hoch. «Ich bin der einäugige Fred.» Er ballte die Fäuste. «Glaubst du im Ernst, ich würde Ethelred ausgerechnet ins Auge stechen, Ronnie? Ins Auge! Da könnte ich doch gleich meine Visitenkarte auf die Leiche legen.»

«Vielleicht hast du das in dem Augenblick nicht überlegt», antwortete O'Sullivan fast väterlich. «Du warst wütend, aufgeregt, vielleicht hat Ethelred dich sogar angeschrien.»

«Woher wollt ihr das wissen?»

«Sein Bruder bezeugt es», schaltete sich Bryan ein.

«Bezeugt Harry auch, dass er mich *gesehen* hat? Das kann er nicht! Weil ich nämlich nicht dort war!»

«Was wir gegen dich haben, reicht für die Anklage, Fred.» O'Sullivan verschränkte die Arme über dem Bauch. «Außer du sagst uns, was du vergangenen Donnerstag zwischen zwölf und drei wirklich gemacht hast. Und wer das bezeugen kann.»

O'Kinnegal senkte den Kopf. «Ronnie, ich hab alles gesagt.»

«Glaub ich nicht, Fred.» Er setzte sich dem Bauern gegenüber. «Warum sagst du's mir nicht, Fred?»

Der Bauer lehnte sich zurück und starrte an die Wand. Die Tür ging leise auf, das Verhör wurde durch den nervösen Meers unterbrochen, der einen der Sergeants nach draußen bat. Bryan folgte dem Gardai.

«Er ist ... persönlich gekommen», sagte Meers auf den wenigen Metern zur Wachstube. «Ich konnte ihm *das* aber nicht beantworten.»

Bryan nickte und trat ein. Ein Häufchen Elend saß da. Ein Mann mit länglichem Gesicht, gestutztem Schnauz, vorwitziger Nase. Ein Mann, den man als elegant bezeichnet hätte, wäre er nicht in so einem erbärmlichen Zustand gewesen. Charles Hogarth saß auf dem Besucherstuhl; er versuchte es wenigstens. Der Gips reichte übers Knie, er konnte das Bein nicht ganz abbiegen. An den Brustverband war eine Schiene angeschlossen, die den linken Arm stützte. Man hatte sein Hemd an mehreren Stellen aufgeschnitten, damit er sich überhaupt ankleiden konnte. Über die Schultern hing ein leichtes Sakko. Das Gesicht war durch Blutergüsse verzerrt, die Augenbraue trug mehrere Stiche.

«Guten Abend.» Charles öffnete beim Sprechen kaum den Mund. Der Kiefer musste gebrochen sein.

«Mister Hogarth –» Bryan ging auf ihn zu, setzte sich daneben, damit der andere nicht aufschauen musste. «Wieso haben Sie sich herbemüht?»

«Beim letzten Mal habe ich mit dem anderen Sergeant gesprochen», murmelte Charles.

«Ich rufe O'Sullivan, wenn Sie wollen.»

«Nein. Ich kann mein Anliegen auch Ihnen ...»

Bryan beugte sich vor. Der Mann war kaum zu verstehen.

«Obwohl die Ärzte mir abraten, lasse ich es mir nicht nehmen, Theldas Begräbnis selbst vorzubereiten.»

«Verstehe, Sir. Darf ich Ihnen mein Beileid zum Tod Ihrer Frau aussprechen.»

Charles nickte zum Dank. «Ich wurde erst vor ein paar Stunden entlassen. Und da erfahre ich, dass meine Frau ...» Speichel hatte sich gebildet, er verschluckte sich und hustete. Die ruckartige Bewegung verursachte ihm starke Schmerzen. Es dauerte Sekunden, bis er sich wieder im Griff hatte und weitersprach. «Man sagt mir, die Gerichtsmedizin hat Thelda noch nicht freigegeben.» Verständnislos sah er Bryan an. «Warum nicht?»

Der hatte nicht die geringste Ahnung. O'Sullivan hätte die Freigabe nach Absprache mit Suzy bereits veranlassen können.

«Ich werde mich umgehend erkundigen, warum es noch nicht geschehen ist.»

«Thelda ... Ich möchte sie noch einmal sehen», sagte Charles nach einer Pause.

«Ich weiß nicht, Mister Hogarth. Der Unfall hat den Körper Ihrer Frau stark deformiert. Ich glaube –»

Ein wunder Blick traf Bryan. Helle Augen, die sonst bestimmt einen fröhlichen Eindruck machten.

«Ich gehe nicht von ihr, ohne Thelda noch einmal geküsst zu haben», sagte er erstaunlich klar. «Ich liebe sie, wie immer sie jetzt aussehen mag.»

«Es ist Ihre Entscheidung.»

«Wie lange wird es dauern?» Vorsichtig begann Charles an den Rand des Sitzes zu rutschen.

«Ich telefoniere gleich mit der Gerichtsmedizinerin.»

Der andere griff nach der Krücke, die an der Heizung lehnte. «Ich habe der Familie vorgeschlagen, das Begräbnis kommenden Freitag anzusetzen.»

Bryan war überrascht. «Ist das nicht etwas knapp?», fragte er höflich.

«Nicht, wenn die Freigabe endlich erfolgt», antwortete Charles mit leichter Schärfe.

«Ihre Frau war in der Stadt sehr beliebt.»

«Das war sie. Alle liebten Thelda und haben sich auf sie verlassen.» Er senkte den Kopf, sein Kinn begann zu zittern. «Trotzdem wird die Beisetzung im engsten Kreis stattfinden. Die Familie hat beschlossen, Vater und Tochter Seite an Seite in der Familiengruft zu beerdigen.» Er machte Anstalten, sich an der Krücke hochzuziehen, Bryan stützte den gesunden Arm. Ihre Augen trafen sich.

«Wie gesagt, ich werde noch heute –»

«Danke. Es war nett, Sie kennen zu lernen.»

«Wir sehen uns bestimmt noch öfters.»

Hogarth hinkte zur Tür, drehte sich um. «Ich bin nur Thelda zuliebe in diese Gegend gekommen. Eigentlich stamme ich aus dem Norden.»

«Ich auch», lächelte Bryan. «Von wo?»

«Mauldoon. Wahrscheinlich gehe ich dort auch wieder hin. Wenn etwas Zeit vergangen ist.»

Der Sergeant hielt ihm die Tür auf. Vor dem Revier parkte ein schwerer Wagen; am Steuer saß ein Angestellter der de Winters. Er stieg aus und öffnete die Beifahrertür. Bryan kehrte ins Revier zurück. In seinem Rücken gingen die Autolichter an.

Er versuchte, Suzy zu erreichen. Nebenan erledigte Meers Schreibarbeiten. Sie nahm nicht ab. Mit dem Hörer in der Hand hing Bryan der Begegnung von eben nach. Plötzlich wurde es im Verhörzimmer laut. Er ging zur Tür, wollte eintreten – verharrte. Ein dumpfer Laut, fast ein Schrei.

«Ich kann nicht!» Das war der Bauer.

«Ich verspreche dir, niemand wird es an die große Glocke hängen.» Die Stimme O'Sullivans. «Kann man mit der Frau reden?»

«Mit der kann man nur über Geld reden.»

«Wir machen jetzt Folgendes, Fred –» O'Sullivan schien durch den Raum zu gehen. «Ich schalte das Gerät wieder ein, und du sagst das Ganze noch einmal.»

«Nein!»

«Anders geht's nicht, Fred. Und später überprüfe ich das. Heute noch.»

«*Du* willst mit ihr reden?», fragte O'Kinnegal leise.

«Sie bestätigt es doch, Fred? Du machst mich nicht zum Idioten. Oder hast du mir wieder eine Geschichte aufgetischt?»

«Wer würde sich so was denn ausdenken?», rief der Bauer.

Bryan hörte das Rücken des Blechstuhls, Schritte. O'Kinnegal sprach so leise, dass Bryan nichts mehr verstand. Er lehnte sich an die Wand; der Flur war beinahe finster. Plötzlich flammten die Leuchtstoffröhren auf; Meers hatte das Licht angedreht. Mit leisen Schritten ging Bryan in sein Büro.

## 29

## Nicht anfassen

Kurz nach neun. Die Fahrt war kurz. Die Sergeants sprachen nicht viel, beide waren hundemüde. Im Wagen stand die Hitze.

«Ob die uns irgendwann mal eine Klimaanlage spendieren?», sagte Bryan.

«Was ist aus dem guten alten irischen Wetter geworden?» In seinem ungelenken Stil fuhr O'Sullivan um die Kurve.

Das Haus lag ein paar Häuserblocks vor der Stadtgrenze. Die Frau öffnete erst, als O'Sullivan gegen die Tür hämmerte.

«Mrs. Wrent?», fragte er, als einen Spaltbreit geöffnet wurde.

«So spät?», war die Antwort.

Bryan erkannte sie sofort. Die mit dem derben Gesicht, den dunklen Haaren. Sie hatte bei O'Kinnegal in der Stube gesessen, während Bryans erstem Besuch.

«Wir haben ein paar Fragen. Dürfen wir hereinkommen?»

«Muss ich das?»

«Dauert nicht lange.» O'Sullivan hatte den Fuß in der Tür. «Sie ersparen sich den Weg aufs Revier.»

Es war ein unschönes Haus, lieblos, kahl und schmutzig. Mrs. Wrent ließ die Sergeants in die Küche; die Türen zu den angrenzenden Zimmern machte sie zu.

«Also?» Sie blieb stehen, bot den Polizisten die Bank hinterm Esstisch an.

«Ist Ihre Tochter zu Hause?»

«Was hat die damit zu tun?»

«Bitte beantworten Sie meine Frage.»

«Alice ist bei 'ner Freundin.»

Beide Sergeants hörten ein Geräusch hinter der Tür. Die Frau verzog keine Miene.

«Wie alt ist Ihre Tochter Alice?»

«Die ist ...» Nervös wischte die Frau über die Anrichte. «Achtzehn.»

O'Sullivan legte die Kappe auf den Tisch. «Wollen Sie sich die Antwort noch einmal überlegen?»

«Na schön, siebzehn. Was soll das Ganze? Was wollt ihr mir anhängen?» Die Frau richtete sich auf.

«Wir möchten wissen, wo Ihre Tochter vergangenen Donnerstag war. Zwischen zwölf und fünfzehn Uhr», sagte Bryan.

«Das ist fast 'ne Woche her. Kann mich nicht mehr erinnern.»

«Ich rate Ihnen: Erinnern Sie sich. Wir wollen nichts von Ihnen, als dass Sie unsere Fragen beantworten.» O'Sullivan ließ den Kopf vorschnellen. «Wo war Ihre fünfzehnjährige Tochter Alice vergangenen Donnerstag zwischen zwölf und drei?»

Die Frau duckte sich unter seinen Worten. «Ich ... Jetzt weiß ich's wieder. Alice und ich waren spazieren.»

«Wo?»

«Irgendwo draußen.»

«Bei dreißig Grad im Schatten?»

«Ist das verboten?»

«Wo genau?»

«Arbograith, glaub ich.»

«Sie waren vergangenen Donnerstag in Arbograith, um Alice zu Mister O'Kinnegal zu bringen, nicht wahr?»

«Zu wem?», fragte sie spitz.

«Schluss!» O'Sullivan erhob sich, schwer wie ein Riese. «Fred O'Kinnegal ist ein – na, sagen wir: Verehrer Ihrer Tochter! Und Sie haben diese *Zusammenkünfte* herbeigeführt!»

«Wer sagt das?», rief sie mit schriller Stimme. «Freddie?»

«*Freddie* ist nicht der Einzige, der in den Genuss der Bekanntschaft Ihrer Tochter kommt.» O'Sullivan baute sich vor ihr auf. «Er hat uns Namen genannt. Wollen Sie die hören? Oder beantworten Sie endlich meine Frage: Waren Sie letzten Donnerstag mit Alice auf O'Kinnegals Hof?»

«Sagt Freddie das?»

«Antworten Sie, Mrs. Wrent!»

Bryan saß am Esstisch und beobachtete die Tür. Dahinter hatte sich nichts mehr gerührt.

Die Frau trat an die Spüle. Stellte schmutzige Teller hinein. «Keiner von denen darf Alice anfassen», sagte sie mit dem Rücken zu den Sergeants. «Die dürfen nur gucken. Zuschauen, wenn Alice rumtanzt. Das macht sie so gern. Ich hab sie noch nie gezwungen. Sie ist gern zu Besuch.»

«Ihre Tochter tanzt nackt?», fragte O'Sullivan.

Ein böser Blick von ihr. «Manchmal. Ist doch nichts dabei, wenn man gebaut ist wie Alice. Sie macht das gern. Ich zwing sie zu nichts.»

«Und Donnerstag?», fragte Bryan.

Mrs. Wrent drehte sich langsam um. «Na ja, kommt mir vor, dass wir Donnerstag tatsächlich bei Freddie eingeladen waren. Alice mag ihn. Gruselt sich auch nicht mehr vor dem Auge.»

«Sind Sie absolut sicher, dass es Donnerstag war?», fragte Bryan. «Ich habe Sie nämlich zwei Tage später bei ihm gesehen.»

Sie musterte den Polizisten. «Mich gesehen?» Zögerte. «Sonst macht Freddie Alice immer ... Geschenke. Aber am Donnerstag war seine Einladung so 'ne spontane Idee. Da hatte er nichts für sie.»

«Geldgeschenke?»

«Ganz freiwillig!» Sie wischte die Hände an der Schürze ab. «Zwei Tage danach hab ich das Geschenk bei ihm abgeholt.»

«Wann?»

«Am frühen Abend.»

«Was war es?»

«Ein ... Kettchen, das man um den Fußknöchel hängt. Alice hat sich drüber gefreut.»

O'Sullivan sah zu Bryan. «Kann Alice Ihre Aussage bestätigen, Mrs. Wrent?»

Sie erschrak. «Ist das nötig?»

Die Sergeants sahen sie schweigend an.

«Was machen Sie jetzt mit mir?»

O'Sullivan setzte die Mütze auf. «Wir verständigen das Jugendamt.»

«Wieso?!»

«Denen werden Sie nochmal erzählen müssen, dass Alice so gerne vor Herren tanzt.»

Mrs. Wrent fuhr herum und musterte Bryan, der vor der geschlossenen Tür stehen blieb. «Dann bin ich also nicht festgenommen?», fragte sie eilig.

«Nein», antwortete er. «Alice macht das alles ja *ganz freiwillig.*»

Die Sergeants verließen die Wohnung, ohne die Tür in jenes Zimmer geöffnet zu haben.

Auf dem Rückweg fuhr Bryan. «Muss O'Kinnegal mit einem Verfahren rechnen?», fragte er nach längerem Schweigen.

O'Sullivans Hände lagen auf dem Bauch, der Kopf war nach vorne gekippt. Innerlich hatte sein Feierabend begonnen. «Bei Sittlichkeitsdelikten ist der Staatsanwalt ein harter Hund.» Er kratzte sich mit geschlossenen Augen. «Verführung Minderjähriger, darauf steht ...»

Bryan wartete. Ein Seitenblick sagte ihm, dass der Dicke mitten im Satz eingeschlafen war. Bryan fuhr Schritttempo. Keine Eile. Die Innenstadt lag ruhig unter ihm, kurvenreich führte die Straße darauf zu. Letzter rötlicher Schimmer im Westen; auf *Poor Island* gingen schon die Lichter an.

«Aber dass er wegen so was –» Bryan schüttelte müde den Kopf.

«Hm?», machte es von der Seite.

«Die Flucht ergreift», vollendete Bryan. «Einen Detective verwundet – das verstehe ich nicht.»

Sie ließen zwei Kurven hinter sich, bis O'Sullivans Grabesstimme wieder ertönte. «Hat mit Stolz zu tun.»

«Stolz?» Bryan passierte das Touristenschild – *Willkommen im größten Weißfischhafen Westeuropas!*

«So was zugeben zu müssen.» O'Sullivan stieß kurz auf. «So eine schäbige Geschichte. Er, der angesehene Bauer, lässt eine Kupplerin zu sich kommen, die ihm die minderjährige Tochter verkauft.» Er schüttelte den Kopf. «Da hat Freddie lieber in Kauf genommen, für einen raffinierten Mörder gehalten zu werden.» Der Sergeant seufzte.

«Dass er dir die Namen *anderer Freier* von Alice genannt hat, war erfunden, oder?» Noch zwei Häuserblocks bis zum Revier.

«Na klar», antwortete O'Sullivan ohne Kommentar.

Bryan hielt.

«Ich könnte jetzt einfach hier sitzen bleiben und schlafen», sagte der Dicke.

«Und wenn ich einen Whiskey ausgebe?»

«Whiskey?» Die schweren Lider hoben sich.

«Steht deine Flasche mit dem Achtjährigen noch hinter dem Aktenordner?»

«Ich hau dir gleich auf die Nase», murrte O'Sullivan und hievte sich aus dem Wagen. Sie gingen hinein.

## 30

## Scheitan

Am nächsten Morgen stand Bryan um fünf Uhr auf. Nahm wenig Rücksicht auf Tante Gwendolines Schlaf, wusch sich flüchtig, zog Zivil an und war um halb sechs aus dem Haus. Die Sonne hatte sich noch nicht über der Bay erhoben. Man sollte den Tag öfter um diese Zeit erleben, dachte Bryan. Ging schneller, bis er die Senke, die maroden Häuser erreichte. Schwang sich über Globsters Gartenzaun, umrundete das Haus und betrat den Eselsstall.

«Guten Morgen, meine Schöne.» Bryan umarmte Adelaide. Die Stute ließ den Kopf so heftig auf seine Schulter sinken, dass er in die Knie ging.

«Bist du ein bisschen einsam hier?» Er blickte in das große Auge. «Von jetzt an sehen wir uns regelmäßig.»

Die Ohren standen, unruhig klopfte sie mit dem Vorderhuf.

«Du willst raus? Du sollst raus», sagte Bryan. Hob Sattel und Decke von der Wand, legte beides vorsichtig auf, als wollte er prüfen, ob Adelaide sich an das Gefühl noch erinnerte. Kaum hatte das Innenleder ihr Rückgrat berührt, wurde sie ruhig, erwartungsvoll. Hielt still, während Bryan die Steigbügel hochlegte, die Bauchgurte festzog. Sie hatte die Beißstange nie gemocht, doch als er ihr das Zaumzeug überstreifte und den Metallbügel zwischen die Zähne schob, ließ sie es widerstandslos geschehen. Malmte auf der Stange, während er die Ösen am Hinterkopf schloss.

«Alles wie früher», tätschelte er ihre Stirn. Sie schnaubte.

Er öffnete das Gatter, von selbst kam sie aus dem Geviert, ließ sich den Zügel überwerfen.

«Schauen wir mal, ob wir's noch können.» Er stellte den Fuß in den Bügel, schwang sich hoch und saß. Der glücklichste Moment seit langem. Auf leichten Druck seines Beckens ging sie im Schritt zum Ende der Weide. Bryan bediente das Kippgatter, sie waren auf freiem Feld.

«Wollen wir's langsam angehen lassen?» Er beugte sich über den Pferdehals, seine rechte Ferse berührte ihre Weiche. Als habe sie nur auf das Signal gewartet, preschte Adelaide los, fiel in gestreckten Galopp. Nach einem Moment der Unsicherheit fühlte Bryan sich vollkommen frei. Er ließ ihr die Zügel, presste die Schenkel in ihre Seiten, nahm den Rhythmus auf. Weide- und Brachland, kein Mensch zu sehen. Sie überquerten das Feld, setzten über einen Weg, erreichten sumpfige Wiesen. Trotz tieferen Bodens wurde Adelaide nicht langsamer.

«Jiiiih, jiiih!», machte Bryan und lachte aus vollem Hals. Er gab dem Pferd kein Ziel, ließ es rennen. Dort zog sich ein ginsterbewachsener Hügel hoch, dazwischen ein vergessener Viehweg. Adelaide fand den Eingang, preschte den Hang hinauf. Sie schnaufte, wurde langsamer; Bryan spürte, sie wollte die Anhöhe noch im Galopp erreichen. Er machte sich leicht, trieb mit dem Becken. Sie kamen auf eine Lichtung. Adelaide fiel in Schritt.

«Sehr brav.» Er griff in die Mähne, streichelte sie. Ließ sie den düsteren Weg auf der anderen Seite abwärts gehen. Hatte keine Orientierung mehr, wo er sich befand. Bryan ritt im Schritt, im Trab, eine ganze Weile lang. Der Ginster lichtete sich, er glaubte die Gegend zu kennen. Noch anderthalb Stunden bis Dienstbeginn.

Knackende Äste, das Rascheln von Laub, Schritte; Bryan hielt, drehte Adelaide im Kreis. Da schob sich, nicht weit entfernt, ein falber Pferdekopf aus dem Dickicht.

«Was machen Sie hier?» Eine Frauenstimme.

Bryan versuchte Adelaide in die Richtung zu drehen, doch sie scheute.

«Morgen», rief er, während er mit Zügel und Hacken versuchte, sein Pferd zu beruhigen. Adelaide taumelte rückwärts, warf den Kopf hoch, sträubte sich gegen jeden Befehl.

Pferd und Frau tauchten vollends aus dem Ginster auf.

«*Sie?*», sagte Anna-Sophia de Winter.

«Ha!», machte Bryan. Adelaide tänzelte immer noch. «Kooomm», rief er beruhigend. «Ist das ein Hengst?», sagte Bryan mit verdrehtem Hals. Ross und Reiterin waren in seinem Rücken.

«Natürlich ist Scheitan ein Hengst.»

«Scheitan?» Die Stute machte einen Seitwärtssprung. «Dann wundert mich nicht, dass Adelaide ...» Endlich stand das Pferd. «... sich so benimmt.»

«Die habe ich noch nie hier gesehen.» Anna-Sophia trieb den Hengst näher, hielt die Zügel kurz.

«Das ist Adelaide.»

«Dass *Sie* reiten, hätte ich nicht gedacht.»

«Adelaide ist vorgestern erst hier angekommen.»

«Was wollen Sie?» Hoch aufgerichtet saß sie im Sattel.

«*Wollen?*» Er drehte Adelaide über die Hinterbeine, um der Reiterin gegenüberzustehen. «Ich reite aus, das sehen Sie doch.»

Sie stemmte die Fäuste auf den Sattelknauf. «Zu Ihrem Vergnügen reiten Sie doch nicht ausgerechnet *hierher*.»

«Wo sind wir denn?» Er sah sich um. Undurchdringlicher Ginster.

«Noch zwei Kilometer, und Sie erreichen Harolds Gartenhaus.» Sie zeigte in die Sonnenrichtung. «Diesen *Zufall* soll ich Ihnen glauben?»

«*Das hier* gehört schon zu Holbound Manors?» Er sah sie überrascht an. «Ich habe scheinbar die Richtung verloren ...» Wieso rechtfertigte er sich denn vor ihr? «Ich trenne grundsätzlich Privates und Dienstliches», antwortete er fest.

«Und jetzt – sind Sie gerade *privat?*» Sie lächelte, was ihn unter anderen Umständen gefreut hätte. Jetzt wirkte es von oben herab.

«Das ist also *Scheitan*», wechselte Bryan das Thema. «Von dem habe ich einiges gehört.»

«Er wird alt. Seine Nachkommenschaft geht in die Hunderte.» Sie ließ den Hengst rückstellen. «Schön, Sergeant, dann will ich Sie in Ihrem *Privatleben* nicht weiter stören.»

«Ich weiß ehrlich gestanden nicht, wie ich aus dem Urwald wieder herauskomme.»

«In Arbograith hat sich schon mancher verlaufen und ist nie wiedergekehrt.» Ihr Lächeln wirkte herzlicher.

«Helfen Sie mir?»

«Nur wenn Sie an mir dranbleiben.»

Sie gab dem Hengst die Sporen, dass er über die Lichtung setzte, nach Westen. Bryan spürte einen feurigen Stich in der Magengegend. Er hieb die Fersen in Adelaides Flanke. Tief beugte er sich über den Pferdehals. Zweige und Gespinst dicht um ihn. Kaum war der Pfad zu erkennen, den Anna-Sophia nahm. Ein Anhöhe noch, dann senkte es sich steil ins Tal. Als sie die Sohle erreichten, war der Wald überwunden. Bryan ließ Adelaide im Galopp schießen. Trockenes Wiesenland, verbrannt, ein ungewöhnliches Bild für die Gegend.

Er sah das Hindernis spät. Eine Steinmauer als Einfriedung der Weide, kaum mehr als einen Meter hoch. Anna-Sophia drehte sich um, erkannte, dass Bryan dicht aufschloss. Sie befeuerte Scheitan, trieb ihn an.

Noch konnte Bryan Adelaide in den Zügel nehmen. Er war zwei Jahre lang nicht geritten; beim ersten Mal machte man keine Experimente. Adelaide spürte seine Unsicherheit, warf den Kopf hoch. Sie wurde nicht langsamer. Bryan beobachtete, wie Scheitan, keine zwanzig Meter entfernt, in prächtigem Sprung über die Mauer setzte. Einen Moment wurde die Reiterin in die Luft geworfen, aufkommend hatte sie das Tier schon im Griff, verschwand hinter dem Abhang.

Bryan war kein Meister im Hochziehen, wusste nicht, ob er es noch draufhatte. Adelaide aber *wollte* über die Mauer. Bevor Bryan die Entscheidung getroffen hatte, holte sie in Riesensprüngen aus. Zu schnell, dachte er; sie erwischt die richtige Stelle nicht. Er wollte parieren, Adelaide reagierte nicht mehr. Bevor er sichs versah, gingen sie in die Luft. Momentelang schwebte Bryan, unter ihm huschte die Mauer durch. Seine Stute kam auf, er wurde über den Sattel geschleudert, wäre gestürzt, hätte er nicht in die Mähne gegriffen. Stemmte sich ab, presste sich in den Sattel zurück, ließ das Pferd ein Stück galoppieren und brachte es, scheinbar mühelos, neben Anna-Sophia zum Stehen.

«Sagen Sie bloß nicht, das gehört auch noch zum De-Winter-Besitz.» Er versuchte, sich seine Atemlosigkeit nicht anmerken zu lassen.

«Nein. Wir sind auf neutralem Boden.» Sie musterte ihn. «Allerhand für eine Stute.»

«Wieso?» Bryan streichelte Adelaide.

«Scheitan ist einen Kopf länger.»

Jetzt erst bemerkte Bryan, dass der Hengst ein Riese war. Ein alternder Riese; das Tier keuchte, die Augen wässerten.

«Danke, dass Sie mich geführt haben», sagte er.

«Wann wird Harold freigelassen?»

«Wir sollten nicht über den Fall sprechen.» Ach verdammt, warum schenkte er ihr nicht reinen Wein ein? «Der Richter trifft die Kautionsentscheidung heute», sagte Bryan. «Wahrscheinlich ist Ihr Onkel abends daheim.»

«Er hat es nicht getan.»

«Ich würde Ihnen gerne glauben.» Er dirigierte Adelaide näher.

«Ethelred zu töten ist eine *sinnlose* Tat», sagte sie ernst. «Er war hoch verschuldet. Renata und er wussten buchstäblich nicht, wie es weitergehen sollte. Wozu soll man einen *armen* Baronet umbringen?»

«Es gibt andere Gründe als Geld.»

Plötzlich lachte sie. «Dabei ist es verrückt.» Zog die Reithandschuhe aus. «Theldas Aktien steigen immer noch!»

«Ich verstehe nicht.»

Offen sah Anna-Sophia ihn an. «Sie hat diese *Wertpapiere* von irgendeinem Anlageberater empfohlen bekommen. Was wusste Thelda schon von *Aktien*? Kaufte eine Menge davon. Nutzloses Papier, stellte sich bald heraus. Man hatte sie geneppt. Von nun an wollte sie die Finger davon lassen. Ich war froh, ihrem Tipp nicht gefolgt zu sein und auch *Arcax* gekauft zu haben.»

«*Arcax?*» Bei Bryan meldete sich eine ferne Erinnerung.

«Thelda schämte sich so sehr für ihren Missgriff, dass sie nicht einmal Charles davon erzählte», schüttelte Anna-Sophia den Kopf.

Scheitan machte einen Ruck, Adelaide erschrak. Am Zügel zerrend fragte Bryan: «Was wurde mit den *Arcax*-Aktien?»

«Was genau, weiß ich nicht. Übernahme, Fusion, irgend so was Japanisches. Seitdem ist *Arcax* auf Höhenflug. Ich hätte meine Spargroschen da besser reinstecken sollen.»

Anna-Sophia wollte losreiten; Bryan griff in ihren Zügel.

«Heißt das, Thelda Hogarth hatte Geld?!»

Erstaunt musterte sie Bryans Hand auf dem Sattelknauf. «Wenn sie verkauft hätte, bestimmt.»

«Wer wusste sonst noch davon?»

«Niemand wahrscheinlich. Thelda starb, als der Boom gerade einsetzte. Ich weiß nicht, ob sie es noch jemandem erzählen konnte.»

Bryan zog die Hand zurück. «Haben *Sie* es weitererzählt, Miss de Winter?»

Sie schwieg kurz. «Nein.»

«Wo sind diese Aktien? Wo hat Thelda sie aufbewahrt?»

«Keine Ahnung.»

«Auf einer Bank möglicherweise?»

«Vielleicht, oder in ihrem Sekretär. Es gibt hundert Plätze ...»

«Sekretär?» Bryan riss an Adelaides Zügel, damit sie ruhig stand.

«Der Chippendale?»

«Sie kennen ihn?»

«Im Erkerzimmer?»

«Ja», antwortete sie überrascht. «Das Erkerzimmer war Theldas Raum. Meistens arbeitete sie dort.»

«Wer erbt Ihrer Meinung nach diese Aktien?»

«Ich weiß nicht, ob Thelda in ihrem Alter ein Testament gemacht hat.» Anna-Sophia sah nach dem Sonnenstand. Bryan folgte ihrem Blick. Schaute auf die Uhr. Noch dreißig Minuten bis Dienstbeginn.

«Ich muss weiter.» Er fuhr mit der Hand dorthin, wo sonst seine Mütze saß.

«Können wir Harry heute Abend also erwarten?», fragte sie, während Bryan das Pferd wendete.

«Wie gesagt, Entscheidung des Richters … Auf Wiedersehen.»

Er preschte über die Weide davon. Vor ihm lag Castlebere.

## 31

## Trivial Pursuit

O'Sullivan ging im Besprechungszimmer auf und ab. Der Morgen sah ihn kühl und frisch, die Haarreste sauber frisiert.

«Die Antiquität!», sagte Bryan. «Der Schrank, an dem Harold sich zu schaffen machte, als wir ihn verhaftet haben. Dort liegt etwas, das er haben wollte! Und wir wissen jetzt, *was*!»

Der Dicke musterte Bryan, der immer noch in Zivil war. Schweißflecken an der Innenseite der Hose, staubiges Schuhwerk, sein Hemd stand offen.

«Aber wenn es ihm um diese Papiere ging, wieso hat er dann *Ethelred* umgebracht?», fragte O'Sullivan. «Und nicht Thelda?»

«Weißt du noch, deine Theorie?» Bryan schlug sich auf die Schenkel. «Dass Harold und Charles Hogarth gemeinsam ...»

«Alles sieht nach Unfall aus», schüttelte O'Sullivan den Kopf. «Es gibt keinen einzigen Hinweis auf Doppelmord. Was du da konstruierst ...»

Gardai Meers kam mit der Liste herein. «Ich hab so was noch nie abgerufen», sagte er und legte die Papiere auf den Tisch. «*Arcax* ist wirklich gestiegen, sprunghaft sogar. Und steigt weiter. Ist jetzt bei ...» Er suchte in den Zahlenkolonnen.

O'Sullivan beugte sich über ihn, stieß einen Pfiff aus. «Dreihundert Prozent vom alten Wert.»

«Ist das viel?», fragte Bryan.

«Unglaublich viel», antwortete O'Sullivan, der mit den Jahren ein Häuschen im Grünen durch vorsichtigen Wertpapierhandel erwirtschaftet hatte. «Für so etwas brauchst du Insiderwissen, musst dich ständig damit beschäftigen. Ist Harold der Typ, der sich mit Aktien auskennt?»

«Harold de Winter hat uns schon alle möglichen *Typen* vorgespielt», erwiderte Bryan. «Den menschenscheuen Poeten, den Todesphilosophen, den Familienmenschen, der seinen Bruder vor einer Dummheit bewahren will.» Bryan warf die Arme hoch. «Mich würde nicht wundern, wenn er auch noch ein Börsenhai wäre!»

«Auf den bist du ja richtig scharf», brummte O'Sullivan.

«Ich will lediglich den Mörder stellen!» Bryan nahm die Liste. «Bevor der NBCI-Schnösel wieder auftaucht und alles besser weiß! Bis wann rechnest du mit der richterlichen Entscheidung?»

«Nicht vor Nachmittag», sagte O'Sullivan.

«Also kriegt Mister Stritch die Kautionsentscheidung auch nicht früher. Danach muss er erst das Geld auftreiben.»

«Eine Kanzlei wie Stritchs hat ein Konto für so was.»

«Mir bleiben immerhin ein paar Stunden.» Bryan nahm die Reithandschuhe vom Tisch. Legte sie wieder hin.

«Ich muss O'Kinnegal sprechen.»

«Wozu?»

«Vielleicht weiß er etwas, von dem er gar nicht weiß, dass er's weiß.»

Es ging auf Mittag, als Bryan wieder unterwegs war. Er fuhr zur Unfallstelle, parkte am Wegrand, breitete die Karte auf der Kühlerhaube aus und machte einen Kringel um jedes Haus oder Gehöft, das im Umkreis eingezeichnet war. Katen, die zum Teil unbewohnt waren; andere hatte man zu Ferienhäusern umgebaut. Die Villa eines Notars. Zwei kleine Höfe, die zwischen dem O'Kinnegal-Anwesen und den de Winters lagen. Bryan legte die Route fest und fuhr von Haus zu Haus.

Die Bauern waren auf den Feldern, nur Frauen und Kinder zu Hause. Er stellte seine Frage: Wer hatte den Tränkewagen bewegt? Dass eine durstige Kuh der Auslöser gewesen sein sollte, glaubte Bryan nicht mehr.

Die Leute waren hilfsbereit, doch nicht hilfreich. Sie hatten geschlafen, nichts beobachtet oder gehört. Bryan führte ein unterhaltsames Gespräch mit dem Notar, das aber auch kein Ergebnis brachte. Mit schwindender Hoffnung klapperte er die Ferienhäuser ab. Bei zweien waren die Mieter ausgeflogen, im dritten saß ein altes Ehepaar aus Luxemburg; beide hörten so schlecht, dass Bryan die Befragung schreiend führen musste. Als er sich verabschiedete, sagte der Luxemburger: «Fragen Sie die Amerikaner. Die sind immer dort langgefahren.» Als der Luxemburger den Mietwagen beschrieb, Van, silbermetallic, wusste Bryan Bescheid. Die schwergewichtige US-Familie.

«Welches Haus haben die gemietet?», sagte er laut und bewegte die Lippen überdeutlich.

Der Luxemburger beschrieb ihm den Weg.

Das Haus lag hinter dem Hügel. Doch wenn man sich die ginsterbewachsene Kuppe wegdachte, stand es auf genauer Linie zwischen dem Unfallort und O'Kinnegals Weide. Als Bryan hielt, kam die dicke Amerikanerin gerade mit einem Koffer aus der Tür.

«Hi, Officer.» Obwohl er Zivil trug, erkannte sie ihn wieder. «Kommen Sie, uns zu verabschieden?»

Ihr Mann trat mit Golftasche dazu. «Freundlich sind die Iren, das muss man sagen.»

«Sie … reisen ab?»

«Wir müssen noch den Schlüssel abgeben», nickte er. «Dann nach Cork. Der Flieger wartet nicht.»

Bryan verlor keine Sekunde. «Mister und Mrs. –»

«Ballister», antwortete der Amerikaner. «Wir sind die Ballisters aus Albany.»

«Aha. Mister Ballister –»

«Waren Sie mal in der Gegend um Albany?»

Bryan hätte normalerweise geantwortet, dass er bedaure, noch nie in den Staaten gewesen zu sein. «Ich brauche eine Information», sagte er stattdessen. «Über die Nacht von vergangenem Mittwoch auf Donnerstag.»

«Ach, Sie *ermitteln?*», sagte Mr. Ballister neugierig; seine Frau kicherte. «Okay.» Er stellte sich breitbeinig hin, die Golftasche wie ein Gewehr auf dem Arm. «Sagen Sie, was Sie wissen wollen.»

«Äh – das habe ich schon. Ist Ihnen in der Nacht ...»

«Mitt – woch – auf – Don – ners – tag.» Mrs. Ballister legte den dicken Finger auf die Lippen und gab sich den Anschein des Nachdenkens.

«Genau. Ist Ihnen da etwas Ungewöhnliches aufgefallen?»

*«Ungewöhnlich?»*, zwinkerte Mister Ballister. «Schreie in der Nacht, eine Verfolgungsjagd, unheimliche Schattenlichter?»

«Etwas Banales vielleicht», sagte Bryan nüchtern. «Eine Bewegung in der Dunkelheit, Lärm möglicherweise. Hier draußen ist es nachts doch vollkommen ruhig.»

«Himmlisch ruhig», verdrehte Mrs. Ballister die Augen.

«Zu ruhig für meinen Geschmack.» Er stellte die Golftasche ab.

«Und in *dieser* Nacht ...?», half Bryan ihnen wieder auf die Sprünge.

«Nein», sagte sie.

«Nein», sagte er zu ihr. «Oder?»

«Nein.»

«Mittwoch auf Donnerstag?», kam eine quäkende Stimme aus dem Haus.

«Hörst du, Darling? Die Polizei fragt nach einem Vorfall in der Nacht auf Donnerstag!», rief Mrs. Ballister nach hinten.

«Das *war* doch Mittwoch auf Donnerstag!», rief die quäkende Stimme.

«Was denn, Darling?», fragte Mrs. Ballister.

«Wisst ihr's nicht mehr –» Die junge Ballister trat aus der Tür. Ihre beängstigend dicken Schenkel steckten in knallengen Shorts. «Wo wir noch gelacht haben, dass die Bauern so früh aufstehen, dass sie gar nicht ins Bett gehen bräuchten.» Sie lachte laut, um den Eltern die Situation ins Gedächtnis zu rufen.

«Richtig!»

«Stimmt!» Mrs. Ballister nahm ihre Tochter in den Arm.

«Was bedeutet das?» Bryan zog den Block aus der Brusttasche.

«Wie Phiona schon sagte», übernahm Mr. Ballister. «Wir hatten *Trivial Pursuit* gespielt, dabei ist es ziemlich spät geworden.»

«Nach zwei», assistierte Mrs. Ballister.

«Weil wir das *neue* Trivial haben; das, wo es um Stars und bekannte Leute geht.»

«Aha. Weiter?»

«Und als wir endlich zu Bett gingen –»

«Es war halb drei, Mom», sagte Phiona.

«Bevor wir also zu Bett wollten, schau ich nochmal raus, ob es vielleicht schon hell wird», vervollständigte Mr. Ballister.

«Nie und nimmer um halb drei, Darling.» Den einen Arm um Phiona gelegt, umarmte Mrs. Ballister mit dem anderen ihren Mann. «Nicht im August. Da werden die Tage schon kürzer.»

«Und dann?», trieb Bryan zur Eile.

«Es war kein Vollmond», fuhr Ballister fort. «Aber auch nicht Neumond. Es war eine sternklare Nacht, und man sah alles überraschend genau.» Die Familiengruppe nickte. «So hell war es, dass die Gegenstände Schatten warfen.»

«Und da machten Sie eine Beobachtung?» Bryan ermüdete das Verhör.

«Wir alle drei», sagte Phiona.

«Wir standen auf der Veranda und sahen, wie jemand arbeitete.»

Bryan schwieg; der Bleistift schwebte über dem Papier.

«Mitten in der Nacht», setzte Ballister nach, um Bryan eine Reaktion zu entlocken.

«Und?», ermunterte der Sergeant.

«Da hat einer – ja was war das?», grübelte der Amerikaner.

«Er hat einen Wagen gezogen», bestätigte Mrs. Ballister.

«Einen Wagen?»

«Nein, das stimmt nicht; das war was Längliches, eher wie ein Benzinwagen, verstehen Sie, nur kleiner.»

Ein Zittern ging durchs Bryans Hand. «So eine Art *Tankwagen?*»

«Stimmt genau!», lachten die Ballisters.

«Den hat also jemand *gezogen?*»

Bryan wusste von O'Kinnegal, dass selbst ein kräftiger Mann einen Tränkewagen nicht ins Rollen brachte, wenn er gefüllt war. In jener Nacht war der Wagen fast leer gewesen; O'Kinnegal hatte ihn zum Befüllen an die Grundgrenze gestellt. Doch selbst einen leeren Tränkewagen konnte man bestenfalls auf ebener Strecke mit Körperkraft bewegen.

«Sie haben gesehen, wie eine einzelne Person diesen Gegenstand zog?», fragte er.

«Richtig.»

«Waren es nicht vielleicht *zwei?*»

«Nein, o nein», widersprach Ballister. «Ich habe ihn ganz genau gesehen.»

«Wie genau?», setzte Bryan nach.

«Genau genug, um Ihnen zu sagen, dass es ein Mann war. Ein Mann mit dunklem Haar.»

Eine Wolke der Befriedigung stieg in Bryan auf. Ein Mann mit dunklem, schulterlangem Haar. «Hatte der Mann einen Bart?», fragte er zur Sicherheit.

«Stimmt genau», sagte Ballister.

«Ach nein, Darling, das war kein Bart.»

«Er *hatte* einen Bart!», beharrte das Familienoberhaupt.

«Das war bestenfalls ein Bärtchen», widersprach sie sanft.

«Bart ist Bart», beharrte Ballister.

«Wie du meinst», gab sie nach. Wandte sich zu Bryan. «Ein gestutzter Oberlippenbart, wissen Sie, so wie ihn die Engländer in den alten Filmen tragen.»

«Oberlippenbart?» Bryan glaubte, sich verhört zu haben. «Es muss aber ein Vollbart sein.»

«Nein, nein. – Es war dunkel, aber ...» Mrs. Ballister gab sich alle Mühe. «Nein, ich bin sicher», sagte sie nach eingehender Überlegung.

«Der Mann hatte kurz geschnittenes dunkles Haar und ein Bärtchen wie Laurence Olivier in dem Film ... äh –»

«Er war nicht besonders groß», sprang Phiona ein.

«Richtig.» Jetzt der Vater. «Wir wunderten uns noch, dass er den Wagen allein ziehen konnte.»

«In dem Film *Rebecca!*», rief die Mutter stolz.

Bryan wurde einen Moment lang schlecht. «Sind Sie ganz sicher?»

«Na, hören Sie, wir waren zu dritt», sagten die Ballisters.

«Wohin zog der Mann den Wagen?»

«Tja, das –» Sie sahen einander an. «Wisst ihr das noch?»

Die weiblichen Ballisters schüttelten die Köpfe.

«Es war ja nicht so besonders aufregend», sagte Ballister. «Wir sind dann wieder reingegangen.»

«Haben Sie sich keine Gedanken gemacht, was der Mann um diese Zeit wollte?», fragte Bryan.

«Wir sind in Irland, Officer», lächelte Mrs. Ballister. «Da machen die Leute Sachen, dafür würdest du in Albany eingesperrt werden.» Die Familie gab ihr lachend Recht.

«Am nächsten Tag hat es einen schweren Unfall gegeben», unterbrach Bryan. «In unmittelbarer Nähe.»

«Am nächsten Tag sind wir ganz früh nach Kerry aufgebrochen», sagte er.

«Wunderbar», schwärmte sie. «Diese Farben!»

«Aber Sie müssten von dem Unfall in den Nachrichten gehört haben», ließ Bryan nicht locker.

«Wir haben es uns zur Gewohnheit gemacht, im Urlaub nicht fernzusehen.»

«Leider», sagte Phiona.

«Dir hat es doch auch hier gefallen», sagte die Mutter.

«Wir haben von einem Unfall *gehört*», berichtigte Mr. Ballister. «Beim Fischkaufen. War das hier in der Nähe?»

Während Mutter und Tochter sich darüber unterhielten, dass man in den Hügeln ohnehin keine Chance hätte, CNN zu empfangen, atmete Bryan durch. Er schluckte. Sah sein Gebäude zusammenbrechen – und ein neues erstehen.

«Mister und Mrs. Ballister, ich fürchte, Sie können heute noch nicht abreisen», unterbrach er die TV-Diskussion.

«Ha!», machte der Mann aus Albany. «Und warum das?»

«Weil ich Sie zu einer Gegenüberstellung bitten muss. Es geht um die Ermittlung in einem Kapitalverbrechen.»

«Wir werden in Albany erwartet», sagte Mrs. Ballister. «Gloria kann nur noch bis morgen auf die Katze schauen. Und die Blumen …»

«Die irische Polizei übernimmt die Ihnen entstehenden Kosten», setzte Bryan hinzu. Ihm war kein entsprechender Fall bekannt, doch es kümmerte ihn nicht. «Am besten, Sie kommen gleich mit.»

«Der Flug, der Mietwagen … Das ist in höchstem Maße ungewöhnlich», sagte das Familienoberhaupt.

«Das ist es, Sir», nickte Bryan.

## 32

## Luft zu Wasser

«Hogarth kommt aus dem Norden.» Bryan saß O'Sullivan gegenüber. Draußen im Wachzimmer gaben die Ballisters ihre Personalien an. «Nach Theldas Tod sieht er keinen Grund mehr, zu bleiben, hat er mir gesagt. Ich schwöre dir, sobald er die Aktien hat, haut er ab!»

O'Sullivan nahm den Kopf zwischen die Hände. «Das ... passt alles nicht zusammen», sagte er stoßweise.

«Wieso weigerst du dich, es zu *sehen?*» Bryan beugte sich zum Dicken. «Harold und Charles stecken unter einer Decke, und den Aktiengewinn teilen sie sich!»

«Nein!» O'Sullivan stand auf. «Du brauchst Ethelred nicht zu töten, um an die Aktien zu kommen!»

«Und warum hat Harold sich an Theldas Sekretär zu schaffen gemacht? Kaum aus der Klinik entlassen, geht er *ausgerechnet* dorthin.»

«Er kann etwas anderes gesucht haben.»

«Was denn? Briefpapier?!»

«Immer langsam. Deine Amerikaner haben jemand gesehen, der *vielleicht* so aussah wie Hogarth.»

«Hör doch auf! In der Nacht vor der Tat platziert ein Mann mit Schnauzbart ein Hindernis. Und am nächsten Tag rast ein Mann mit Schnauz darauf zu und steuert den Wagen mit der Beifahrerseite in die Scheune! Thelda ist tot, und seine schwere Verletzung lässt ihn unschuldig erscheinen.»

«So *tötet* doch niemand!», entgegnete O'Sullivan.

«Es ist doch perfekt!» Bryan sprang auf. «Hogarth hat rausgekriegt, dass seine Frau *Arcax*-Papiere besitzt. Vielleicht hat sie es ihm selbst gesagt, aus Freude, als die Aktien stiegen. Charles hat plötzlich ein Vermögen vor Augen. Ein Vermögen, an das er aber nicht rankommt! Denn da ist das verdammte Familiengut, an dem das Herz seiner Frau hängt. Thelda, die jetzt die Chance sieht, ihrem Vater unter die Arme zu greifen und Holbound Manors zu sanieren. All das schöne Geld wird in den maroden Besitz gesteckt! Kannst du dir nicht vorstellen, dass Charles das verrückt gemacht haben muss? Er heiratet eine Gutsbesitzerin, doch die entpuppt sich als hoch verschuldet. Als sie durch Zufall zu Geld kommt, hat er wieder das Nachsehen! Ist das nicht Grund genug, einen raffinierten Mord zu begehen? Einen Mord, der wie ein Unfall aussehen sollte!»

Bryan hatte sich in Saft geredet, er war außer sich. Aber machte das seine Schlussfolgerung weniger glaubhaft? Je genauer er sie beschrieb, desto einleuchtender kam sie ihm vor.

«Wie Harold in die Sache verstrickt ist, müssen wir noch klären», fuhr er fort. «Doch ich bin überzeugt, Charles Hogarth hat seine Frau umgebracht.»

Als O'Sullivan nicht antwortete, ging Bryan auf ihn zu. «Machen wir jetzt die Gegenüberstellung?»

Nach ein paar Sekunden sagte der dicke Sergeant: «Ich wollte, der Chef wäre da.»

Das gab Bryan einen Stich. Er reagierte gelassen. «Du kannst Caughan ja besuchen, wenn du willst. Bring ihm Blumen mit und richte ihm von mir aus, wir haben den Fall bald gelöst.»

«Sollten wir nicht wenigstens das NBCI verständigen?»

«Ich hole jetzt Charles Hogarth», antwortete Bryan.

Als er losfuhr, tat sich etwas am Himmel. Wolken brauten sich zusammen. Leute auf der Straße blickten hoffnungsvoll auf. Ein Mann auf seinem Balkon stellte die Topfpflanzen ins Freie. Die Bauern beobachteten das Schauspiel; die Felder brauchten dringend Wasser. Die Leute auf den Kuttern und Frachtern, den Fangschiffen betrachteten die Wolken ebenfalls. Ob es schwere See geben würde?

Bryan reckte den Kopf hinter der Windschutzscheibe nach oben. Es wurde schwarzblau, als ob die Welt unterginge. Dann kam es schwefelgelb hinter den Hügeln hervor. Der erste Donnerschlag war so laut, dass Bryan hinterm Steuer zusammenfuhr. Gab es waagrechte Blitze? Dort war eben einer langgezuckt. Er hoffte, Holbound Manors vor dem Gewitter zu erreichen. Kam in die Hügel von Arbograith. So viele Blitze hintereinander hatte Bryan noch nie gesehen. Als das Donnerkonzert ohrenbetäubend wurde, wünschte er, er hätte das Unwetter in Castlebere abgewartet.

Mit einem Mal ging die Regenwand nieder. Kein Tröpfeln, erstes Anregnen – nein, als ob die Luft zu Wasser würde. Bryan fuhr durch eine unterseeische Landschaft. Die Scheibenwischer wurden nutzlos; er fuhr Schritttempo und sah trotzdem nichts. Hatte er die Straßengabelung schon erreicht? Mit einer Hand wischte er die beschlagene Scheibe frei. Donner und Blitz, das alte Herrenhaus, Gewittersturm, der einsame Polizist. Wie im schlechten Horrorfilm, dachte Bryan. Er lachte laut, doch im Inferno war nichts zu hören. Fuhr an der linken Straßenbegrenzung entlang, orientierte sich an den Pfählen mit den Katzenaugen. Wäre jetzt etwas entgegengekommen, keiner hätte ausweichen können. Er kroch die gewundene Auffahrt hoch und hielt vor dem Seitenportal. Steigst du jetzt aus, bist du klitschnass, bevor du auch nur die Tür erreichst. Sonst lag auf dem Rücksitz Inspector Caughans Regenschirm; Bryan tastete danach, nichts. Du bist nicht hergekommen, um im Auto zu bleiben. Donnerschlag. Bryan drückte die Mütze tief in die Stirn, stellte den Kragen auf und öffnete die Tür.

Als der Butler ihn einließ, war Bryan durchgeweicht bis auf die Unterwäsche. Auf knatschenden Schuhen folgte er dem anderen in den Salon. Niemand im Raum. Im mannshohen Kamin brannte ein Feuer. Während der Butler im Korridor verschwand, schüttelte Bryan seine Jacke aus. Spürte Zugluft – schlechter Zeitpunkt, sich eine Erkältung zu holen. Er bewegte die Zehen in den saftigen Socken.

Auf die Krücke gestützt, betrat Charles Hogarth den Salon. «Früher als gedacht, Sergeant.» Er humpelte zum nächsten Sessel. «Wie kann ich helfen?»

«Tee, Sir?», fragte der Butler.

«Danke nein. Oder wollen Sie?» Charles machte eine einladende Geste.

Schluss mit dem Herrenhaus-Getue, dachte Bryan. «Mister Hogarth, es gibt ein paar letzte Fragen zum Unfallhergang. Ich bitte Sie, mich noch einmal aufs Revier zu begleiten.»

Charles suchte eine schmerzfreie Position zum Sitzen. «Ich habe Ihrem Kollegen wirklich über alles Auskunft gegeben», sagte er mit treuherziger Miene.

«Natürlich, Sir. Nur ein paar Kleinigkeiten. Dauert keine halbe Stunde.» Bryan spürte das angenehme Feuer im Rücken. «Ich bringe Sie dann wieder zurück.»

«Sie sehen doch, dass ich noch nicht gesund bin.»

«Ich entschuldige mich auch für die Unannehmlichkeit, aber wir wollen den Fall jetzt abschließen.»

«Stellen Sie Ihre Fragen doch einfach hier.» Der andere blieb vollkommen höflich.

«Wir brauchen Ihre Unterschrift, Sir.»

Hogarth nickte, schien zu überlegen. Plötzlich lächelte er. «Wie heißt es? Bei dem Wetter jagt man keinen Hund vor die Tür.»

«Stimmt», schmunzelte Bryan. «Ich würde Sie wirklich nicht bitten, wenn es unsere Arbeit nicht absolut erforderlich machte.»

Ein neugieriger Blick traf ihn. Hatte er zu viel gesagt? Wieder nickte der Kranke. «Dazu muss ich aber –» Hogarth zeigte auf seine Aufmachung, Freizeitanzug und Sandalen.

«Keine Umstände, Sir. In einer knappen Stunde setze ich Sie wieder hier ab.» Bryan machte ein paar Schritte zu ihm, stand jetzt nicht weit vom Erkerzimmer entfernt.

«Wenn es wirklich so *wichtig* ist –» Charles griff zur Krücke und kam hoch. Beide hörten näher kommende Schritte. Anna-Sophia betrat die Halle.

«Schon wieder Sie?» Ihr Ton war barsch, aber Bryan hörte Humor heraus. Sie trug eine dicke Strickjacke, die ihr bis zum Knie reichte.

«Bin gleich wieder weg», versuchte er den leichten Ton.

«Sind Sie gekommen, um Theldas Sekretär zu begutachten?» Ihr Blick verlängerte Bryans Position ins Erkerzimmer. Auf der Schattenseite stand der Chippendale.

Bryan zuckte zusammen. «Wieso sollte ich?», versuchte er Annas verräterische Worte zu überspielen. Warf ganz nebenbei einen Blick auf den Sekretär. «Obwohl es wirklich ein prächtiges Stück ist.»

«Was ist damit?», fragte Charles interessiert. Vorgeneigt stützte er sich auf die Krücke.

Bryan beobachtete ihn genau. «Miss de Winter und ich haben uns bloß vor kurzem über die schöne Einrichtung unterhalten.»

«Der Chippendale ist bei weitem nicht das kostbarste Stück auf Holbound Manors», sagte Charles.

«Für Thelda war er es.» Anna-Sophia wandte sich zu ihm. «Aber das weißt du ja.»

«Natürlich. Das weiß ich.» Er sah Bryan an, dann Anna-Sophia. Dem Erkerzimmer gönnte er keinen Blick.

«Geben Sie mir zehn Minuten, Sergeant», sagte er, zur Tür hinkend. «In meinem Zustand dauert alles etwas länger.»

«Lassen Sie sich Zeit, Sir.»

Hogarth verließ den Salon. Bryan kehrte zum Kamin zurück.

«Sind Sie hergeschwommen?» Anna-Sophia musterte seinen Aufzug. Er lächelte nur.

«Haben Sie schon wieder eine *Spur*?»

«Sie tun, als ob das Ganze eine harmlose Schnitzeljagd wäre», entgegnete er schroff.

Sie rieb die Hände über dem Feuer. «Das wird morgen nichts mit Ausreiten», sagte sie. «Zu morastig.»

Bryan dachte an Adelaide.

«Endlich Abkühlung.» Sie ging ans Fenster.

«Ist Ihre Familie mittlerweile abgereist?», fragte er.

«Die meisten bleiben bis zur Beerdigung. Es wird eine Trauerfeier in *Bernadettes Chapel* geben. Ethelreds Knabenchor soll singen.»

«Eine *offizielle* Feier?» Er stellte sich neben sie; der Regen war schwächer geworden. Bryan hörte das feine Knistern, das ihr Haar auf der Wolle verursachte. Weiter weg wurde ein Motor gestartet.

«Der Chor studiert eine Messe ein», antwortete sie. «Ich glaube, von Gesualdo.» Nebeneinander gingen sie weiter, betraten das Erkerzimmer. Standen vor dem Sekretär. Durch das bergseitige Fenster sah man einen Wagen wegfahren. Er nahm nicht die asphaltierte Straße, sondern den Schotterweg durch die Hügel. Bei dem Wetter kann das nur eine Schlammpiste sein, dachte Bryan. Wer fährt jetzt ausgerechnet hier lang? Es durchzuckte ihn: jemand, der nicht will, dass seine Abfahrt bemerkt wird!

Während Bryan sich von Anna-Sophia verabschiedete, begann er zu rennen.

«Aber ... was denn?», rief sie, an den Chippendale gelehnt.

Er war im Salon, schon im Korridor, die breite Marmortreppe hinunter. Auf den nassen Schuhen rutschte er, fing einen Sturz am Geländer ab. Kriegte das große Tor nicht auf, riss und ruckte, bis er merkte, dass eine kleinere Tür darin eingelassen war. Er rannte ins Freie. Das Wasser schlug ihm wie eine Ohrfeige entgegen. Gegen den Sturm schwankte er zum Toyota. Saß triefend im Wagen. Das Startergeräusch und keine Folge. Bryan drehte den Schlüssel ein zweites, drittes Mal. Weil sie uns keine anständigen Fahrzeuge geben!, fluchte er. Zum Toyota aber sagte er lockend: «Sei brav. Dies eine Mal noch. Ich spendiere dir einen Satz neuer Kerzen.»

Der Toyota nahm das Angebot an. Erleichtert gab Bryan Gas. Fegte über den Vorplatz, dass der Kies prasselte. Nehme ich die Hauptausfahrt, kann ich ihm den Weg abschneiden. Aber vielleicht gibt es unbekannte Abzweigungen von der Schotterstraße. Da lang!, sagte er zu sich.

Es war mehr ein Schwimmen als Fahren. Man konnte nicht sagen, dass er vorwärts kam; die Leistung bestand darin, Hindernissen auszuweichen, gegenzusteuern, wenn der Wagen im Schlamm rutschte. O'Kinnegals Scheune tauchte auf. Der Regen wurde noch stärker. Der Schlammpfad schien endlos. Bryan überlegte. Nach

Castlebere zu fahren brachte dem anderen nichts. Totes Ende, dahinter kamen im Westen die Schafweiden, im Süden der Hafen. Wenn er türmt, muss er auf eine große Straße. Bantry, entschied Bryan. Er hatte keine Hand frei, den Funk zu bedienen. Du musst die B 105 erreichen, hämmerte es in seinem Kopf. Er nimmt bestimmt die B 105.

Endlich die Gabelung. Auf der geteerten Straße schaffte Bryan es, mit einer Hand zu lenken. «Wagen eins an Revier», sagte er ins Mikrofon.

Meers meldete sich.

«Flüchtiges Fahrzeug wahrscheinlich auf der B 105. Nehme Verfolgung auf. Straßenpolizei in Bantry verständigen.» Er gab eine knappe Beschreibung des Autos.

«Verstanden», sagte Meers. «Und die flüchtige Person ist ...?»

Verflucht eng, die Kurve. Bryan ließ das Mikro fallen und trat auf die Bremse.

Fünf Minuten später erreichte er die Hauptstraße. Wenig Verkehr, bei dem Wetter setzte sich keiner ins Auto. Bryan trat das Pedal bis zum Boden durch. Das ist keine Karre, um Rennen zu fahren, sagte ihm die Vernunft. Bryan nahm den Fuß nicht vom Gas. Wenn es eine Gelegenheit gab, das Privileg der Polizei zu nutzen, dann jetzt. Während er an den Felsen entlangraste, tastete seine Hand nach dem Schalter. Über ihm begann es blau zu kreisen, Lichtfetzen wurden in den Regen geworfen. Bryan hasste die Sirene; das eiernde Geräusch machte ihn verrückt. Diesmal war es ein Katapult. Er meinte, noch schneller vorwärts zu jagen. Rechts, links, Kehre, rechts das felsige Meer, links die Schieferplatten, die sich aus dem Grün der Wiesen bohrten.

Bryan überholte zweimal riskant, und endlich sah er ihn. Ein Geländegänger, hoch und schwarz. Damit hat er die Schlammpiste besser gemeistert, dachte der Sergeant. Schaltete einen Gang zurück, raste mit heulendem Motor. Die Distanz wurde kleiner. Wenn mir bloß nicht die Zylinder platzen – dann hab ich dich, spornte Bryan sich an. Der im Schwarzen hatte den Verfolger bemerkt und legte zu. Er wurde kleiner, verschwand um die nächste Kurve. Hat bestimmt doppelt so viele PS, fluchte Bryan. Meine Mühle ist für solche Einsätze nicht gemacht! Verdammte Felsnase. Der Toyota schrammte, Bryan hielt die Spur. Die Steinbrücke war nicht mehr weit. Dort gabelte sich die Straße. Nach Bantry links, auf die Umfahrung rechts. Wenn ich ihn *davor* nicht stelle, hat er gute Chancen ... Bryan schob den Gedanken zur Seite. Sein Motor schrie, er hatte zu schalten vergessen. Der Schwarze war in Sicht, weit vorne. Er schafft es, schafft es, verdammt!

Bryan musste an den Tang denken. Wochenlang hatte er vertrocknet auf der Brücke gelegen. Kein Regen. Vorsicht, Tang, sagte Bryan zu sich. Der Schwarze erreichte die Brückeneinfahrt. War noch nicht auf der Mitte, da drehte er sich. Als ob eine fremde Kraft ihn gepackt hätte. Es riss ihn fort wie ein Kreisel. *Pirouette*, ging es Bryan durch den Kopf. Der Tang! Er stieg auf die Bremse. War keine fünfzig Meter entfernt. Während er versuchte, den Toyota unter Kontrolle zu halten, sah er aus dem Augenwinkel, dass der Schwarze seinen Tanz beendete und die gemauerte Brüstung durchbrach. Das schwere Fahrzeug nahm das Hindernis mühelos mit, stand einen Moment in der Luft, stürzte hinunter auf die nassen Felsen.

Bryan war auf der Brücke. Bremste zu stark, geriet ins Rutschen. Tang, Tang, flüsterte er. Ließ die Bremse los, raste, korrigierte nach links, ein Tipp auf die Bremse, rechts, nur nicht ins Schleudern kommen! Er fuhr auf die Tangschlieren auf, hatte das Tempo so weit gedrosselt, dass er drüberrollte, berührte die Bremse nicht mehr, kam zu der Stelle, wo die Brüstung fehlte, huschte vorbei. Erreichte die andere Seite, bremste schlingernd und stand. Regen auf die dampfende Kühlerhaube.

Bryan stieg aus, spürte die weichen Knie. Im Freien war die Sirene unerträglich. Er beugte sich ins Innere, schaltete ab. Nur das Rauschen des Regens. Über den Felskamm konnte man nach unten gelangen. Verfluchte Schuhe mit glatten Sohlen. Bryan klammerte sich fest, wo es ging, schlitterte, kletterte unter den Brückenbogen.

Der schwarze Wagen lag auf dem Dach, als wollte er sich ausruhen. Er dampfte. Die Vorderräder drehten sich langsam. Bryan brauchte länger als gedacht, um die paar Meter nach unten zu schaffen. Erreichte das Auto am Heck. Zog sich am Blech entlang, spähte durch die Scheiben.

Die Tür der Fahrerseite wirkte unversehrt. Die Windschutzscheibe war in einem Stück herausgesprungen. Bryan beugte sich darüber. Charles Hogarth hing im Gurt, den Kopf nach unten. Die Lenkstange hatte seinen Verband zerfetzt, war ihm in die Brust gedrungen. Daneben hing der geplatzte Airbag. Seine Augen waren offen, aus dem einen sickerte Blut. Selbst in dieser Lage hatte seine Frisur etwas Gepflegtes; durch das Bärtchen schien es, als ob er schmunzelte. Wasser rann sein Gesicht entlang, tropfte aus dem Haar. Auf dem gestürzten Plafond lag eine Ledermappe. Bryan holte einen Latexhandschuh aus der Tasche, hatte wegen der Nässe Schwierigkeiten, ihn überzustülpen. Er nahm die elegante Mappe, öffnete sie. Zog einen Packen Papiere hervor. Ein roter Balken auf grünem Grund; darin stand in schräger Computerschrift *ARCAX Inc.* – und eine Summe. Bryan schob das Papier zurück, bevor es nass wurde.

Du hättest die Ambulanz rufen müssen, durchzuckte es ihn. Wozu?, dachte er mit Blick auf den Toten. Begann den Aufstieg. Kurz bevor er den Toyota erreichte, hörte er die Kollegen aus Bantry kommen. Die Sirenen heulten durch den Regen.

## 33

## Beim Wort genommen

Gut gemacht, Jungs von Castlebere! Ihr erledigt das im Alleingang, Respekt. Damit hatte Bryan gerechnet, als der Superintendent wie ein Gespenst im Revier aufgetaucht war. Was Bryan zu hören bekam, war etwas anderes.

«Sie treiben einen Mann in den Tod, bevor er ein Geständnis abgelegt hat?!», rief der Graumelierte.

Bryan schloss die Tür zu seinem Büro. Trotzdem konnte jeder in der Wache mithören. «Ich habe einen Flüchtigen verfolgt, der Beweismittel entwenden wollte.»

«Sie sind bekannt für Ihre Sheriff-Methoden, Sheehy», bellte der Superintendent. «Haben dem Flüchtigen wahrscheinlich so zugesetzt, dass der ein sinnloses Risiko einging.»

«Hätte ich ihn entkommen lassen sollen?!» Bryan wollte nicht laut werden. Durfte man ihn behandeln wie einen Polizeikadetten?

«Seit Caughan weg ist, glaubt ihr Sergeants, ihr könnt hier Rambo spielen.»

Bryan riss sich zusammen, schwieg. Musterte den *Dings* und dessen unsägliches Krawattenmuster.

«Wie dachten Sie weiter vorzugehen?», fragte der Chef nüchterner.

«Trotz Hogarths Tod glaube ich beweisen zu können, dass er seine Frau vorsätzlich ermordet hat», antwortete Bryan. «Die bei ihm gefundenen Aktien erhärten diese Annahme. Ein Urlauberehepaar hat ihn bei der Vorbereitung der Tat beobachtet.»

«Wir haben also einen Unfall, der Mord gewesen sein könnte?»

«Der Mord *war*.» Bryan, der bis jetzt gestanden hatte, setzte sich hinter seinen Tisch.

«Das heißt, wir haben *zwei* Morde, am gleichen Tag verübt, in ein und derselben Familie?» Der Dings nahm sich einen Stuhl.

«Es sieht so aus.»

«Mhm, mhm», machte der andere und beugte sich vor. «Der Staatsanwalt hat mich angerufen», sagte er leiser. «Einerseits möchte er Mister de Winter – den neuen Baronet – vor *Polizeiwillkür* bewahren.» Bryan wollte erwidern, der Chef winkte ab. «Andererseits will er die Ermittlungen nicht behindern. Also, wie weit sind Sie?»

«Harold de Winter und Lisa Dougall waren die Einzigen, die sich zur Tatzeit *nachweisbar* in der Nähe befanden», antwortete Bryan mit Bedacht. «Lisa sagt, sie habe die Brüder bei einem Streit beobachtet. Harold gibt an, er habe Ethelred eine dritte Person anschreien gehört.»

«Diese *dritte Person* – gibt es die?»

«Wir fahnden nach der Besitzerin eines Fingerabdruckes. Die Familienangehörigen der de Winters und Mrs. Dougall scheiden aus.»

Der Superintendent beugte sich noch weiter über den Tisch. «Dieses *Gedicht*, das Sie mir gefaxt haben – so was gibt man nicht freiwillig aus der Hand. Wie haben Sie das aufgetrieben?» Zum ersten Mal spürte Bryan beruflichen Respekt.

«Durch eine ... zuverlässige Kontaktperson», sagte er so trocken wie möglich.

«Schon seltsam: Da beschreibt einer das Sterben des eigenen Bruders.» Der Superintendent stand auf, rückte an der Krawatte. «Wenn ich dem Staatsanwalt sage, dass wir bald ein Geständnis erwarten, könnte er Harolds Entlassung noch aufschieben.»

«Verstehe, Sir.»

«Aber lasst euch bloß bei keinem Verfahrensfehler erwischen!» Der *Dings* schloss sein Sakko. «Dieser Stritch nutzt so was rücksichtslos aus.»

«Wie geht es Detective Thurman?», fragte Bryan, als der Superintendent die Klinke schon in der Hand hatte.

«Kommt heute raus», antwortete der kühl. «Hat sich nicht gerade mit Ruhm bekleckert bei dem Einsatz.»

«Stellen Sie ihn wieder zu uns ab?»

«Tja – ich kann ihn ja wohl schlecht heimschicken.» Mit langen Schritten ging der Dings durch den Korridor. Bryan hörte, wie Meers den Summer drückte; der Chef verließ das Revier.

Harold de Winter wurde ins Verhörzimmer geführt. Ernst und schmal wirkte er, durch die beiden Tage in Haft sichtlich gezeichnet. Dennoch lehnte er die Anwesenheit der Ärztin ab. Bat lediglich um eine Zigarre, die Meers eilig besorgte. Harold gab zu, über die Aktien Bescheid gewusst zu haben. Nicht von Thelda, sondern durch Anna-Sophia. Die Nichte hatte ihrem bewunderten Onkel von Theldas finanziellem Missgriff erzählt; niemand hatte damals angenommen, dass die Papiere steigen würden. Später war Harold zufällig auf *Arcax* gestoßen – durch eine Fernsehsendung. Das war einen Tag vor Theldas Tod gewesen. Er hatte Ethelred nichts davon gesagt, in der Befürchtung, der würde seinen Traum vom *Restaurant am Strand* wieder aufleben lassen.

«Charles wusste auch von den Aktien», sagte Harold.

«Hat er mit Ihnen darüber gesprochen?» Bryan saß dem Schwarzhaarigen gegenüber.

«Wir haben kaum miteinander geredet», schüttelte Harold den Kopf. «Die Chemie stimmte nicht.» Er schob die Zigarrenbanderole auf und ab. «Aber wenn ein Mann, der sonst nur in Automobilzeitschriften schmökert, plötzlich mit der *Financial Times* auftaucht, ziehe ich meine Schlüsse.»

«Seit wann wussten Sie das?»

«Ich kam erst *nach* Theldas Tod darauf. Im Krankenhaus hatte ich Zeit, nachzudenken. Leider war es da schon zu spät.» De Winter ließ sich von Meers Feuer geben.

«Wieso haben Sie uns diesen Verdacht nicht mitgeteilt?»

Der Schwarzhaarige musterte die Sergeants durch den Rauch hindurch. «Sie wollten den Mörder von Ethelred fassen. Wieso hätte ich meine Vermutung gegen Charles aussprechen sollen? Unfälle passieren. Es hätte auch ein zufälliges Zusammentreffen sein können.»

«Aber als Sie aus der Klinik entlassen wurden, haben Sie als Erstes in Theldas Sekretär nachgesehen.»

Harold zog, nickte. «Ich wollte sehen, ob ich Recht habe. Die Aktien waren noch dort, niemand hatte sie genommen. Ich glaubte, mich getäuscht zu haben.» Er betrachtete die Glut. «Heute denke ich, Charles wollte gleich nach der Beerdigung verschwinden.»

«All das bringt uns leider im Mordfall Ihres Bruders nicht weiter», sagte Bryan nach einer Pause.

«Ich weiß.» Harold seufzte. «Und doch ist es alles, was ich weiß.»

Während die Zeiger der Blechuhr vorrückten, die Sonne allmählich hinter der Feuermauer verschwand, während die Sergeants zum wiederholten Mal die fraglichen Minuten im Moor durchgingen, schweiften Bryans Gedanken ab – zu einer bestimmten Person. Er wollte sie sprechen, er musste. Heute Abend noch. Kurz nach sechs wurde die Vernehmung beendet.

Bryan fuhr heim, duschte und kündigte der Tante an, auch diesen Abend nicht mit ihr verbringen zu können.

«Kommst du voran?», fragte sie, weder beleidigt noch enttäuscht.

«Langweilst du dich hier nicht allmählich?»

«Ein paar Tage noch, dann bist du mich los», lächelte sie.

«Das meine ich nicht.»

«Natürlich meinst du das.» Sie ging ins Schlafzimmer. «Auch wenn du selten Zeit für mich hast, hier ist doch mehr los als bei mir daheim.» Sie kam mit einem Arm voller Bücher zurück, stellte den Stapel auf den Tisch. «Wusstest du, dass man eure Bibliothek nach Thelda Hogarth benennen will? Sie soll allerdings *Thelda-de-Winter-Gedächtnisbibliothek* heißen.»

«Verständlich.» Bryan beobachtete, wie die Tante Tee aufgoss. Er ging ins Schlafzimmer, holte die kleine blaue Tasche und packte das Nötigste. «Morgen früh bin ich wieder da.»

«Darf man fragen –?» Sie spülte eine Tasse.

«Es ist *kein* Damenbesuch.»

Beide hörten Schritte auf der Treppe. Die Wohnungstür ging auf. Wavey in Jeans, eine Sonnenbrille auf der Nase.

«Störe ich?»

«Ich wollte gerade –» Er hielt die Tasche hoch.

«Du auch? Dann kommt mein Entschluss ja genau richtig.»

Ihre Blicke trafen sich. «Du fährst heim?»

Wavey nickte. «Ich habe dir dein Pferd gebracht. Jetzt ist es Zeit für mich.»

Sie ging zur Tante, küsste sie zweimal kräftig. «Alles Gute, Gwen.»

«Wir telefonieren», sagte Gwendoline in einem Ton, der klar machte, sie würden es niemals tun.

«Du fährst also» – Bryan zögerte – «mit dem Auto zurück?»

«Natürlich.» Sie drehte sich um.

«Dann bräuchte ich gar nicht mit dem Zug –?»

«Wo soll's hingehen?», lächelte Wavey.

«Kilkenny.»

«Urlaub, mitten im Mordfall?»

«Für eine Nacht. Nimmst du mich mit?»

«Klar.» Sie öffnete die Tür.

Bryan sah aus dem Fenster. Dort stand der grüne Ford Kombi samt Anhänger.

## 34

## Wie eine Amazone

Reisezeit auf der Halbinsel; die Straßen überfüllt. Wohnwagen schoben sich aneinander vorbei, Konvois von Radfahrern in galaktischem Outfit, Touristenbusse mussten vor- und zurückstoßen, um die Haarnadelkurven zu meistern. Bryan und Wavey schwitzten im Kombi, obwohl das Gebläse auf Hochtouren lief. Sie sprachen nicht mehr über Vergangenes, verbrachten die Stunden zum ersten Mal wie alte Freunde. Diese Fahrt war der wirkliche Abschied von Wavey. Als sie den Stadtrand von Kilkenny erreichten, stieg Bryan rasch aus. Sie bot an, ihn noch bis ans Ziel bringen, er lehnte ab. Ein flüchtiger Kuss, sie verharrten in der Umarmung, gingen schnell auseinander.

Verbissen, wie mit Scheuklappen, kämpfte Bryan sich durch den Wahnsinn, der Kilkenny in der Hochsaison erfasste. Menschen drängten einander durch die traditionsreichen Straßen. Bryan hasste die Vergröberung irischer Kultur, die von jeder Fassade grinste. Der heilige Patrick prangte in zahllosen Reproduktionen; alles barst vor Lokalkolorit. Die kunsthandwerklichen Gnome und Gespensterfrauen, die Fischertypen und geschnitzten Whiskeygestalten wuchsen wie Krebsgeschwüre durch die Altstadt. Bryan nahm den Umweg durch Seitengassen, verschloss Augen und Ohren und erreichte endlich den Abzweig zum Sanatorium.

*Neurologie Kilkenny* stand erfrischend schmucklos über dem Tor. Bryan wies sich aus, wurde eingelassen. Erreichte die gewünschte Abteilung, stieg zwei Treppen hoch, betrat das Zimmer.

«Nicht hier», waren Caughans erste Worte.

Eine flinke Schwester klebte dem Inspector ein Pflaster auf die Hinterbacke. Bryan entdeckte zwei weitere in den Armbeugen.

«Warte unten», sagte der Chef. «Ich komm zur Cafeteria.»

«Keine Schweinswürstchen heute», hörte Bryan die Schwester sagen. Er trottete den Korridor zurück, froh, dem Geruch, den leidvollen Blicken der Patienten zu entfliehen. Der Park war schön *gemacht*, blieb aber trotzdem trist. Die Wege asphaltiert, damit Rollstühle passieren konnten. Akkurat zurechtgeschnittenes Gebüsch. Uneinsehbares Gehölz hatte man ausgemerzt: Jederzeit musste der Nervenkranke ins Visier genommen werden können.

In der Cafeteria saßen so viele Leute in Morgenmänteln, mit platt gedrückten Frisuren, grauen Gesichtern, hohlen Augen, dass Bryan es vorzog, draußen zu bleiben. Er setzte sich auf ein Rasenstück, neben der Tafel *Betreten verboten.*

«Willkommen bei den Zombies», sagte Sean Caughan. Er sah um kein bisschen besser aus als die anderen; Bryan war schon beim ersten Anblick erschrocken. Trotzdem freute er sich, den Haudegen wiederzusehen. Wie mager er war, die Haut gelblich. Zwei Pyjamaknöpfe trug er offen, käseweiß die Brust, graue Wolle darauf. Der ganze Mensch war grauer geworden; das Haar hatte sich gelichtet. Der Schlafanzug mit den fröhlichen Wassermelonen passte nicht zu dem gealterten Mann.

«Starr mich nicht so an», sagte Caughan. «Sonst zieh ich dir eins mit dem Blutdruckmesser über.»

«Hab ich denn?», sagte Bryan so heiter wie möglich.

«Was glaubst du wohl, wie man hier wird?» Caughan warf einen Blick in die Cafeteria. «Den lieben langen Tag geht es nur um die *Krankheit*. Hunderte Leute, die sich mit nichts anderem beschäftigen.»

«Aber ... Ist das denn keine *Kur*?»

«Kur für Leute, die durch die Scheißgasse gehen. Die wissen hier so gut wie ich, dass mein Ding nicht mehr besser wird. Mit ihrer übertriebenen Aufmerksamkeit machen sie mich nur noch *verrückter.* Jeden Tag zapfen sie mir irgendwas ab; heute hab ich wieder in die Kanülen bluten müssen. Die haben schon so viel von meinen Säften im Labor, ein Wunder, dass noch was übrig ist.» Er knurrte ein Lachen. «Da gibt es einen Doktor, der redet mit mir über *die*

*Jahre danach.* Die Zeit, wenn ich endgültig aufhören muss, wenn nur noch ein Foto im Revier dran erinnert, dass es mich gab. Weißt du, was der vorschlägt? Basteln! Eine Tätigkeit mit den Fingerspitzen, damit ich frühzeitig mitkriege, wenn ein Anfall kommt.» Caughan lachte, hustete, spuckte aus. «Eiffelturm-Bauen mit Streichhölzern! Ein epileptischer Eiffelturm-Bastler!» Er nahm Bryan am Arm und zog ihn von einer aufmerksam lauschenden Patientengruppe weg.

Der Sergeant suchte nach etwas, das Caughans Laune heben könnte.

«Du hast also Probleme», kam der Alte ihm zuvor.

Sie gingen ein paar Schritte schweigend.

«Ich möchte dich einfach besuchen», widersprach Bryan. «Du bist schon drei Wochen ...»

«Du willst Hilfe? Dann vertrödle keine Zeit.» Caughan ließ sich auf einer Bank nieder, verschränkte die Arme. «Eins sag ich dir: Bei Mord gibt es keine Ferndiagnose. Ich werde keine stellen. Ich sage dir nur, was du in der Hand hast und was nicht.»

«Das ist ein unmöglicher Fall.» Bryan blieb vor dem anderen stehen.

«Unmöglich? Einer hat es doch getan.»

«Oder mehrere.» Bryan berichtete, was er für erwiesen hielt. Eine Viertelstunde lang hörte der Inspector nur zu.

«Zwei Mitglieder derselben Familie am gleichen Tag getötet», sagte er schließlich. «Ihr habt euch zu sehr in die Idee vom *Doppelmord* verrannt. Du solltest den erstochenen Baronet gesondert betrachten.» Caughan steckte die Hände in die Pyjamataschen. «Zwei Brüder gehen auf die Jagd. Einer schießt, der andere nicht. Eigentlich will Harold *reden*. Wieso trennt er sich dann von seinem Bruder?»

«*Wusste* er vielleicht, dass der Mörder irgendwo lauert?», übernahm Bryan den Gedanken.

«Spekulation», schüttelte Caughan den Kopf. «Sie gingen auf die *Jagd*», wiederholte er. «Großkalibrige Waffe?»

«Eine zweiläufige *Rutherford.*»

«Zu protzig für die Kleinwildjagd. Schrot?»

«Nein, Patronen.»

«Solche Flinten sind sperrig. Um das Messer zu ziehen, musste der Baronet sie umhängen oder weglegen.»

«*Warum* hat er das Messer gezogen?»

«Die Frage lautet vielmehr: Wie bekam es der Mörder?»

Bryan merkte, dass Caughans Hände in den Taschen zitterten. «Hat Ethelred es ihm freiwillig gegeben?», kombinierte er.

«Und wem gibst du dein Jagdmesser freiwillig?», nickte der Chef.

«Jemandem, den ich kenne und dem ich vertraue.»

«Genau. Wenn ein Fremder auf mich lauert, überlasse ich ihm nicht mein Messer.»

«Und wenn es einen Kampf gab?»

«Irgendwelche Spuren?»

«Keine.»

«Sagen wir also, Ethelred kannte die Person im Moor.» Ein zitternder Ruck ging durch Caughan; rasch verschränkte er die Arme.

«Die Person, die auch sein Bruder sein könnte», sagte Bryan.

«Lass Harold mal aus dem Spiel. Den habt ihr von allen Seiten durchleuchtet. So ein intelligenter Mann hätte eine schlauere Methode gefunden, seinen Bruder beiseite zu schaffen. Glauben wir ihm fürs Erste, dass er *nicht* in der Nähe war und Ethelred tatsächlich tot gefunden hat. Wen gab es noch?»

Bryan versuchte, dem Zustand des Inspectors keine Beachtung zu schenken. «Lisa Dougall», sagte er.

«Die Kellnerin, die nach oben will», nickte Caughan. «Die Geliebte des Baronets. Sie telefoniert mit ihm, ist in Sorge, dass ihr die Felle wegschwimmen. Sie eilt hinaus. Beobachtet einen Streit zwischen den Brüdern und verkrümelt sich wieder. Hinterlässt dabei fette Reifenspuren. Das ist … Irgendwas stimmt da nicht.» Caughan krümmte sich ein wenig.

«Die zurückgestoßene Geliebte, Mord aus Rache?», fragte Bryan.

«Ich würde dir zustimmen, wenn nicht die Todesart wäre. Sticht eine Frau ihrem Geliebten das Messer ins Auge?»

Bryan stand auf, sein Bein war eingeschlafen. «Und der Fingerabdruck?»

«Richtig, der *Schokoladenfinger*.»

«Bitterschokolade.»

Caughan sah hoch. «Wie geht es übrigens Miss Moynihan?»

«Suzy? Gut – gut», nickte Bryan so harmlos wie möglich.

«Hast ihr das Herz gebrochen, ja?»

«Ich bin nicht der Typ, der Herzen bricht.» Bryan tat ein paar Schritte.

«Arme Suzy. Immer kommt sie an *Zauderer* wie dich.»

«Wie gelangte die Schokolade ins Moor?», wechselte Bryan das Thema.

«Darf ich leider auch nicht mehr», sinnierte Caughan. «Zu allem Überfluss haben die noch Altersdiabetes festgestellt.» Der Chef fuhr sich übers Gesicht. «Als meine Frau noch lebte, sind wir auch manchmal nach Tintaguel gefahren. Sie war eine leidenschaftliche Jägerin.»

Bryan lächelte überrascht. «Deine Frau?»

«Hat geschossen wie eine Amazone, meine Mildred. Gezielt, peng, Blattschuss.»

«Hattet ihr denn einen ...»

«Jagdschein? Natürlich nicht. In Tintaguel fragt keiner danach. Der Förster ist froh, wenn die Karnickel dezimiert werden. Mildred hat geballert, ich habe nachgeladen. Bei heiß geschossenem Lauf ist der Mechanismus trickreich.» Caughan lehnte sich zurück; die Erinnerung schien ihn zu entspannen. «Das Einzige, was Mildred nicht mochte, war der Rückstoß. So eine Flinte reißt ganz schön nach hinten. Abends zeigte sie mir den blauen Fleck am Schlüsselbein, den sie vom Schießen hatte.» Er fuhr mit der Zunge über die Lippen. «Ich habe Durst. Die Medikamente.» Sah Bryan an. «Das ist ein Mord mit doppeltem Boden, Bryan. Da liegt was dazwischen, das du noch nicht kennst. Etwas, das ein *normales* Motiv aushebelt. Deshalb kommst du nicht voran.»

Bryan nickte enttäuscht.

«Ich habe dir prophezeit: Ferndiagnosen funktionieren nicht. Geh zurück, schau dir an, was du *hast*. Und wenn es zum hundertsten Mal wäre.»

«Ich finde es nicht», schüttelte der Sergeant den Kopf.

«Du findest es.» Bryan spürte die Berührung von Caughans Hand. «Du hast einen Mord aufgedeckt, der als Unfall getarnt war. Das ist ziemlich gut. Das habe ich auch dem Superintendent gesagt.»

Überrascht sah Bryan hoch.

«Er ruft mich an von Zeit zu Zeit», lächelte der Inspector. «Will mir das Gefühl geben, dass ich noch wichtig bin.»

«Wann kommst du wieder, Sean?», fragte Bryan.

«Wenn du den Mord aufgeklärt hast. Wenn du den Stempel *Fall abgeschlossen* draufknallst. Dann siehst du mich wieder.»

Bryan stand auf. «Dann löse ich ihn also. So rasch wie möglich.»

Eine Gruppe grauer Pyjamaträger pilgerte vorbei.

«Ich nehm dich beim Wort», sagte der Inspector.

## 35

## Bunker den Pott

Nachdem Bryan in zwei Hotels den Preis erfragt und nur mitleidige Blicke geerntet hatte, weil selbst zu Höchstpreisen alle Zimmer belegt waren, wanderte er mit seiner Tasche in die Heide hinaus. Tat etwas, das er seit seiner Kadettenzeit nicht mehr gemacht hatte. Er übernachtete im Freien.

Wenige Kilometer vor der Stadt hörte der Wahnsinn auf. Verließ man die beschilderten Wege, waren die Touristen verschwunden, als hätte das Heidegespenst sie geholt. Es war dunkel, aber hell genug, nicht in Quellenlöcher zu stolpern. Bryan stellte die Tasche ins Gras und legte sich auf den Rücken. Mit Blick in die Sterne schlief er ein.

Erwachte im Morgengrauen und kriegte den ersten Zug nach Bantry so knapp, dass keine Zeit mehr war, sich Frühstück zu kaufen. Hungrig suchte Bryan ein freies Abteil. Schulklassen waren unterwegs. Alle Waggons voll Jungs und Mädchen. Die Ferien waren zu Ende.

In einem Großraumwagen fand Bryan Platz in der Ecke, kippte die Lehne nach hinten und schloss die Augen. Versuchte an sein Gespräch mit Caughan zu denken. Bohnen gingen ihm durch den Kopf, mit Zwiebeln und gebratenem Speck. Eine Avocado, mit Zitrone beträufelt. Frisches Brot, Käse. Er öffnete die Augen.

Rund um ihn Mädchen und Jungs, nicht älter als zwölf. Sie lachten, schrien. Der schmächtige Lehrer schien überfordert. Zu Beginn der Fahrt bat er ein paar Mal um Ruhe. Ohne Resultat. Ein Spiel mit dem Titel *Du bunkerst den Pott* forderte höchsten Einsatz, in voller Lautstärke. Abwechselnd stürzten Einzelne ans Zugfenster, riefen einen Namen und rannten zum Platz zurück. Derjenige, der den Pott bunkern musste, hatte eine Aufgabe zu erfüllen. Acht Jungs, fünf Mädchen – Bryan folgte den flinken Bewegungen, unverständlichen Rufen, dem Knäuel, das sich bildete, wenn ein Spieler nicht imstande war, den Pott zu bunkern.

«Halblang jetzt», sagte der Lehrer, von seinem Buch aufblickend. Einer der Jungen hatte sich so brachial gegen das Fenster geworfen, dass das Glas knackte. Der Lehrer legte sein Lesezeichen ins Buch, stand auf und rief mit Trompetenstimme «Hey!».

Ein Moment der Aufmerksamkeit. In die Stille sagte der zierliche Mann: «Zwei Möglichkeiten, Herrschaften. Entweder ihr geht auf eure Plätze und lasst diesen Zug ganz.»

«Oder?», rief ein langhaariges Mädchen.

«Oder ihr bunkert weiter den Pott. In dem Fall kann ich mich nicht erinnern, in welcher Konditorei wir den Schokoladenkuchen essen wollten. Dann fahren wir auf direktem Weg in die Schule und nehmen uns Algebra vor.» Er drehte sich im Kreis, traf auf erschrockene, nachdenkliche Gesichter.

«Kein Schokokuchen?», fragte ein pickeliger Junge.

«Kein Schokokuchen.»

Bryan betrachtete die nüchternen Augen des Lehrers. Der Mann hatte seine Schar im Griff. Ohne ein weiteres Wort setzte er sich und las weiter.

Die Stille war erfrischend. Bryan schloss die Augen. Er schlief nicht, er dachte auch nicht nach. *Schokokuchen*, sagte etwas in seinem Kopf. Schokoladenkuchen, zur *Belohnung*. Er überließ sich einem unscheinbaren Gedanken. Als der Zug in Bantry hielt, war die Klasse längst ausgestiegen, und Bryan hatte eine Entscheidung getroffen. Er ging in ein Lebensmittelgeschäft, kaufte ein paar Sachen. Schlenderte durch die Stadt bis zur Schule. Trat durch das Tor, setzte sich in den Schulhof und frühstückte. Er sog Trinkschokolade aus einem Halm, brach Rosinenbrötchen, kaute bedächtig. Als ihn eine Lehrerin ansprach, ob sie helfen könne, schüttelte er mit vollem Mund den Kopf.

Die große Pause begann kurz vor elf. Bryan brauchte nicht lange zu warten. In einer Gruppe von Zehnjährigen entdeckte er Hugh.

Das hellblonde Haar war geschnitten worden; er wirkte erwachsener. Diskutierte mit zwei Schulkameraden, die Äpfel und Brote auspackten. Hugh hatte etwas dabei, das er tauschen wollte.

Ein Fremder, der auf der Schulmauer sitzt, bleibt nicht unbemerkt. Der Junge erkannte Bryan sofort. Hielt mitten im Satz inne und sah ihn an; Bryan winkte ihn näher. Hugh trabte heran, von neugierigen Blicken begleitet.

«Erste Schulwoche?», fragte Bryan. Zaghaftes Nicken. «Du weißt noch, wer ich bin?»

«Klar.»

«Habt ihr schon einen neuen Chorleiter?» Bryan machte die Trinkschokolade leer.

«Noch nicht.»

«Immer noch euer Lehrer?»

Hugh nickte.

«Ich bin gekommen, dich ein paar Sachen zu fragen.» Bryan kramte in seiner Einkaufstüte, holte einen Apfel hervor.

«Magst du auch einen?» Kopfschütteln.

«Der Baronet, euer früherer Chorleiter, war befreundet mit deiner Mutter, nicht wahr?»

Ein leichter Wind fuhr in Hughs Haar. Er sah den Sergeant nur an.

«Du mochtest ihn, hast du gesagt.»

«Klar.» Die Antwort beinahe lautlos.

«Wie war das für dich, wenn dein Chorleiter euch daheim besucht hat?»

«War okay.» Der Junge trat einen Schritt zurück.

«Ich meine, hat er bei euch gegessen, blieb manchmal über Nacht?»

«Nein», sagte Hugh. «Wenn Mama mich ins Bett gebracht hat, ging Eth immer.»

«Ach, so war das also.»

«Es war lustig, wenn er bei uns war», sagte der Kleine freiwillig. «Er hat mir was mitgebracht.»

«Zum Beispiel?»

«Meistens Noten. Die habe ich dann für ihn gesungen.»

«Noten?», fragte Bryan enttäuscht.

«Auch ein Buch mal.»

«Mhm.» Bryan griff wieder in die Tüte und holte eine flache Tafel hervor. Brach die Verpackung auf.

«Magst du?»

Der Junge starrte auf die Schokolade, trat noch weiter zurück.

«Nein danke, Sir.»

«Ich esse die für mein Leben gern.» Bryan brach einen Riegel ab und steckte ihn in den Mund. Er hatte für Bitterschokolade nichts übrig, bemühte sich dennoch, genüsslich zu kauen. «Hätte mir eigentlich gedacht, du magst die.» Er hielt Hugh das Etikett hin.

Der schaute weg. «Ich mag ... fast jede Schokolade.»

Bryan steckte noch ein Stück in den Mund. «*Alec's*, finde ich, ist die Beste.» Er fuhr sich über die Zähne. «Hast du mit Ethelred manchmal was unternommen, außer Abendessen und Singen?»

«Unternommen?» Die Haut um die Augen des Jungen wurde ganz weiß.

«Ausflüge vielleicht. An die Klippen, zu den Pferden, oder raus ins Moor?»

Hugh schwieg, trat von einem Fuß auf den anderen.

«Wäre doch natürlich, wo ihr drei euch so gut verstanden habt?»

«Bei den Pferden war ich einmal.»

«Hast du auch den Großen gesehen?»

«Scheitan?»

«Scheitan, genau. Der ist toll, oder?»

«Eth hat mich draufgesetzt.»

«Hat's dir gefallen?»

«War mir zu hoch.»

Bryan lachte und legte die Schokolade neben sich auf die Bank. «Also, im Moor wart ihr nie?», fragte er, ohne den Kleinen anzusehen.

Hugh atmete schwer. «Im Moor, Sir?» Seine kleinen Hände zitterten.

«Hugh, was will der Mann von dir?»

Ärgerlich schaute Bryan auf. Eine Frau mit Brille kam auf hohen Absätzen heran. Der Junge fuhr herum, sah die Lehrerin erleichtert an.

«Ich habe Sie noch nie hier gesehen», sagte sie. «Sind Sie der Vater eines Kindes?»

Kurzes Bedauern, nicht *Ja* sagen zu können. «Nein», antwortete Bryan. «Ich wollte mit Hugh sprechen.»

«In welcher Angelegenheit?»

Er verwarf den Gedanken, seine Dienstmarke zu ziehen und die offizielle Schiene zu fahren. «Schon erledigt», lächelte er und stand auf. «Hugh weiß, weshalb ich gekommen bin, nicht wahr?»

Der eingeschüchterte Blick des Jungen. Bryan warf das Schokoladenpapier in den Müll, nickte der Lehrerin zu und verließ die Schule. Sah aus dem Augenwinkel, wie die Frau Hugh Fragen stellte. Der Kleine schüttelte immer wieder den Kopf.

Bryan brauchte nur eine halbe Stunde zu warten. Er lehnte an einem Stehtisch der Bäckerei, die dem Schulgebäude gegenüberlag. Tat, als lese er Zeitung, aß trotz Sattheit noch ein Rosinenbrötchen. Der Junge kam durch das Tor. Hatte seine gebündelten Bücher unterm Arm, konnte sie aber kaum tragen. Er schleppte beim Gehen die Beine nach.

Warum holt sie ihn nicht ab, überlegte Bryan, während er zahlte. Trat aus dem Laden und sah Hugh um die nächste Ecke verschwinden. Was er nicht sah, war die Lehrerin, die den Jungen ebenfalls beobachtete. Besorgt über seine plötzliche Übelkeit, hatte sie ihn nach Hause geschickt. Sie sah den großen Mann aus dem Laden treten; er hatte Stroh und Gräser in den Kleidern, sein Haar war unordentlich. Rasch lief sie zurück, um mit der Polizei zu telefonieren.

Bryan hatte noch nie ein Kind verfolgt. In den Straßen von Bantry war das meiste neu gebaut worden; kaum Möglichkeiten, sich zu verstecken. Bryan hielt Abstand. Nach zehn Minuten ahnte er, wohin der Kleine wollte. Hugh kam nur langsam voran, wechselte die Büchermappe häufig, schien zu Tode erschöpft. Sie erreichten den Hauptplatz. Der Junge überquerte ihn, ließ das neue Rathaus hinter sich und steuerte auf dessen historischen Bruder zu. Bryan wartete ein Auto ab, lief ebenfalls über den Platz. Gleichzeitig betrat Hugh das Rathaus. Bryan beschleunigte.

«Sekunde, Sir», sprach ihn jemand von der Seite an. Irritiert blickte er sich um.

Ein junger Gardai kam aus der Seitengasse, die zum Polizeikommissariat führte. «Was wollen Sie von dem Kind?»

Bryan ging einfach weiter.

«Stehen bleiben, Sie!»

«Lassen Sie mich in Ruhe.» Bryan hatte Hugh aus den Augen verloren.

«Sir, ich fordere Sie auf –!» Der junge Polizist trat ihm in den Weg.

«Ich habe zu tun!»

«Das wird warten müssen. Ihre Papiere, bitte.» Kalte Augen. Frisch vom Drill der Kadettenschule, dachte Bryan. Nahkampfausbildung, mach keinen Fehler.

«Ich ermittle hier», sagte er leise. Holte das Lederetui hervor und hielt dem Frischling die Sergeant-Marke unter die Nase.

«Ach», machte der Anfänger. Aber er ließ Bryan nicht gehen. «Wie kommt es, dass ich Sie hier noch nie gesehen habe?»

«Weil das nicht mein Revier ist!» Bryan hatte genug. Er wich dem Gardai aus und lief mit langen Schritten auf das Rathaus zu.

«Stehen bleiben! Ich muss das klären!», gellte der andere hinterher.

Bryan passierte die Glastür, war in diesem Moment dankbar, dass die irische Polizei keine Dienstwaffe trug. So einer wie der Frischling hätte vermutlich geschossen.

«Sir! Hey, Sergeant!», hörte er noch.

Drei Stufen auf einmal nehmend, setzte Bryan die Kellertreppe hinunter. Erreichte die Behelfskantine, stieß sich beim Eintreten den Kopf. Zwischen den violetten Kunststoffpaneelen saßen Kommunalangestellte beim Lunch. Bryans Augen forschten nach dem Jungen, der Mutter. Der Andrang war so groß, dass heute zwei Kellnerinnen bedienten. Eine dralle Person im blassrosa Kittel balancierte Tabletts an Bryan vorbei. Am chromblitzenden Buffet stand Lisa. Ließ einen Bestellcoupon aus der Kasse. Ihre Aufmerksamkeit galt aber Hugh, der, halb versteckt vom Tresen, mit ihr sprach. Blitzartig fuhr sie herum, entdeckte Bryan an der Tür. Er wollte näher gehen, verharrte. Direkt vor ihm saßen, jeder bei einem Steak, der Superintendent und – der *Schnösel*! Special Detective Thurman trug über der Nase ein Spannpflaster; sonst schien er wohlauf. Hatte Mühe beim Kauen. Die beiden Essenden waren ebenso überrascht wie Bryan.

«Sheehy, ach», sagte der *Dings* und vergaß den üblichen barschen Ton. «Gibt's was Neues?»

«Ich – nein, ich wollte –» Mit einem Seitenblick stellte Bryan fest, dass Lisa ihren Sohn an der Hand nahm und hinter dem Buffet verschwand.

«Ich bringe den Detective auf den neuesten Stand», hielt der Superintendent für nötig zu erklären. «Er wird ab heute wieder bei Ihrer Einheit ...»

«Stehen bleiben!», übergellte eine Jungmännerstimme das allgemeine Gemurmel. Alle Köpfe fuhren herum. Beim Treppenabgang stand breitbeinig ein bebender Gardai.

Bryan bemerkte, dass Lisa mit dem Kantinenmanager sprach. Mit Hugh an der Hand verschwand sie nun im Hintergrund.

«Sie da!» Der Nachwuchs-Gardai zeigte auf Bryan.

«Was ist denn hier ...?» Der Superintendent neigte sich zur Seite, um den Grund der Störung zu sehen.

«Wieso sind Sie in Zivil, Sheehy?», fragte Detective Thurman gönnerhaft. «Kommen Sie, setzen Sie sich zu uns.»

Bryan hörte den Gardai näher kommen, sah das erstaunte Gesicht des Chefs. Im Hintergrund verschwand Lisa in den Küchengängen.

«Guten Appetit.»

Er fasste an den Mützenschirm, bemerkte, dass er keine aufhatte, sprang um den Cheftisch, erreichte das Buffet. Der übereifrige Gardai, ihm hart auf den Fersen, erstarrte. Saß dort nicht sein oberster Dienstherr, der Superintendent, mit dem er noch kein persönliches Wort gewechselt hatte?

«Verzeihung, Sir», stammelte der Gardai.

«Und Sie sind?», fragte der Dings.

Während der Gardai Namen und Einheit hersagte, hatte Bryan den Tresen überwunden, kam in die Küche, wo ihm der Manager in den Weg trat.

«Kann ich was für Sie –?»

Bryans Augen irrten umher. Zwei dunkelhaarige Frauen hantierten am Küchenblock, ein Südländer schälte Zwiebeln. Mehrere Türen. Nachdem Bryan ins Konservenlager und in die Besenkammer geraten war, fand er den Durchgang zum Korridor. Erreichte die zweite Treppe, hetzte hoch und verließ das Rathaus durch eine Metalltür. Stand in der kleinen Gasse. Menschenleer. Bryan wischte den Schweiß von der Stirn, rannte in eine Richtung, die mündete auf den Platz. In die andere; hier war ein Feldweg. Ein Radfahrer klingelte, Bryan sprang zur Seite. Von Lisa und ihrem Jungen keine Spur.

Wenige Minuten später tauchte Bryan in der Gerichtsmedizin auf. Suzy Moynihan begrüßte ihn überrascht.

Bryan benutzte den Dienstfunk und gab O'Sullivan das Wichtigste durch. Ließ die Fahndung nach Lisa Dougall und Hugh herausgeben. O'Sullivan übernahm es, die Kollegen in Bantry zu verständigen.

«Wie es scheint, kommst du voran», lächelte Suzy.

«Wenn du wüsstest.» Er lief zur Tür. Machte Halt. «Der Fingerabdruck ... die Bitterschokolade ...»

«Ja?» Suzy stand auf.

«Stammt nicht von einer Frau.»

«Sondern?»

«Von einem Kind.»

Bevor sie darauf etwas sagen konnte, rief er: «Borgst du mir deinen Wagen?»

Statt einer Antwort warf Suzy ihm die Schlüssel zu.

## 36

## Im Zwielicht

Suzys japanischer Flitzer schien für Gnomen gebaut zu sein. Bryan wusste nicht, wo er die Beine hinpacken sollte. Eingeklemmt und verbogen fuhr er zu Lisa Dougalls Haus. Wie erwartet fehlte ihr Wagen auf dem Parkplatz; Nachbarn hatten sie nicht gesehen.

Lisa ist schlau genug, die großen Straßen zu meiden, dachte Bryan. Hat sie Verwandte, Freunde, bei denen sie unterschlüpfen kann? In einer solchen Situation wäre sie sonst wohl zu Ethelred gegangen.

Bryan stand neben dem Auto, die Arme auf das niedrige Dach gestützt. Auch wenn er in Zivil war, sein Notizbuch hatte er stets dabei. Schlug es auf, blätterte eine Woche zurück. Freitag, nein, Samstag hatte er das erste Mal mit Lisa gesprochen. Er beugte sich über seine Schrift, fand den Eintrag. Der Baronet besuchte Lisa nicht gerne daheim, weil er nicht wollte, dass Hugh ihn *auf Socken* sah. Den Ausdruck hatte Bryan unterstrichen. Deshalb hatte Ethelred ein Apartment gemietet, und zwar ... Bryan kniff die Augen zusammen: Der Filzschreiber hatte geschmiert. *Laurel Point*, las er mit Mühe. Auf der Seite daneben stand ein Ausspruch von Suzy, den Bryan notiert hatte: *War Harold eifersüchtig auf seinen Bruder?*

Bryan schlug das Büchlein zu.

Der Laurel Point war ein Kreisverkehr unweit von Hughs Schule. Man konnte von dort sogar die Bäckerei sehen, wo Bryan gefrühstückt hatte. Es gab hier nur ein paar Häuser. Einstöckig, phantasielos, passend für ein unauffälliges Liebesnest. Bryan klapperte die Schilder an den Eingängen ab. Hatte der Baronet die Wohnung unter falschem Namen gemietet? Bryan ging den Kreisel ab, hatte die Hoffnung fast aufgegeben, als er auf ein schlichtes Blechschild stieß. *Winter* stand da. Kein besonders origineller Deckname, dachte er und drückte auf die Klingel darunter.

«Ja?» Eine ältere Frauenstimme.

«Polizei. Bitte öffnen Sie.»

Reflexhaft wurde der Summer gedrückt; Bryan betrat das Treppenhaus. Huschte in den ersten Stock und legte der neugierigen Frau, die aus der Wohnung kam, durch eine Geste nahe, still zu sein.

«Vielen Dank», flüsterte er und zog vor ihr die Tür wieder zu. So leise er konnte, schlich er eine Etage höher.

*Winter*, das gleiche Schild. Ein Blick aus dem Treppenhausfenster, das Gebäude hatte keine Feuerleiter.

Er klingelte. Kein Laut im Inneren. Er drückte noch einmal. Ein Rascheln, dann wieder Stille.

«Mrs. Dougall, hier ist Bryan Sheehy», rief er verhalten, um andere Bewohner nicht aufzustören. «Wir müssen miteinander reden. Ich bin allein.» Pause. «Niemand weiß, dass ich hier bin.»

Von weiter weg hörte er leises Weinen.

«Wenn Sie mich reinlassen, finden wir eine Lösung. – Lisa?»

Ein Riegel wurde gedreht; sie musste direkt dahinter gestanden haben. Die Tür öffnete sich bis zum Anschlag der Kette. Ihre Augen suchten im Zwielicht.

«Es ist niemand sonst da.» Er machte den Blick frei.

«Hat Harold Ihnen die Adresse verraten?»

«Harold?» Er lächelte. «Nein, die haben Sie mir selbst gesagt.»

Sie sah ihn zweifelnd an; von drinnen hörte man wieder das Weinen.

Die Kette wurde ausgehakt, er betrat die Wohnung. Die Einrichtung war alt, bunt zusammengewürfelt und sehr gemütlich.

«Nett haben Sie es hier.» Bryan sah sich um.

«Hat Ethelred ausgesucht. Er hatte ein Händchen für so was.»

Obwohl die Jalousien heruntergelassen waren, entdeckte Bryan ein gestreiftes Canapé in der Nische. Darauf der Junge, halb ausgezogen und zugedeckt.

«Er fühlt sich seit ein paar Tagen nicht wohl», erklärte Lisa.

Bryan ging näher. Hugh weinte nicht mehr, sah den Sergeant ängstlich an. Der lüftete einen Moment lang die Decke. Hugh trug ein dünnes Unterhemd. Bryan entdeckte, wonach er suchte, und ließ die Wolldecke sinken.

«Mrs. Dougall, Sie wollen Ihr Kind schützen; das verstehe ich. Doch genau deshalb müssen Sie mir die Wahrheit sagen.»

In ihrer Kellnerinnenmontur lehnte sie an der Kommode. «Ich kann Ihnen nicht mehr erzählen als bisher.»

«Doch.» Bryan stellte sich mit dem Rücken zu Hugh. «Zum Beispiel: Wieso weiß Harold de Winter von dieser Wohnung?»

«Ethelred hat es ihm gesagt.»

«Das glaube ich nicht. Ich nehme an, dass Sie Ethelreds Bruder weit besser kennen, als Sie zugeben.»

Sie starrte ihn an. «Nicht hier», zischte sie. Ging zu Hugh, strich ihm über die Stirn. «Ich bin nebenan, ja?»

«Ja, Mama.»

Das Kind sah ihr nach, als sie Bryan ins andere Zimmer führte.

Dort stand nichts als ein großes Bett. Sie setzte sich auf den Rand. Bryan ging zum Fenster.

«Ich kannte Harold länger als Ethelred», sagte sie leise.

«Woher?»

«Ich bin ihm beim Volksfest vor zwei Jahren aufgefallen. Das hatte so einen komischen Namen ... *Tanz mit dem ...*»

«*Tanz-unterm-Fischmond-Fest*», sagte Bryan flüssig.

«Genau. Harry ist Jäger, wissen Sie?» Sie sah Bryan an.

«Was meinen Sie damit?»

«Er ist mir den ganzen Abend nachgestiegen.»

«Und Sie?»

«Ich fand ihn außergewöhnlich, dunkel, anders. Er hat mir –» Sie musste lachen. «Ein Gedicht vorgetragen! Wir waren nach *Cod's Edge* spaziert, und aus heiterem Himmel fing er an zu rezitieren. Ich war baff – nein, fasziniert.» Sie fuhr sich durchs Haar. «Ich habe damals mit ihm geschlafen.»

Bryan wartete ab.

«Es war nicht schön.»

«Wieso?» Bryan gelang es nicht, sich den Schwarzhaarigen und Lisa gemeinsam vorzustellen.

«Harry stand auf brutale Sachen. Ich hatte keine Lust dazu. Wir waren im Freien, niemand weit und breit, ich bekam richtig Angst vor ihm. War froh, als es vorbei war.»

«Haben Sie ihn wiedergesehen?»

«Er wollte es unbedingt. Als ich auf seine Anrufe nicht reagierte, kamen Geschenke. Seltsames Zeug. Rabenfedern, um die ein Sonett gewickelt war. Die Pfote von einem Fuchs. Und immerfort Gedichte. Ich las sie bald nicht mehr; sie machten mir Angst. Als die Briefe nicht aufhörten, wollte ich es ein für alle Mal beenden. Bin rausgefahren nach Holbound Manors. Aber Harry war nicht da. Dafür bin ich Ethelred begegnet.»

«Sie sagten, Sie hätten ihn über Hugh und den Chor kennen gelernt.»

Lisa schüttelte den Kopf. «Zu der Zeit *war* Hugh schon im Chor. Der Lehrer hatte seine Begabung erkannt und ihn Ethelred vorgestellt.» Sie rutschte auf dem Bett zurück. «Alles Weitere war so, wie ich es Ihnen erzählt habe.»

«Bis auf den Tag des Mordes», sagte Bryan ernst.

«Wieso? Ich bin rausgefahren, um mit Eth zu sprechen. Ich habe die beiden Brüder streiten gesehen. Mehr war nicht.» Sie lehnte sich an ein Kissen.

Bryan trat einen Schritt näher. «Bis auf die Tatsache, dass Sie nicht allein nach Tintaguel fuhren.»

Lisa lag fast ausgestreckt da. Sein Schatten nahm ihr das Licht. «Nicht wahr, Mrs. Dougall?»

«Woher wollen Sie das wissen?»

«Das kann ich sogar beweisen. Auf Ethelreds Jagdtasche war ein Fingerabdruck. Ein kleiner Finger, daran klebte ein Rest von *Alec's Bitterschokolade.*»

Er trat zur Seite; geblendet vom Licht, senkte sie den Kopf.

«Die isst er für sein Leben gern.» Sie sprach fast unhörbar.

«Dafür hat Hugh sich vorhin in der Schule aber heldenhaft zurückgehalten», lächelte Bryan. «Weswegen haben Sie ihn ins Moor mitgenommen?»

Sie antwortete nicht gleich.

«Lisa?»

«Harold de Winter ist eine dunkle Gewalt», antwortete sie. «Er kann Menschen beeinflussen, kann Dinge von ihnen erreichen. Er hat *Macht*. Verstehen Sie, was ich meine?»

«War er eifersüchtig auf Ethelred?»

«Nein», kam es zögernd. «Dafür bin ich ihm nicht wichtig genug. Aber ich hatte Angst, dass er zwischen Eth und mir alles zerstört. Harold wäre dazu imstande gewesen; er ist klug und ... gerissen. Er ist ein Marder.» Sie suchte nach Worten. «Ethelred wünschte sich Kinder, ein Kind von mir. Seine Frau ist früh gestorben. Er ... hat den Jungen geliebt wie einen Sohn.»

«Aber warum, Lisa, musste Hugh mit hinaus ins Moor?»

«Ich dachte ... Wahrscheinlich hoffte ich, wenn Ethelred Hugh sieht, wenn die beiden miteinander reden, wird alles wie früher. Wir drei, die kleine Familie.»

«War das der einzige Grund?»

«Sie meinen das Restaurant? Nein.» Sie streckte die Beine aus. «Ich wollte mit ihm zusammenbleiben, sonst nichts. Ich liebte ihn. Ich liebe ihn noch.»

«Hugh und Sie sind also in Tintaguel ausgestiegen?»

«Ich habe ihn an der Hand genommen.» Sie nickte. «Zusammen suchten wir Eth. Da hörte ich Stimmen; gleich darauf sah ich Harry und Ethelred, heftig streitend. Worum es ging, konnte ich nur ahnen.»

«Was haben Sie gemacht?»

«Ich habe Hugh gesagt, er soll sich nicht mucksen. Wir versteckten uns hinter einem Strauch. Plötzlich hat Harry seinen Bruder laut beschimpft und ist weggegangen. Hat ihn einfach stehen gelassen und verschwand zwischen den Büschen.»

«Das kam Ihnen gelegen, nicht wahr?» Bryan lehnte sich an den Bettfuß, betrachtete Lisas schmale Wade.

«Ich wusste erst nicht, was ich tun soll. Dann ist Hugh unvermittelt aufgesprungen und losgelaufen. Zu Ethelred. Hat ihn begrüßt. Eth stand da, hat nicht begriffen, wie ihm geschieht. Verblüfft gab er Hugh die Hand und sah sich um. Da es keinen Sinn machte, sich länger zu verstecken, bin ich hingegangen.»

«Die kleine Familie», zitierte Bryan leise.

«Eth hat sich gefreut, uns zu sehen. Aber er stand noch unter dem Eindruck des Streites.»

Bryan setzte sich an die Bettkante. «Und dann hat er Hugh gezeigt, wie man schießt. War es nicht so?»

Sie sah den Sergeant erstaunt an. «Woher wissen Sie das?»

«Ihr Junge hat einen Bluterguss am linken Schlüsselbein. Eine zweiläufige *Rutherford* hat einen starken Rückstoß.»

Sie nickte. «Am Abend danach wusste ich erst gar nicht, woher der Fleck kam.»

«Wie oft hat Hugh geschossen?»

Bevor sie antworten konnte, hörten beide ein Knacken hinter der Tür.

«Hugh?», rief sie leise.

Nach kurzem Zögern wurde die Klinke niedergedrückt. Das blasse Kindergesicht tauchte auf. «Was machst du so lange, Mama?»

Unmerklich rückte Bryan von Lisa ab. Sie setzte sich auf. «Wir reden, Hughie. Der Sergeant und ich reden.»

«Über Eth?»

«Ja.»

Im Unterhemd stand der Kleine in der Tür. «Hast du ihm schon von dem Hasen erzählt?»

«Noch nicht.»

«Hast *du* etwa dieses Kaninchen geschossen?», fragte Bryan.

«Nein!», rief Hugh.

«Hughie liebt Kaninchen», kam Lisa zu Hilfe. «Er erschrak sehr, als er das tote Tier in Ethelreds Tasche fand. Der hat ihm erklärt, dass sich die Feldhasen zu stark vermehren und man deshalb einige von ihnen abschießen muss. Hugh wollte das aber nicht glauben und hat über das tote Kaninchen geweint.»

«Und deshalb bekamst du vom Baronet ein Stück Schokolade geschenkt?», fragte Bryan.

Hugh sah seine Mutter an. «Ja», sagte er.

«Danach hat der Baronet dich schießen lassen?» Bryan beugte sich zu dem Jungen.

«Ja.»

«Hat dir das gefallen?»

«Ja.»

«Wie oft hast du geschossen?»

«Erst Ethelred einmal, dann ich einmal.»

«Und hast du etwas getroffen?»

«Das weiß ich nicht mehr.» Hugh trat von einem Fuß auf den andern. Ihm war kalt.

«Komm her, Schatz.» Lisa legte dem Kind eine Decke um die Schultern.

«Zwei Schüsse. Dann musstet ihr nachladen», fuhr Bryan fort.

Hugh zitterte.

«Wann kam das Messer ins Spiel?»

Der Junge antwortete nicht mehr. Bryan und Lisas Blicke trafen sich.

«Ethelred trug es am Gürtel», erklärte sie. «Hugh gefiel das Messer mit dem geschnitzten Horngriff. Darum hat Eth es ihm gezeigt.»

«Jetzt hattest du also das Messer, Hugh.» Bryan bemerkte, wie der Blick des Jungen umherirrte.

«Ich hab aber ... nichts ... damit gemacht.» Das Weinen kam wieder.

Lisa antwortete an seiner Stelle. «Ethelred sagte: *Möchtest du selbst nachladen, Hugh?* Und er hat ihm gezeigt, wie man die Patrone in den Lauf gleiten lässt.» Sie nahm den Jungen in den Arm.

Bryan saß bewegungslos. «Und dann?»

«Hugh nahm die zweite Patrone und steckte sie in den Lauf. *Sehr gut*, sagte Eth. *Jetzt klapp das Gewehr wieder zusammen.* Hughie tat es. Aber der Lauf schloss nicht ganz.»

Lisa drückte das Kind an ihre Brust. «In diesem Moment hörte Ethelred ein Geräusch. Er fuhr herum, befürchtete wohl, Harold war in der Nähe. Und in diesem Moment … In dieser *winzigen* Sekunde –»

Sie presste die Lippen aufeinander. Hugh weinte tonlos. Bryan saß da, wartete.

«Hughie wollte das Gewehr schließen», flüsterte sie. «Also öffnete er den Lauf noch einmal, um die Patrone hineinzustoßen. Er klopfte mit dem Messergriff obendrauf. Das ging nicht so leicht. Als er zum zweiten Mal klopfte, drehte Ethelred sich um. Sah, was Hughie vorhatte. Er schrie: *Mach das nicht!* Hugh klopfte noch einmal. Mit dem Griff des Messers auf die Patrone. Im gleichen Moment beugte Ethelred sich über ihn.»

Bryan sah Mutter und Sohn an. Hugh klammerte sich an Lisa.

«Da fiel der dritte Schuss», sagte Bryan. «Doch bei offenem Lauf ging die Explosion nach hinten los.»

Lisa atmete durch. «Ja. Eth wurde hochgerissen und zu Boden geworfen. Im ersten Moment dachte ich, es sei ihm nichts passiert. Ich sah, dass Hugh das Messer nicht mehr in der Hand hatte, und beugte mich über Eth. Sein Kopf war zur Seite gesunken. *Ist dir was passiert?*, fragte ich und drehte ihn herum. Da sah ich es.»

«Das Messer.»

Es war still. Erst nach einer Weile sprach sie weiter.

«Das Messer war ihm ins Auge gedrungen. Bis zum Schaft», sagte Lisa. «Seine Hände zuckten. Ich hoffte noch … Gleich darauf war er tot.»

Bryan schaute auf. Betrachtete die glimmenden Streifen aus Licht, die die Jalousie an die Wand warf.

«Es war nicht deine Schuld, Hugh», sagte er. «Nicht deine Schuld.»

«Eth hat gesagt ... ich *soll* es nicht tun», hörte er die Stimme des Knaben. «Ich habe trotzdem draufgeschlagen.»

«Es war ein Unfall, Hugh», sagte Bryan. «Ein schrecklicher Unfall. Danke, dass du es mir erzählt hast.» Er wandte sich zu Lisa.

«Weshalb haben Sie die Fingerabdrücke abgewischt?»

Sie wich seinem Blick aus. «Es war still im Moor. Plötzlich begann Hugh zu schreien. Völlig fassungslos. Ich konnte ihn nicht beruhigen. Konnte nicht mehr klar denken! Ich ... wollte nicht, dass mein Kind in so etwas hineingezogen wird. Ich zog meine Jacke aus und habe die Sachen abgewischt.»

«Und haben den Mann, den Sie *liebten*, einfach liegen gelassen?»

«Das war nicht mehr Eth.» Lisas Kopf ging hin und her. «Das war er nicht ... Hughie schrie in einem fort. Ich habe ihn hochgehoben und bin gerannt. Weg, nur weg von dem Toten.»

*Eine dritte Person, die schrie*, dachte Bryan. Harold hat die Wahrheit gesagt. Keine Frau, ein Kind hat geschrien.

«Was wird uns jetzt geschehen?», fragte sie, ohne aufzusehen.

«Dem Jungen wohl nichts. Es war ein Unfall.» Bryan ging wieder ans Fenster. «Sie werden sich wegen Falschaussage und Irreführung der Behörden verantworten müssen.» Er überlegte, ob er auf den Streifenwagen warten sollte. Unten im Kreisel war erstaunlich wenig Verkehr. Mittagspause, dachte er und beschloss, die beiden in Suzys Auto mitzunehmen.

## 37

## Gemeinsam ans Meer

Der Superintendent war persönlich nach Castlebere geeilt, um einer Klage wegen Polizeiwillkür zuvorzukommen. In aller Form entschuldigte er sich beim dreiundzwanzigsten Baronet de Winter. Rechtsanwalt Stritch holte Harold ab. Bleich, finster, reagierte er kaum auf das betuliche Gerede des Polizeichefs und verließ das Revier schweigsam.

«Sie hören von uns», sagte Mr. Stritch, als der Wagen anfuhr.

«Schlitzohr», murmelte der *Dings*. «Wo ist Sheehy?», rief er barsch.

O'Sullivan verriet Bryan nicht.

Stattdessen legte er dem Superintendent Lisa Dougalls Aussage vor; das Protokoll war eben fertig getippt worden. Suzy Moynihan untersuchte den erschöpften Hugh und gab ihm ein leichtes Beruhigungsmittel. In Lisas Armen schlief er ein. Auch Suzy erkundigte sich nach Bryan. O'Sullivan hob nur die Schultern.

Bevor die Sonne hinter Cahermore versank, erreichte Bryan den verwachsenen Weg zum Stadtrand. Er dachte an Holbound Manors. Im Herrenhaus erwarteten alle Harold, den neuen Baronet, zurück. Man würde das Begräbnis besprechen, danach konnte die Familie endlich auseinander gehen. Jeder würde sein normales Leben weiterführen, dachte Bryan. Wie sah das normale Leben Anna-Sophias aus? Er hatte das Aktienpaket Renata übergeben. Ironie des Schicksals: *Arcax* war wieder gefallen. Man musste sich mit dem Verkauf beeilen.

Bryan erreichte das Haus der Globsters. Das Ehepaar saß beim Essen. Er wollte nicht stören, aber Mr. Globster bat den Sergeant herein. Er aß mit ihnen. Es wurde wenig gesprochen. Bryan kaute das Stew, legte die Knöchelchen an den Tellerrand. *Familie*, dachte er. Ich sollte Gwendoline heute auf einen Whiskey einladen. Auch wenn mir nicht nach Feiern zumute ist: Wir werden in *MacCarthy's Pub* anstoßen. Später.

Bryan bedankte sich bei den Globsters, verließ das Haus durch die Hintertür und überquerte die Wiese. Er trat in den Stall und legte beide Arme um Adelaides Hals. So stand er lange. Hörte das Klopfen ihres Herzens. Bedächtig legte er Decke und Sattel über, zog die Bauchgurte fest. Als er sich mit dem Zaumzeug näherte, begann er zu sprechen. Adelaides Ohren standen aufmerksam in die Höhe. Bryan erzählte von seinem Tag, den Fahrten, die er unternommen hatte, wie unbequem Suzys Auto war. Von der Lösung des Falles sprach er kein Wort.

Als er endlich aufstieg, war die Stute schon ungeduldig. Sie verließen den Grund der Globsters im Schritt. Auch wenn er Anna-Sophia gerne wiedersehen wollte, nahm Bryan sich vor, nicht in die Hügel von Arbograith zu reiten. Er hatte keine Lust, auf das Gebiet der de Winters zu geraten. Westwärts, entschied er.

«Lauf», flüsterte er, über den Pferdehals gebeugt. *Cahermore* war nur eine halbe Stunde entfernt. Bryan wollte Adelaide die Klippen zeigen. Er und sein Pferd waren noch nie gemeinsam am Meer gewesen.

## Eiskalte Morde:
## Die ganze Welt der skandinavischen Kriminalliteratur bei rororo

**Liza Marklund**
Studio 6
*Roman* 3-499-22875-0
Auf einem Friedhof hat man eine Frauenleiche gefunden. Das Opfer war eine Tänzerin im Stripteaseclub «Studio 6». Die Journalistin Annika Bengtzon stellt wieder eigenmächtig Nachforschungen an ...
«Schweden hat einen neuen Export-Schlager: Liza Marklund.» Brigitte

**Liza Marklund**
Olympisches Feuer
*Roman* 3-499-22733-9

**Karin Alvtegen**
Die Flüchtige
*Roman* 3-499-23251-0
Mit ihrem ersten Roman «Schuld» (rororo 22946) rückte die Großnichte Astrid Lindgrens in die Top-Riege schwedischer Krimiautoren.

**Willy Josefsson**
Denn ihrer ist das Himmelreich
*Roman* 3-499-23320-7
Josefssons neuer Erfolgsroman mit neuer Heldin: Eva Ström – der erste Fall der Pastorin von Ängelholm.

**Leena Lehtolainen**
Alle singen im Chor
*Roman* 3-499-23090-9
Maria Kallio muss sich bewähren. Ein heikler Fall für die finnische Ermittlerin.

**Leena Lehtolainen**
Zeit zu sterben
*Roman*

3-499-23100-X